W0385035

JENIFER BECKER

ZEITEN DER LANGEWEILE

Roman

Hanser Berlin

1. Auflage 2023

ISBN 978-3-446-27804-2
© 2023 Hanser Berlin in der
Carl Hanser Verlag GmbH & Co. KG, München
Umschlag: Anzinger und Rasp, München
Motiv: *What The Moonflowers Told Me* 2013 © Kris Knight
Satz: Greiner & Reichel, Köln
Druck und Bindung: CPI books GmbH, Leck
Printed in Germany

FSC
www.fsc.org
MIX
Papier | Fördert
gute Waldnutzung
FSC® C083411

TEIL 1

Is it wise, to be casual
In the daylight, to be tangible
Maybe posthumous, is the best way
To get undressed, in the excess

The Hellp, *Air BnB Sonnet,* 2021

Wenn mir nachmittags langweilig wurde, machte ich Spaziergänge durch mein Viertel. Manchmal dämmerte es bereits, das Licht wurde blau und über den Dächern lag ein diesiger Schleier, der sich im Herbst vor Sonnenuntergang am Kanal materialisierte. Ich trug meine knöchellange Daunenjacke, die Pelzmütze, die ich bei Großtante Helgas Wohnungsauflösung mitgenommen hatte, außerdem wasserdichte Goretex-Schuhe. Ich sah mich aus der Perspektive einer Drohne, eine Gestalt mit schwarzer Mütze, die sich mit schnellen Schritten über die Bürgersteige bewegte, in einem Pac-Man-artigen Muster. Ich lief die Niedstraße runter, vorbei an den Vorgärten mit ihren metallenen Schmuckzäunen, beleuchteten Erkern und verwaisten Balkonen. In der Luft lag der Geruch nach verbranntem Holz, auf Höhe der U-Bahn-Station stank es nach Müll und chemischen Reinigungsmitteln. Hinter dem Schulgebäude durchquerte ich die Unterführung und lief in Richtung des Bahngeländes. Ich fand einen kleinen Park mit einem stillgelegten Brunnen, im vermoosten Becken lagen ein Schnuller und eine schwarze FFP2-Maske. Die Straßen wirkten hier weniger trist als in anderen Teilen des Viertels – vermutlich wegen des Efeus, der an den Hauswänden hochkroch. Am Innsbrucker Platz zählte ich vier Döner-Läden, zwei chinesische Imbisse, einen TEDi und einen Laden, in dem man Brettspiele und Warhammer-Figuren kaufen konnte. Ich umrundete die Grünfläche einer Wohnanlage. Am Woolworth begegnete mir ein Junge, der Sandalen mit gestrickten Socken trug. Südlich von der Autobahnbrücke gab es zwei Friedhöfe. Wenn es regnete, las ich die Namen der Verstorbenen an den Gewölbewänden, da der Teil des Friedhofs überdacht war. In dem opulenten Grab am Ausgang war Familie Falk begraben. Unter der Skulptur einer trauernden Frau befand sich eine Gruft. Das entnahm ich einer erodierten Inschrift. Ich fand jedoch nicht heraus, warum sie eine eigene Familiengruft hatten. Früher hätte ich solche Sachen ergoogelt, jetzt suchte ich hinter der moosbewachsenen Statue nach Indizien, fand aber weder eine Info-Tafel noch andere Beschriftungen, die Hinweise auf einen besonderen Familienstatus gegeben hätten. Wahrscheinlich waren sie einfach nur reich gewesen. Unmittelbar hinter dem Bundesplatz gab es zwei Teeläden und einen italienischen Feinkostladen, an dem ich sonst immer vorbeigelaufen war, ohne hineinzugucken. Hinter der Scheibe hingen Mailänder Salamis und Guanciale aus. Es überraschte mich, in wie vielen Geschäften Jalousien oder Artikel für Aquarien verkauft wurden. Nur eine Straße von meiner Wohnung entfernt befand sich ein poshes Geschäft für Haustiere, es gab Merino-Pollunder für Hunde mit Kurzhaarfell, Beißschienen und Eis mit Lachsgeschmack. Ich hatte keinen Hund, aber Hunde interessierten mich, vor allem interessierte mich, was Städter alles für ihre Hunde taten. Ich studierte die Rückseite eines Vital-Öls, danach nahm ich eins der hochwertigen Ledertäschchen in die Hand. Sie sahen aus wie Handyhüllen, waren aber Kotbeutelspender. Ich vermisste den Kanal von Chio, einem Papillon-Show-Rüden, der in Newcastle zwei Mal den Titel abgeräumt hatte, und den von Mímí, einer Pudel-Dame mit pinken Strähnen, gefärbt mit biologisch abbaubarer, ungiftiger Lebensmittelfarbe. Am Anfang hatte ich diese Kanäle ironisch abonniert, aber irgendwann waren es die Showhund-Accounts, die mich am wenigsten nervten und die mir am meisten gaben: glückliche Zerstreuungsmomente. Eigentlich das, was mir Social Media früher jeden Tag gegeben hatte, bis es sich irgendwann in ein Teratom mit Zähnen und Haaren verwandelt hatte, das mich von innen aufzufressen drohte.

Ich begann mich im Oktober 2021 aus dem Internet zu löschen. Ich fing mit meinen Social-Media-Accounts an, zuerst TikTok, das ich eh kaum benutzte, dann Facebook und schließlich Instagram. Auf dem irrgartenartigen Weg, den Facebook ausgelegt hatte, um zu vermeiden, dass man sich löschte, stieß ich auf Einstellungen für den eigenen Gedenkzustand. Sich zu löschen und sterben wirkte auf einmal sehr nah beieinander. Ich hatte mich 2007 bei der Plattform angemeldet, auf einem Work-and-Travel-Trip nach Australien. Auch wenn ich vor ein paar Jahren zu Instagram gewechselt war und aufgehört hatte, auf Facebook zu posten, spiegelte meine Timeline einen signifikanten Teil meines Lebens wider. Es gab ein Foto, auf dem ich mit gegelten Haaren am Steuer saß, der Smart hatte meinem Vater gehört, ich parkte aus einer engen Parklücke hinter dem Schulhof des Goethe-Gymnasiums aus. Es gab ein Foto, auf dem ich in Bikini am Bondi Beach stand, ich hatte glatte Haut, ein paar Sommersprossen und einen unvorteilhaften Haarschnitt. Dann gab es noch ein paar Bilder aus dem ersten Jahr, in dem ich studiert hatte. Ich saß mit Freundinnen und dunkel umrandeten Augen an einem Tisch und rauchte, im Hintergrund Regale, auf denen vierundzwanzig verschiedene Teesorten standen, halbleere Gin- und Wodkaflaschen, ein Glas mit Goji-Beeren, Linsen, Sojaprodukte, zusammengewürfelte Tassen und Teller, die alle vom Faust-Flohmarkt stammten. Schließlich noch die Selfies, die ich nicht veröffentlicht, aber trotzdem auf Facebook hochgeladen hatte, um sie mit einer Dating-App zu synchronisieren. Ich, in einem gerippten Unterhemd auf einem weiß bezogenen Bett. Ich, in einem Top ohne BH vor einer türkisfarbenen Wand. Eine Nahaufnahme von meinen New-Balance-Schuhen. Eine Nahaufnahme von meinen Augen, braun mit grünen Einsprengseln. Ich fand, dass ich mit sechsundzwanzig schön ausgesehen hatte. Der Button *Konto löschen* löste ein tiefgreifendes Gefühl geisterhafter FOMO in mir aus, obwohl ich seit Monaten auf keiner Party gewesen war und mir keine einzige digitale Live- Ausstellungseröffnung angeschaut hatte. Ich sagte mir, dass es nur vorübergehend sein würde. Eine Art Detox: sich einmal aus dem System rausnehmen, Süchte lokalisieren, klarer benennen können, danach wieder gemäßigter mit dem Stoff umgehen – ein Real-Life-Reset. Je nachdem, ob diese autotherapeutische Herangehensweise überhaupt funktionieren würde. Ich schrieb eine Nachricht an alle Leute, die mir wichtig schienen. Mein Abschiedsgruß lautete: CUbybyxx. Danach wartete ich zwei Tage. Nur Damla schrieb zurück. Sie wünschte mir eine erholsame Zeit und hoffte, dass wir uns irgendwann mal wiedersehen würden. Es klang so, als würde ich umziehen.

Vielleicht hätte sich der Transit in ein möglichst Social-Media-freies Leben weniger radikal angefühlt, wenn ich im Oktober mehr zu tun gehabt hätte. Es herrschte das für Berlin typische Down, das einsetzte, wenn die Sommer-Euphorie endgültig verflogen war. Corona war immer noch da, Trips auf die Kanaren fielen reihenweise ins Wasser, weil sich jemand mit Delta infiziert hatte. Senta schrieb, dass gerade alle pflanzliche Stimmungsaufheller bei irgendwelchen Start-ups bestellen würden, und Pradaschuhe, asymmetrische Tops und grau karierte Miniröcke bei Momox kauften. Meine Fashion-Inspiration kam aus den letzten *Friends*-Staffeln, ich machte manchmal Screenshots von Monica, kaufte aber generell kaum noch Kleidung. Alkohol trank ich seit zwei Jahren nicht mehr. Es war zwar kein Lockdown, doch das Leben war weitgehend runtergedreht, alle Veranstaltungen, die für Halloween geplant waren, fielen letztlich doch aus. Kein Tarot. Keine heidnischen Rituale, bei denen man Fotos von Ex-Freunden zusammen mit Palo Santo verbrannte. Die Clubs hatten geschlossen. Ins Kino wollte ich nicht, wegen der schlechten Belüftungsanlagen. Aufgrund von Omikron traf man sich nur noch in gefestigten Pärchen-Konstellationen – ich gehörte zu keiner. Einmal microdosete ich Pilze und schaute Bob Ross mit einer Gruppe von Freunden, die ich noch aus meiner Studienzeit in Offenbach kannte. Das einzige, was mir irgendwie das Gefühl vermittelte, dass es wieder bergauf gehen könnte, war der Release der neuen *Euphoria*-Staffel, der für März auf SkyTicket angekündigt war. Bis dahin streamte ich ziellos weiter. Ich war bei vier verschiedenen OnDemand-Diensten angemeldet: Netflix, Amazon-Prime, SkyTicket und Mubi. Einen Monat lang meldete ich mich bei MagentaTV an, außerdem machte ich das Probeabo bei Disney+ mit. Ich schaute jeden Tag mindestens einen Film. Zwei Jahre Homeoffice hatten dazu geführt, dass ich E-Mails liegend beantwortete. Ich trug seit Anbruch der Pandemie überdurchschnittlich viel Jersey-Kleidung, lose sitzende Sporthosen, ausgestellte Yoga-Wear, weiße Oversize-T-Shirts, und, wenn es wirklich kalt war, eine Kapuze aus braunem Fleece. Vor den digitalen Sitzungen schälte ich mich aus den Kissen und setzte mich ungekämmt vor den Rechner. In letzter Zeit behauptete ich öfter, meine Kamera sei kaputt. Während der Sitzungen schnitt ich Gemüse oder schrubbte die Badewanne mit Badreiniger auf Sodabasis. Bei Abstimmungen oder Nachfragen postete ich ein + oder ein – in den Chat. Ich weiß nicht mal, ob das Kollegium überhaupt merkte, dass ich da war. Nachdem ich im Sommer meine Promotion abgeschlossen hatte, gab es für mich bis auf zwei Lehrveranstaltungen keine Verpflichtungen mehr. Ich hatte die letzten fünf Jahre an einer Dissertation zu Heldinnenreisen in der Populärkultur gearbeitet. Es ging um Romane und Filme, in denen Frauen nach einer Krise zu einer Healing-Journey aufbrachen. Jetzt stand meine dreihundertseitige Abhandlung im zweiten Stock der Universitätsbibliothek, vierte Reihe von rechts neben den Druckern, und fungierte fortan als Brutstätte für heimische Spinnenarten. *Eat, Pray, Love* konnte ich nach fünf Jahren Tiefenanalyse mitsprechen. Dass ich nun am gleichen Punkt angekommen war wie all die Figuren, die genötigt waren, eine Selbstfindungsreise nach Bali, Alderaan oder zum Pacific Crest Trail anzutreten, las ich an guten Tagen wie einen Witz, an anderen sah ich es als Erfüllung einer selbst herbeigeführten Prophezeiung.

Die Seminarthemen für meine beiden letzten Kurse, die ich digital gab, schusterte ich aus meiner Dissertation zusammen – *Selbstfindungsreisen in der kontemporären Populärkultur* und *Chick Lit-Heldinnen post2010*. Eigentlich bereitete ich mich aber bereits auf die Übergabe vor. Ich würde meiner Nachfolgerin alle Excel-Tabellen schicken, ein paar Vorlagen kopieren und dann wäre ich weg. Ich bekam noch vier Mal Gehalt, danach würde ich ALG1 beantragen und irgendwann auf Jobsuche gehen. Ich hatte ausgerechnet, dass ich mit dem ALG1-Satz gerade so über die Runden kommen würde, wenn ich meine viertausend Euro Ersparnisse dazurechnete. Man bekam sechzig Prozent des aktuellen Nettolohns, das waren bei meinem mickrigen Gehalt 1008 Euro. Ich hatte vor, das so lange wie möglich auszuschöpfen. Zuerst digitaler Detox und dann der Anfang eines analogen, eintönigen Lebens, wo ich in einem unaufgeregten Büro ohne Social-Media-Auftritt arbeiten würde, dem Druck enthoben, ständig irgendjemanden beeindrucken zu müssen. Als mich mein Bruder nach meinen Beweggründen fragte, sagte ich, ich wolle online nicht mehr gesehen werden, Leute nicht mehr online sehen, mich nicht mehr darüber abfucken, warum Nicki mein Selfie nicht geliked hatte, jemand ein Buch publizierte, heiratete, ein Kind bekam, auf die Malediven flog oder darüber, dass ich meine Skin-Care-Routine nie einhielt.

Was ich vor allem wollte: Die fundamentale Angst loswerden, gecancelt zu werden. Für irgendwas, was ich einmal getan oder gesagt hatte, oder einmal *tun oder sagen würde*. Ich hatte das Gefühl, dass meine öffentliche Bloßstellung nur noch eine Frage der Zeit war. Ich war weder berühmt, noch hatte ich irgendeine andere gesellschaftliche Relevanz. Persönliche Momente des öffentlichen Ruhms beschränkten sich auf einen Instagram-Post von einer Studierenden, der viral geteilt wurde, weil ich Bücher von J. K. Rowling wegen ihrer TERF-Ideologie aus einem Seminar für fantastische Literatur verbannt hatte. Dann gab es noch einen digitalen *ZEIT*-Artikel, der auf einen meiner alten Texte verwies. Mit Anfang dreißig hatte ich aufgehört zu schreiben, machte keine Videokunst mehr, ich postete verhältnismäßig wenig und hatte kaum Follower. Fakt war jedoch: Niemand wusste, zu welchem Zeitpunkt verschiedene Daten und Infos von mir oder über mich zu einem Ball des öffentlichen Interesses zusammenschmelzen könnten und ich in einem digitalen Inferno gelyncht werden würde.

Es war die Angst vor Kontrollverlust, die Angst vor dem Urteil der anderen.

Die Angst verfolgte mich wie eine Drohne, faustgroß, mit feinhaarigen Antennen und synthetischen Tastorganen, egal wohin ich ging oder wo ich mich aufhielt.

Senta schrieb ich: *Ich nehme ein Sabbatical.*

*

Die ersten Tage ohne Social Media liefen überraschend unkompliziert. Wahrscheinlich war es der Anfangsoptimismus. Ich schaute mir verschiedene YouTube-Videos an, in denen es darum ging, als toxisch bezeichnete Verhaltensweisen zu verlernen und bewusster mit der »Droge« Internet umzugehen, wie es in einem Clip hieß. Man sollte sich feste Zeiten einrichten, in denen man surfen durfte, in den internetfreien Phasen gegebenenfalls zu drastischen Maßnahmen greifen und Programme installieren, die den Netzzugriff für bestimmte Anwendungen sperrten. Das hielt ich erst mal für unnötig. Ich abonnierte zwei neue Kanäle von Frauen, die aus der Blogosphäre ausgestiegen waren, eine davon lebte jetzt in Kenia, die andere in einem Tiny House auf dem Grundstück ihrer Eltern in der Pfalz. Ich fand, dass ein erhöhter YouTube-Konsum in Ordnung war, schließlich postete ich hier nichts, und ich kannte niemanden persönlich; es war eher wie Fernsehen. Erst später realisierte ich, dass YouTube auch Social Media war. Sadia, das Gesicht des veganen Lifestyle-Kanals *Pickup-Limes*, empfahl, schädliche Verhaltensmuster gegen bewusst gewählte Routinen auszutauschen. In der ersten Oktoberwoche begann ich also, diese neuen Routinen zu entwickeln. Nach dem Aufwachen blieb ich nicht mehr im Bett liegen, um mir Storys anzuschauen, sondern stand auf und trank meinen grünen Tee auf dem Sessel vor meinem Fenster. Ich wickelte mich in eine Wolldecke und versuchte mich nicht von der Ungewissheit nervös machen zu lassen, ob mir jemand eine wichtige Nachricht geschrieben hatte oder Sebastian Kurz endlich zurückgetreten war. Mir fiel auf, dass mein Sessel nach Mottenkugeln roch und sich eine Staubwolke bildete, wenn ich auf das Polster klopfte. Sie verflüchtigte sich im Sonnenlicht, einige Partikel blieben für einige Sekunden in der Luft schweben, es sah aus wie ein glitzerndes Sternensystem. Mein iPhone ließ ich auf Flugmodus. Das Licht veränderte sich jeden Tag ein bisschen, es wurde früher hell, Tauben gurrten auf dem gegenüberliegenden Fenstersims, um halb neun rauchte mein Nachbar seine erste Zigarette, ich roch den Rauch durch die zugigen Fensterschlitze. Die ersten vier Tage fand ich das Morgenritual noch idyllisch, danach wurde mir unfassbar langweilig, also erlaubte ich mir, ausgewählte Nachrichtenseiten zu besuchen. Während ich im Schneidersitz mit der Decke um die Schultern meinen ersten Tee trank, durfte ich die Headlines der *Tagesschau* und des *Guardian* überfliegen, außerdem einen Artikel aus dem *JACOBIN-Magazin* lesen. Wenn mir die Meldungen über Aufrüstungen an der ostukrainischen Grenze, Putins »großrussische« Bestrebungen und die Infektionszahlen zu viel waren, las ich stattdessen zwei kurze oder einen längeren Wikipedia-Artikel. Ich lernte etwas über lauretanische Litaneien. Und dass Digiskopie ein Verfahren der Bilderstellung war, bei der man Teleskope und Spektive benutzte. Mir fiel jetzt erst auf, wie viel Zeit ich in den letzten Jahren scrollend verbracht hatte. Auf einmal erstreckte sich der Tag vor mir wie eine fünfte Dimension, die ich eigentlich irgendwann in meiner Kindheit verlassen hatte.

Wann hatte ich mich das letzte Mal länger als zwei Minuten gelangweilt, ohne dass ein flüchtiges, virtuelles Antidot zur Verfügung stand? Ich fing an, mich abgekapselt zu fühlen, weil ich nicht mehr wirklich wusste, was bei Leuten, mit denen ich mich zum Teil seit Jahren nicht getroffen oder die ich nie persönlich gekannt hatte, täglich passierte.

Mittwoch regnete es. Ich ging vormittags Zutaten für Ceviche einkaufen: Kabeljau, Zitronen, Chilis, Koriander und rote Zwiebeln. Zu Hause würfelte ich den Fisch und marinierte ihn. Ich aß eine Maiswaffel, machte einen Vormittagsschlaf, masturbierte zwei Mal hintereinander, stand wieder auf – es war immer noch hell, der Fisch war weitgehend durchgegart, hatte in der Mitte aber immer noch einen rohen Kern. Um sechzehn Uhr fing mein digitales Seminar an. Ich schaltete kurz mein Mikro ein, um alle zu begrüßen und mich von der Anwesenheit der Referatsgruppe zu überzeugen. Während des Referats machte ich heimlich ein fünfzehnminütiges HIIT-Training. Es ging um Dramastrukturen und ihre Adaption für das Hollywoodkino nach Syd Field. Während meiner sechsjährigen Universitätskarriere hatte ich nie mit Referaten gearbeitet, ich fand, dass das immer nur faule Profs machten, die sich seit fünfundzwanzig Jahren auf ihren entfristeten Stellen ausruhten. In meinem letzten Semester ohne Vertragsverlängerung war mir das egal. Nach dem Seminar aß ich eine Portion Ceviche mit einem im Wasserbad aufgewärmten Maiskolben und klickte mich durch Netflix, aber auch das ging irgendwann vorbei. Den Rest des Tages kreisten meine Gedanken um die letzten Jahre und darum, wie mein zukünftiges Leben aussehen würde.

Im Hinblick darauf, dass ich nichts davon mehr online preisgeben müsste, fühlten sich die meisten Sachen gar nicht mehr so fatal an – die Tatsache, dass ich keine künstlerischen Ambitionen mehr hatte, zum Beispiel.

Dass ich vierunddreißig war und mir den falschen Job ausgesucht hatte.

Dass meine Akne immer schlimmer wurde.

Dass ich nicht wusste, ob ich Kinder kriegen sollte – wenn ja, mit wem? Und wie sollte ich das finanzieren?

Dass ich in Berlin fast nichts mehr mit den Leuten zu tun hatte, mit denen ich in Offenbach befreundet gewesen war.

Dass ich nicht wusste, ob Nicki seine Fluoxetins regelmäßig nahm – vielleicht war er in einer Klinik? Ich überlegte eine Weile, ob ich wieder Instagram runterladen sollte. So wichtig war mir der Zustand meines Ex-Freundes dann aber doch nicht.

Was mich ernsthaft belastete, war die Sache mit meinem kleinen Bruder, der mir Links zu Artikeln über Spike-Proteine und Impf-Shedding schickte. Heute bekam ich zwei Fotos von Leuten mit blau angelaufenen Gesichtern. Er schickte sie über Signal. Ich zoomte an die Gesichter heran. Die Adern zeichneten sich bedrohlich unter der Haut ab. Es konnten Aufnahmen von vergifteten Menschen sein, die jemand auf irgendeinem Imageboard gepostet hatte. Oder Photo-Ops von Impfgegnern. Vielleicht hatten die Boomer unter ihnen dafür ihre Ehefrauen, Kinder oder Eltern geschminkt und auf einer Massageliege im Keller drapiert?

Unter dem Bild stand in weißer Blockschrift mit schwarzem Rand: *Wir wollen dich so nicht beerdigen.*

Ich wusste nicht, ob mein Bruder die theatralischen Untertitel selbst schrieb oder ob die Bilder samt eigenem Sprachduktus aus dem Meme-Komplex der deutschen Querdenkerszene stammten. Mittlerweile blickte ich mit einer analytischen Distanz darauf, wie auf Untersuchungsmaterial, das ich hermeneutisch auslegen wollte.

Wer ist wir?, schrieb ich zurück.

Oma und ich. Meine es ja auch bildlich.

Lieb, dass du dir Sorgen machst. Und dann? Keine Ahnung. Ich wartete eine halbe Minute. Dann tippte ich: *Wovor hast du wirklich Angst?*

Ich sah ihn vor seinem Gaming-Computer, hinter ihm verschiedene Glasmöbel und Fitnessgeräte, vom Fenster aus blickte man auf die Anlage mit den Kastanien, dahinter der Hügel, der zum Wald führte. Er war vor ein paar Jahren mit seinem Golden Retriever bei Oma A. eingezogen, hatte das obere Stockwerk ausgebaut und das Bad neu gefliest. In Oma A.s muffigem Haus mit dem düsteren Speicher und der grün gekachelten Küche hatte ich einen Großteil meiner Kindheit verbracht. Im Flur roch es immer nach Kohl und Desinfektionsmittel. Das Haus stand in einem Waldstück zwischen Laufdorf und Grävenwiesbach. Eigentlich hatte ich letzten Sommer für ein paar Tage vorbeischauen wollen, aber mein Bruder hatte Angst, dass ich das Virus mitbringen würde. Jetzt hatte er Angst, dass ich Spike-Proteine über Hautkontakt übertragen könnte. Das Haus hatte sich seit Beginn der Pandemie verändert, mein Bruder hatte mir Fotos geschickt. Die beiden hatten achttausend Euro ausgegeben, um den Garten mit einem schulterhohen Maschendrahtzaun und Sichtschutz auszustatten. Den Kirschbaum gab es nicht mehr, im Gartenhäuschen standen jetzt Proteinpräparate und Wassertanks.

Ob Oma A. geimpft war, wusste ich nicht.

Wenn ich sie fragte, redete sie entweder von Schneckenplagen in ihrem Salatbeet oder den Bewässerungsanlagen ihrer Nachbarn. Sie war mit Anfang achtzig immer noch fit, verfolgte Nachrichten, mähte den Rasen und kommentierte hin und wieder Artikel in der *Wetzlarer Allgemeinen* mit Leserbriefen. Dass sie irgendwann anfangen würde, die sozialpolitischen Bestrebungen der Linken abzutun und nur noch Wagenknechts Kommentare zur Situation der Geflüchteten abzunicken, hatte ich nicht erwartet. Als wir vor ein paar Wochen telefonierten, sprach sie von den Bestrebungen der chinesischen Regierung, den Westen zu unterjochen. Sie hatte aufgehört, bei *Asia Mekong* – dem einzigen chinesischen Imbiss, der von Asslar aus nach Laufdorf lieferte – gebratene Nudeln zu bestellen. Ich hatte versucht, ihr zu erklären, dass sie da falschlag, das Virus nicht aus einem Labor kam, sondern höchstwahrscheinlich über eine Fledermaus auf einem Wochenmarkt in Wuhan übertragen worden war. Daraufhin warf sie mir vor, naiv zu sein, und legte auf. Ich sah sie auf einem beige gemusterten Chesterfield-Sofa sitzen, im Hintergrund lief der *Schlagerherbst* oder eine Sendung mit Florian Silbereisen. Wahrscheinlich drückte sie mit ihren dicken Daumen auf dem Telefon herum. Es war nicht unrealistisch, dass sie das Telefon auf die Fensterbank knallte oder in die Kissen des Sofas schmiss, wo es abprallte und dann auf dem Boden zerschellte – das hätte erklärt, warum sie danach zwei Wochen nicht erreichbar war. Dann würde sie sich aus dem Sofa stemmen, mit ihren nackten, verhornten Füßen in ihre Schlappen gleiten und zum Porträt meines Großvaters murmeln, warum er sie mit diesem »Schiss« alleingelassen hatte. Ihr »Schiss« klang immer nach Vogelkacke oder Durchfall, nichts, was abstrakt war, sondern eine widerliche Haptik hatte. Zwei Wochen nach unserem Streit rief sie mich an, um mir zu erzählen, dass es mit ihrem Reizdarm besser lief, seit sie sich Fenchel-Kümmel-Öl gekauft hatte. Oma A. war zwar hitzig, hatte die Tendenz, Obszönitäten zu schreien und Gegenstände zu zerstören, genauso schnell war sie aber wieder zu besänftigen. Sie ließ sich beeinflussen. Es hatte einen Nachmittag gedauert, bis ich sie davon überzeugt hatte, nicht die AfD, sondern die Linke zu wählen.

Mein Bruder war anders.

Als er ganz klein gewesen war, hatte er seine Stofftiere streng nach einer bestimmten Reihenfolge sortiert. Zuerst die Diddl-Braut, in ihrem Brautkleid, dann der Diddl-Ehemann mit dem schwarzen Zylinder, daneben ein blauer Brachiosaurus, dem ein Auge fehlte, dazwischen ein paar Pokémon, deren Namen ich nicht kannte, weil ich dafür zu alt war. Schließlich Hoppel, der zerfledderte Hase, der nur noch durch einen Strampelanzug zusammengehalten wurde. Bevor er schlafen ging, folgte er einer spezifischen Routine, die Decke musste dabei senkrecht zur Bettkante arrangiert werden, und wenn es nicht nach Plan lief, wurde er zornig und fing an so heftig zu schreien, dass sich auf seiner Stirn eine Y-förmige Ader abzeichnete. Heute wäre sein Verhalten wahrscheinlich anders eingeordnet worden, vielleicht hätte man ihm Techniken beigebracht, mit diesen Situationen und Ängsten umzugehen. Stattdessen hatte mein Vater ihn regelmäßig als missraten bezeichnet. Das störrische Festhalten an Routinen und Meinungen setzte sich bis heute fort.

*

Ich weiß nicht, ob ich so viel mit meinem Bruder geschrieben hätte, wenn ich noch auf Instagram gewesen wäre. Ich nutzte jetzt nur noch Signal. In der Messenger-App konnte man einstellen, dass Nachrichten nach vier Wochen automatisch gelöscht wurden. Es fühlte sich richtig an, die eigene Kommunikation nicht mehr dauerhaft zu speichern. Dadurch beschränkte sich der Radius an Leuten, mit denen ich texten konnte, erst mal auf die Personen, die die App eh schon nutzten. Das waren zu dem Zeitpunkt mein Bruder und Milan, ein entfernter Bekannter aus Offenbach, mit dem ich einmal high über Drummaschinen geredet hatte.

Nach fünf Tagen ohne Social Media fing ich an, in Geschäften Smalltalk zu führen, weil ich es nicht gewohnt war, so wenig zu kommunizieren. Wem erzählte ich jetzt, was ich aß? Trank? Wenn ich Bauchschmerzen hatte oder gerade *Bridgerton* streamte? Wem schickte ich die Videoaufnahme von drei Tauben, die um eine Kotzpfütze herumhüpften und gelegentlich Dinge aufpickten, die aussahen wie die Reste einer Portion Mapo Tofu?

In meiner Verzweiflung schickte ich das Video an Milan. Drei Stunden später blockierte ich ihn, ohne eine Antwort bekommen zu haben. Danach schickte ich über die Einstellungsfunktion Einladungen raus, um doch noch ein paar Leute zu animieren, Signal runterzuladen – ich wusste, dass das irgendwie heuchlerisch war, fühlte mich aber ernsthaft alleine und isoliert. Es war frustrierend zu merken, dass sich seit meinem »Drop-out« niemand mehr für mich interessierte, wie auch – ohne Insta und Telegram war ich praktisch nicht mehr erreichbar, wer schickte eine E-Mail? Oder eine SMS? Um von meiner Mitteilungssucht runterzukommen, ließ ich den ganzen Tag mein Notizprogramm offen und tippte darin

Nachrichten an mich selbst. *Gerade gefrühstückt, Dinkelflocken, Hanfsamen, Flohsamenschalen, Heidelbeeren, Kurkuma und ein halber Apfel.* Oder: *Gerade einen Infoclip über den Detonationsradius von Atombomben geschaut. Sollte man abseits der Großstädte wohnen?* Irgendwann las sich das Ganze wie ein Tagebuch.

Um mich weniger allein zu fühlen, ging ich mittags in das Stehcafé hinter der Unterführung am Bundesplatz. Vor der Unterführung hingen wieder irgendwelche Kids ab und kifften. Ich hatte Lust auf Eistee, aber es gab hier nur den überzuckerten von Lipton. Zuckerfrei trank ich nicht, wegen des Aspartams, also nahm ich mir ein Mineralwasser aus dem Kühlschrank und kaufte ein Rubbellos. Mit einer Zehncentmünze kratzte ich es an der Theke frei. Heute arbeitete hier wieder die junge Frau, die aussah, als hätte sie eine Jugend in der Antifa hinter sich. Ich begann das Gespräch mit der Beobachtung, dass seit einer Woche nicht mehr die Sonne geschienen hatte. »Ich wollte eigentlich mal wegfahren«, sagte die Frau. »Ist aber ausgefallen, weil meine Vertretung Corona hatte.« Wir redeten über das Wetter oder darüber, was wir mit einem Lottogewinn machen würden. Sie würde sich davon eine Kart-Bahn kaufen. Außerdem etwas fürs Klima spenden. Ich mochte Karts nicht, Autos auch nicht, Flugzeuge noch weniger, weil ich Höhenangst hatte – U-Bahn war okay, solange es nicht stank und niemand Gitarre spielte. Ich fuhr entweder Rad oder blieb zu Hause. »Ich glaub an Zen und Ying und Yang und so was«, sagte sie. Ich sagte ihr, dass ich an Horoskope glaubte. »Echt jetzt? Du siehst gar nicht aus wie ne Eso-Tante.« »Liegt wahrscheinlich am Lippenstift.« Sie wollte, dass ich ihr Sternzeichen errate. Als ich dazu ansetzte, sie zu fragen, ob sie die Co-Star-App kannte, kam ihr Freund in den

Laden, er hatte einen Fünfjährigen auf dem Arm, außerdem einen pinkfarbenen Tretroller in der Hand. Ich trank mein Wasser aus und ließ zehn Cent in der Trinkgelddose.

Zu Hause wartete eine Signal-Nachricht auf mich. Es war eine automatisierte Benachrichtigung – *Senta Thews ist jetzt auf Signal!* Sie war die einzige, die sich erbarmt hatte, meiner Einladung zur neuen Kommunikationsplattform nachzukommen. Ich schickte ein Emoji und ein *hello,* dann eine Sprachnachricht hinterher. Früher waren meine Sprachnachrichten immer kurz gewesen, wenn ich denn überhaupt eine schickte. Diesmal überschritt ich die Acht-Minuten-Marke.

Senta reagierte abends mit einem Herz. Kurz darauf schickte sie eine Sprachnachricht, die ich in der Küche anhörte, während ich Wasser für eine Wärmflasche heiß machte, ich war barfuß. Sentas Date war bedrückend mittelmäßig gewesen. *Kennst du das, wenn dich Leute an deinen Vater erinnern?,* fragte sie. Dann ging es um eine verpatzte Deadline. Und ob ich schon die Petition unterschrieben hatte, in der die BVG wegen eines rassistischen Übergriffs zur Verantwortung gezogen werden sollte. *Kein pressure, wär nur ne wichtige Angelegenheit.*

Sie schloss ihre Sprachnachricht mit:

Denkst du, ich sollte zu meinem Dad fahren? Ich glaube, es ist schwer für ihn gerade, seit der OP ist er nur noch zu Hause. Fühl mich irgendwie verantwortlich, kann aber auch gerade nicht weg, weil ich zwei Schichten übernommen hab.

Ich legte mich mit Wärmflasche ins Bett und ging ausführlich auf alle Punkte ein. Meine Sprachnachricht war über zehn Minuten lang. Bevor ich anfing, eine Dokumentation über die *Rajneesh*-Kommune zu streamen, schickte ich Senta noch vier Links hinterher. Ein Link zu einem Rezept mit Tahini, eine Publikation über »Witchcraft and Feminism«, ein Link zu einem Caroline-Polachek-Song, den Link zum Trailer der Doku, die ich jetzt schauen wollte. Ich ließ noch fallen, dass mein Bruder sich gemeldet hatte, ich aber nicht mehr wusste, wie ich auf ihn reagieren sollte – Sentas Vorschlag: *Vielleicht distanzieren? Meine nur, damit du dich schützt … ?* Sie schickte mir einen Link zu einem Podcast, den ich vor zwei Tagen gehört hatte, als ich meine Decken entstaubte. Es ging um Leute, deren Familienmitglieder in den letzten eineinhalb Jahren Impfgegner geworden waren. Ich hatte einen halben Nachmittag recherchiert, in der Hoffnung, Lösungen zu finden, zumindest Strategien. Letztlich lief es darauf hinaus, wie hoch man die Chancen einschätzte, die andere Partei überzeugen zu können. Ein Großteil der Leute war zwar angstgesteuert, ließ aber noch mit sich reden. Hatte man allerdings Pech, stand man vor einer Granitwand neuer Glaubenssätze. Verhältnismäßig war zwar nur ein kleiner Teil in einen Zustand abgedriftet, der mit religiösem Fanatismus zu vergleichen war, dieser Teil war jedoch – und das unterstrichen Psychologinnen – völlig logikresistent.

Ich schrieb *thx.* Dann schickte ich Senta noch ein Meme mit Rory Gilmore, außerdem ein HDGDL. Danach schaltete ich auf Flugmodus. Ich hatte genau vor einer Woche Instagram gelöscht.

*

Nachdem ich wieder mit Senta schreiben konnte, stieg der Content, den ich an sie schickte, um 1050 Prozent. Ich schickte ihr alles. Guten-Morgen-Selfies, Gute-Nacht-Grüße, verschiedene Outfit-Optionen, weil ich nicht entscheiden konnte, welche der Secondhandklamotten, die ich momentan bei Momox bestellte, ich behalten sollte. *Jeansjacke mit Riemchen?* – Auf jeden Fall behalten. *Anzughose mit ausgestellten Beinen?* – Auch. *Fake-Leder-Blouson?* Auch. *Rosa kariertes Kostüm zwischen Margaret Thatcher und Avril Lavigne?* Hm. Könnte man zurückschicken ... *fühlst du dich darin wohl?* Letztlich behielt ich alles, weil ich keine Motivation hatte, das Haus zu verlassen und zum DHL-Shop zu gehen. Die Kleidungsstücke waren ein Hoffnungsschimmer auf ein anderes Leben – ein Leben, in dem Sommer sein würde, ich nicht mehr auf das Internet angewiesen wäre, meine Akne verschwunden und Senta und ich auf einem Outdoor Rave mit Öko-Toilette in Südbrandenburg eine halbe Ecstasy nahmen.

Senta hatte sich vor Weihnachten mit fast allen ihren Freundinnen in Berlin gestritten – »Abstreifen toxischer Beziehungsmuster«, nannte sie das. Ich fragte nicht, warum. Ich war froh, dass sie da war. Sie hatte in Frankfurt Curatorial Studies studiert, daher kannten wir uns überhaupt, und überlegte, sich im nächsten Semester für einen *PhD in Practice* in Brighton einzuschreiben. Nachts schickte sie mir Links zu Artikeln über Themen, von denen sie dachte, dass sie mich interessieren könnten, die Geschichte feministischer Bewegungen in Polen, Reviews über neue Sci-Fi-Titel, den Trailer der neuen *Bridgerton*-Staffel, Rezepte ohne Gluten, Screenshots von attraktiven Leuten, die sie auf OkCupid gesichtet und in der Tennisbar getroffen hatte. Vor zwei Monaten war sie für eine Woche auf den Malediven gewesen, mit einem Banker, der angeblich eine Poly-Beziehung hatte. Momentan arbeitete sie in einer Galerie, an der Garderobe eines Clubs und in einem Medienstatistik-Institut – was sie dort genau machte, wusste ich nicht. Manchmal schrieb sie Artikel für Popkultur-

Magazine, die sich auf Ostberlin spezialisiert hatten, oder legte auf. Sie war in zwei feministischen Lesekreisen und einem Kollektiv organisiert, in dem FLINTAS einen Raum in digitalen Kunst-Diskursen einforderten. Keine Ahnung, ob sie irgendwas aus meinen Sprachnachrichten rausbekam. Vielleicht gab ihr mein eintöniger Alltag, der sich wahrscheinlich kaum von dem einer Rentnerin unterschied, ein Gefühl von Sicherheit.

Zehn Tage nachdem ich Instagram gelöscht hatte, stand Senta unangekündigt vor meiner Haustür. Sie trug eine fliederfarbene Maske und einen knöchellangen Jeansmantel, in der Hand hielt sie eine gelbe Plastiktüte. Sie hatte fünf Tütensuppen, einen Smoothie, Dinkel-Toast und eine kleine Flasche Cola dabei. Senta kam so gut wie nie nach Südberlin. Sie hatte ihre Augenbrauen dunkelblau nachgemalt und verströmte einen Geruch, der mich an Kölnischwasser erinnerte. »Soll ich die Sachen einfach vor die Tür stellen? Wie geht's dir, Maus?« Sie dachte, ich hätte Covid. Ich ließ sie rein. »Hast du in deiner Sprachnachricht nicht permanent von Isolation geredet?«, fragte sie entgeistert. Senta hatte eine ADHS-Diagnose. Ich war froh, dass sie mich falsch verstanden hatte. Ich gab ihr eine kurze Wohnungsführung. Sie fragte, warum in allen Zimmern auffüllbare Tempo-Boxen standen. Eine stand neben dem Bücherstapel links von meinem überdimensionalen Bett mit dem weißen, geriffelten Bezug. Im Wohnzimmer neben meinem Flachbildschirm und dem Lavendelduftöl. Im Flur zwischen dem FFP2-Masken-Vorrat. Ich sagte, wegen meiner Hausstaubmilben-Allergie. Danach sichtete sie mein Bücherregal. »Stört dich die Kita da unten nicht?«, fragte sie, wahrscheinlich in der Hoffnung, Dinge zu finden, die an meiner Wohnung scheiße waren. Um ihr entgegenzukommen, sagte ich, dass es im Winter eiskalt war und ich nachts mit einer Kapuze schlief. Ich entsperrte mein iPhone und suchte das Selfie, auf dem ich die braune Fleecekapuze trug. Ich hatte es dem Screenshot von einem Ewok, der auch eine braune Kapuze trug, gegenübergestellt. Senta lachte und gab mir mein iPhone zurück. Sie meinte, dass sie unbedingt aus Neukölln rausmusste. Sie hatte heute eine Katze mit einer Art Elefantitis am Hinterbein gesehen und fand es grauenhaft, dass das Tier von vier E-Boys gefilmt worden war. Ich war mir nicht sicher, ob die Katze als Metapher gemeint sein sollte. Sie bot mir eine Mozartkugel an. Ich lehnte ab. »Wegen der Histamine.« »Was heißt das?« »Ich krieg davon Pickel.« Es war nett, dass sie aus Rücksicht behauptete, meine Akne sei viel besser geworden.

An dem Tag redeten wir viel über Social Media, Instagram und unsere digitale Sozialisierung. Senta hatte keine Geschwister, sie war alleine mit ihrem Vater aufgewachsen. Ihre frühe Kindheit hatte sie in anti-hierarchisch organisierten naturheilkundlichen Gruppenseminaren in der Nähe vom Chiemsee verbracht. Es war immer jemand da gewesen, der sich mit ihr beschäftigt hatte – ihre Mutter hatte sie nie vermisst. Sie meinte, es sei eine gute Kindheit gewesen. Wir bestellten Samosas und teilten uns die Cola, die sie mitgebracht hatte. Senta rauchte alle zwanzig Minuten eine Zigarette auf meinem Fensterbrett, momentan waren es die dünnen von Vogue. Ihren ersten SchülerVZ-Account hatte sie mit zwölf eröffnet, sie war sechs Jahre jünger als ich. Wir fanden beide, dass das einen signifikanten Unterschied machte, es war so, als wären wir in gänzlich unterschiedlichen Kulturen aufgewachsen. Ich war siebzehn, als die Plattform sich an meiner Schule ausbreitete, aber letztlich nutzten es dann doch nur wenige, machten schale Lehrerwitze, gruschelten – niemand interessierte sich so richtig dafür. Davor war mein einziger Kontakt mit dem Internet ICQ, wo ich abends mit Philipp und Ilona chattete. Die Leute, die Ende der Achtziger geboren wurden, waren Zwischenwesen, Kinder ohne Smartphones und Reddit-Foren, die in den Büros ihrer Väter heimlich Modems hochfahren ließen. Senta hingegen hatte ihre komplette Pubertät im Internet verbracht, fand es aber zu kurz gegriffen, ihre Teen-Angst nur auf Social Media zu schieben. Sie fragte, ob ich ein Foto für sie machen konnte, für eine Story. Ich machte vierzehn verschiedene Bilder, bis sie zufrieden war.

Dass Senta jünger war als mein kleiner Bruder, fand ich schwer zu greifen. Es war nicht nur das geschwisterliche Gefälle, das über die Kindheit hinaus ins Erwachsenenalter reichte, es lag daran, dass Senta ein ganz anderes Leben führte als er, sie war unabhängig, hatte ihren Geburtsort verlassen, sie war im Gegensatz zu ihm ein gänzlich autonomes Individuum. Ich kam mir schlecht vor, so zu denken. Anders als ich hatte mein Bruder kein soziales Netz, das ihn nach dem Tod unseres Vaters aufgefangen hatte. Die einzigen Leute, mit denen er damals hin und wieder in unserem Keller abhing, waren Dorfjungs, die sich gegenseitig beleidigten und Red Bull tranken. Dann löste sich auch noch seine *World of Warcraft*-Community auf und er verlor den Kontakt zu seinen digitalen Freundinnen. Er war gerade mal fünfzehn gewesen. Ich hatte mir eingeredet, dass ich die Depressionen, vielleicht sogar die Psychose hätte verhindern können, wenn ich nicht sofort ausgezogen wäre, aber der Tod hatte diese Kluft in unsere Familie gerissen und uns alle – meine Mutter, meinen Bruder, mich – in hermetisch abgeriegelte Zonen geworfen.

Mir fiel auf, dass ich überhaupt keine Ahnung hatte, wie er sich im Internet verhielt. Hatte er einen Discord-Account? Auf welchen Dating-Apps war er angemeldet? War er überhaupt auf Dating-Apps angemeldet? Trieb er sich auf Incel-Boards rum? Bisher ging ich davon aus, dass er in den Telegram-Gruppen nur zuschaute, passiv teilnahm – aber woher sollte ich das wissen, vielleicht war er einer der Leute, die anonym reihenweise einschlägige Memes produzierten, oder jemand, der eine Facebook-Seite hostete. Ich machte mir Sorgen.

»Wer weiß«, sagte Senta, »vielleicht würde es wirklich alle Probleme lösen, sich aus dem Internet zu löschen.« Sie spielte gedankenverloren mit ihrer Zigarettenschachtel und erwähnte Marx'sche Entfremdung im digitalen Raum. Ich sagte, dass ich mich zu Tode langweilte, mich ausgeschlossen fühlte, dafür jetzt wusste, welche Produkte bei EDEKA am Breslauer Platz im Angebot waren. »Ach, bibi«, sagte sie und griff nach meinem Fuß. Sie fragte mich, was mir gerade am schwersten fiel. »Kein Instagram zu haben«, sagte ich. Wegen der Storys. Es war so, als wäre die Serie, die ich seit drei Jahren jeden Tag beim Essen streamte, abgesetzt worden – eigentlich interessierte mich das meiste nicht besonders, aber man begann die Interaktionen der Charaktere zu vermissen. Im Spezifischen war es schwer, nichts mehr über Nicki zu erfahren. Senta verurteilte mich nicht dafür, dass ich ihm immer noch gefolgt war, obwohl wir seit zweieinhalb Jahren nicht mehr zusammen waren, das schätzte ich besonders an ihr. »Im Gegensatz zu dir ist er einfach die größte Wurst.« Sie bot mir an, ich könne sein digitales Selbst über ihren Account beobachten. Ich fand, dass es okay war, sich ab und zu was zu erlauben, ein softer Übergang war besser als ein Rückfall – oder nicht? Mittlerweile hatte er alle Fotos gelöscht, auf denen wir gemeinsam drauf waren. Es gab ein paar neue Ölgemälde, eine Zeichnung von einer Anime-Figur, dann noch einen mehrdeutigen Post, der irgendwie politisch gemeint sein sollte, sich aber wie ein Kippbild verhielt, das dem Zuschauer jeweils die eigene Ansicht spiegelte. Ich hatte immer noch den Eindruck, dass sich mein Gehirn verflüchtigte, wenn ich durch seinen Feed scrollte und seine Selfies anschaute. Ich blieb auf einem Kommentar von *goon_squad11* hängen. Dass das Kunstschulmädchen ein Herz gepostet hatte, machte mich stutzig. Ein Herz sagte viel mehr aus als eine flapsig getippte Reihe aus drei oder vier Herzen. Außerdem war das Herz grün. Ein rotes Herz wäre ironisch gemeint. Ein grünes Herz konnte alles heißen.

»Kann ich die Schokonüsse aufmachen?«, fragte ich Senta. »Ich dachte, du isst keine Schokolade?« Ich griff nach der Tüte und nahm vier blaue Schokonüsse, weil sie mich an Heidelbeeren erinnerten. Die nächste halbe Stunde war Senta mit ihrem iPhone beschäftigt, sie öffnete wiederholt Tinder, um zu schauen, ob ihr im Süden der Stadt andere Leute angezeigt wurden. Wir swipten ein bisschen gemeinsam und machten uns über seltsame Profile lustig. Es war ein Mann in Bundeswehrmontur mit einem Gewehr dabei, ein Ehepaar vor dem Traualtar – die Frau hochschwanger –, ein Mittzwanziger mit Brille, Bart und Hut, der mit weit aufgerissenem Mund und erhobenem Daumen vor einem Esel posierte. Sie fragte mich, ob sie den Text aus meinem Immoscout-Profil kopieren konnte. »Ich schick ihn dir auf Insta«, sagte ich. Dann fiel mir ein, dass ich kein Instagram mehr hatte. Es wäre sowieso sinnlos. Sie würde Neukölln niemals verlassen. »War schön, Maus«, sagte Senta irgendwann. Sie beugte sich zu mir runter, gab mir einen Kuss auf die Wange und drückte mich fest. Ich hatte auf einmal das Gefühl, zurückgelassen zu werden, und suchte nach Gründen, sie noch zum Bleiben zu bewegen. »Freitag bin ich auf einem Geburtstag, aber Samstag könnten wir ins Kino, wenn du Lust hast.« »Hast du *Nomadland* schon gesehen?«, fragte ich sie. »Kam der nicht vor drei Jahren raus?« Ich brachte sie zur Tür und erklärte ihr, wie sie am besten zur U-Bahn kam. »Und denk dran, ich bin nur noch über Signal erreichbar. Oder per E-Mail. Oder du kannst anrufen.« »Omi«, lachte Senta und drückte mich noch mal. Später schickte sie mir ein Meme, auf dem ein junger Mann mit Alufolienhut drauf war. Er hielt einen Hasen in der Hand, der auch einen Alufolienhut trug. Es war mit einem Zitat von Jimmy Kimmel unterlegt, in dem es darum ging, dass die NSA zu jeder Zeit wusste, wo wir uns befanden und mit wem wir in Beziehung standen, weil sie unsere Handys trackte, und die – Zitat – verrückten Leute, die Alufolienhüte trugen, weil sie sich von der Regierung verfolgt fühlten, schlussendlich recht hatten. Zwei Tage später saß ich in der U-Bahn einem Mann gegenüber, der sich halb auszog und seinen mit dunkelroten Punkten übersäten Körper mit einem Akkuladegerät behandelte.

*

Alle Digital-Minimalism-Ratgeber rieten dazu, sich auf Regressmomente einzustellen, die vor allem in der Anfangsphase auftauchen würden.

SubtleMagnetism sprach auf seinem YouTube-Channel davon, den Drop-out am besten wie eine Langstreckenwanderung in Angriff zu nehmen – es würde durch Wüstengebiete gehen und logistische Präzision erfordern. Man sollte sich hierbei wieder auf seine übergeordneten Ziele konzentrieren.

Es war tröstend, in den Foren von den Rückschlägen der anderen zu lesen. Viele schrieben, dass die ersten vier Wochen ohne Social Media die schlimmsten wären, mein erster Monat war in acht Tagen vorbei. Obwohl ich immer noch YouTube und Signal hatte, beschlich mich über den Tag oft das seltsame Gefühl, dass mir etwas fehlte. Ich beschloss meine Routine zu verschärfen und mir noch mal mein Ziel vor Augen zu rufen. Eigentlich ging es mir doch darum, die über das Internet verstreuten, digitalen Spuren meiner Vergangenheit unwiderruflich zu löschen. Darauf wollte ich mich die nächsten Tage konzentrieren.

Nach der Zeitumstellung stellte ich meinen Wecker von acht auf sieben Uhr dreißig. Ich trank Tee im Bett, erlaubte mir meine zwei Artikel, um dann mein Telefon wegzulegen und zwei Stunden zu lesen. Danach suchte ich mir einen Meditationsclip auf YouTube raus, es wurde eine mehrtägige Challenge zur Shakra-Stärkung. Ich meditierte fünfzehn Minuten auf meinem Meditationskissen, dann schrieb ich meine Träume auf.

Nachdem ich aufgehört hatte, direkt nach dem Aufstehen mein iPhone zu greifen und mir Inhalte in den Kopf zu gießen, die ich mittlerweile als Müll bezeichnete, erinnerte ich mich lebendig an alles, was mein Gehirn nachts zusammenwürfelte. Ich träumte oft von Maschinen, die so groß waren wie Häuser und einen Pulsschlag hatten. Ich spürte, dass sie nach mir griffen, nicht mit Armen, sondern mit ihrer Aura, die sie umgab und einhüllte wie ein elektromagnetisches Feld. Ich träumte oft, dass ich Nicki auf einer Party suchte, ich sah ihn immer nur von hinten, wie er um eine Ecke bog. Manchmal war Nicki mein kleiner Bruder, hin und wieder drehte er sich um und hatte ein verhutzeltes Gesicht mit schmalen Augen und einem rauen Schnurrbart, so wie mein Vater. Ein anderes Mal schwamm ich in einem türkisfarbenen Pool. Das Wasser war lauwarm. Manchmal träumte ich von einer Drohne. Sie verfolgte mich auf einer Straße, die mich an eine Strandpromenade in L. A. erinnerte. Als die Straße in einen gräulichen Steinstrand mündete, blieb ich stehen und drehte mich um. Die Drohne senkte sich ab und suchte Schutz in meiner Handfläche. Sie hatte schwarze Fühler, mit denen sie meine Haut abtastete. Ihr Körper fühlte sich warm an.

Von Nacktheitsszenarien oder ähnlich symbolisch aufgeladenen Situationen, die mit meiner Angst vor der öffentlichen Bloßstellung zusammenhängen könnten, träumte ich seltsamerweise nie.

Nachdem ich Traumtagebuch geschrieben hatte, zog ich vom Meditationskissen zu meinem Schreibtisch um und versenkte mich für die nächsten Stunden in meinem Vorhaben, mich systematisch aus dem Internet zu entfernen. Ich löschte innerhalb weniger Tage alle unnötigen Accounts, von *Bürobedarf24* über *Eis.de* bis hin zu den Konten, bei denen ich mich über meinen Facebook-Account angemeldet hatte, inklusive aller Dating-Apps. Mir fiel ein, dass ich vor Tinder und Feeld einmal auf einer Sex-Website angemeldet gewesen war, wo sich noch Fotos von mir befanden. Auf einem der Bilder lag ich auf der Seite und zog mein weißes T-Shirt so weit nach oben, dass man den Ansatz meiner Brüste sehen konnte. Mein Gesicht war nur halb drauf, ich erkannte mich nicht. Wie ich ohne Dating-Apps daten würde, wusste ich noch nicht. Den Gedanken hatte ich bisher beiseitegeschoben.

Ich gab meine E-Mail-Adressen bei *haveibeenpwned.com* ein, um zu überprüfen, ob ich in Datenleaks involviert war. Ich hatte eine web.de-E-Mail-Adresse, die ich benutzte, seit ich siebzehn war. Sie war kein einziges Mal gebreached worden. Dafür eine neuere zwei Mal. Auf Dropbox und Gravatar. Ich veränderte mein Dropbox-Passwort, nur um meinen Account drei Tage später zu löschen, und fand heraus, dass Gravatar eine Website war, auf der man Avatare erstellen konnte. Ich wusste weder, dass ich bei Gravatar angemeldet war, noch dass ich dort jemals einen Avatar erstellt hatte.

Ich beantragte die Löschung meiner alten E-Mail-Adressen, nachdem ich mir eine neue Posteo-Adresse zugelegt hatte. Während meines Masterstudiums traf ich manchmal linke IT-Jungs, die alle auf den verschlüsselten E-Mail-Dienst schworen. 2013 sprachen alle darüber, weil Edward Snowden den NSA-Skandal enthüllt und dadurch die Ausmaße digitaler Überwachung offengelegt hatte. Für verschlüsselte E-Mails zwölf Euro im Jahr zu zahlen, fand ich vertretbar.

Ich loggte mich in längst verschollene Tumblr-Accounts, meinen Wordpress-Zugang und einen alten YouTube-Kanal ein. Darauf befand sich eine Videoarbeit, die ich einmal für ein Seminar gemacht hatte. Es war eine Arbeit über Nicki. Ich hatte ihn heimlich beim Schlafen gefilmt, immer nur von hinten, trotzdem fand ich das jetzt grenzwertig. Als er sich im Schlaf drehte, sah man kurz sein Gesicht. In Minute 1:32 erschien ich oder ein Teil von mir in einer Fisheye-Perspektive. Ich war nur für eine Sekunde zu sehen. Ich pausierte. Ich sah jung und selbstgefällig aus.

Auf meiner Festplatte lagen Hunderte von Selfies, auf denen Nicki mit verlorenem Blick nach oben in die Linse seines iPhones starrte. Er fotografierte sich ohne T-Shirt in Spiegeln, winkelte sein Bein an und legte den Kopf schräg. Er malte Herzchen und *M+N* auf die Fotos. All das hatte etwas von den Jünglingen, die ich als Kind in der verbotenen *Bravo*-Sektion studiert hatte. In ihren Körpern steckte Verletzlichkeit, Unschuld, Weiblichkeit. Irgendwas darin schrie *help*. Nachträglich war es wahrscheinlich kein gutes Zeichen, dass wir schon nach zwei Monaten zusammenzogen, andererseits verbrachten wir vier gute Jahre miteinander, bevor die drei schlechten einsetzten. Vielleicht litt ich auch an einem Helferkomplex, oder Jake Gyllenhaal hatte 2001 das Wachstum meiner sexuellen Vorlieben im präfrontalen Kortex für immer angehalten, woher sollte man das wissen.

Ich konnte mich nicht dazu durchringen, das Video zu löschen. Ich schaute mir den Clip drei Mal an und speicherte ihn dann auf meiner externen Festplatte. Danach tippte ich *authors writing about others morally wrong* in die Google-Suchleiste ein. Ich erhielt 417 000 000 Ergebnisse. Ich landete auf einem Artikel, der sich an der Frage entlanghangelte, ob heute, im Klima moralischer Diskussionen, die künstlerische Freiheit bedroht war. Der Autor fand, dass man über alle Leute aus seinem Umfeld schreiben konnte, solange man die Situationen mit ihnen wirklich erlebt hatte. Ging damit nicht die selbsterteilte, hohle Berechtigung einher, sich nicht nur permanent wie ein Arschloch verhalten zu dürfen, sondern auch die Erlebnisse anderer ohne deren Willen zu monetarisieren? Bei dem Gedanken über moralische Konsequenzen meiner Content-Produktion wurde mir unwohl. Jeder Post, jeder Eintrag, jeder Text, den ich jemals geschrieben hatte, beinhaltete nicht nur mich, sondern streifte zwangsläufig mein Umfeld. Ich hatte über meine Kindheit, mein Verhältnis zu meinen Brüdern, den Tod meines Vaters, meine Ex-Freunde, sexuelle Erlebnisse, Toiletten-Erlebnisse, Ernährungs-Erlebnisse, Reise-Erlebnisse und Alltagserlebnisse geschrieben. Fast alle meiner Texte waren irgendwann einmal online lesbar gewesen. Viele davon waren Blogeinträge. Ein Großteil davon forciert selbstironisch. Auf einem Blog hatte ich unlektorierte Aufnahmen von Gesprächen mit einem meiner Ex-Freunde publiziert. Ich wich seit Jahren Leuten aus, die ihr iPhone auf mich richteten – warum war ich nie auf die Idee gekommen, dass es andere stören könnte, wenn ich auf Blogs oder Facebook von ihnen erzählte? Was war mit der Verletzung persönlicher Rechte?

Nachmittags brach ich zu meinen Spaziergängen auf. Anfang November regnete es oft, einmal schneite es sogar, nach zehn Minuten verwandelten sich die winzigen Schneeflocken in Graupel, dann zurück in Regen. Zu Hause setzte ich mich wieder an meinen Computer und durchforstete weiter das Internet. Abends berichtete ich Senta in einer Sprachnachricht von meinen Löscherfolgen und Rückschlägen. Erst in meinem digitalen Eliminierungsprozess fiel mir auf, wie komplex es teilweise sein konnte, Inhalte verschwinden zu lassen. Meinen eigenen Content zu löschen, war überwiegend einfach, solange ich die Passwörter zu den jeweiligen Accounts herausfinden konnte und mich an die E-Mail-Adressen erinnerte. Einige Plattformen waren so designt, dass es nicht möglich war, das Konto eigenständig über die Einstellungen zu terminieren. Auf *justdelete.me* fand ich heraus, dass man dafür den Kundenservice kontaktieren musste. Eine Reihe von Diensten, die einen verpflichteten, Accounts zu erstellen, war auf der Website gelistet und anhand eines Farbsystems kategorisiert. Grün hieß leicht zu löschen, rot schwer und schwarz unmöglich. Bei *Barnes & Noble* konnte man lediglich die persönlichen Informationen, so weit es ging, verfremden, der Account würde jedoch bis in die Ewigkeit überdauern. Ich stellte mir vor, dass es irgendwo in einem entfernten Winkel der Internetgalaxie einen Accountstrudel gab, der analog zum Plastikstrudel im Pazifik existierte.

Ich behielt meine Streamingaccounts – Netflix, Mubi, Amazon, Spotify –, den Urban Sports Club, eBay-Kleinanzeigen und die App der Commerzbank, weil ich sonst nicht auf mein Bankkonto zugreifen konnte. Bei all diesen Accounts fühlte es sich nicht so an, als würde ich aktiv Daten an die Öffentlichkeit geben, außerdem brauchte ich sie in meinem täglichen Leben.

Inhalte *über* mich löschen zu lassen, die jemand anderes gepostet hatte, entpuppte sich zuweilen als unlösbares Unterfangen. Mein Autorinnenfoto tauchte zum Beispiel auf ein paar Webseiten junger Literaturveranstaltungen auf. Ich schrieb alle Veranstalter:innen an und bat darum, Foto und Text runternehmen zu lassen. Bis mir jemand von der Jungen Literatur Darmstadt zurückschrieb, dauerte es sechs Wochen und erforderte vier E-Mails, die immer knapper und direkter wurden. Ich rief bei der *Bad Karlshafener Presse* an, um den Artikel, den sie während einer Residence über mich geschrieben hatten, runternehmen zu lassen.

Um mein Arbeitsprofil von der Website der Universität löschen zu lassen, rief ich einmal morgens und einmal nachmittags im Rechenzentrum an. »Guten Tag, Meyring hier. Ich würde gerne mein Profil von der Webseite löschen lassen.« »Aber Sie arbeiten doch noch hier?« »Nur noch drei Monate.« »Das dürfen wir aus rechtlichen Gründen nicht.« »Dann nehmen Sie wenigstens nur mein Foto runter.« »Sie mögen das Bild nicht, was?« Ich war nicht nur mit Foto, sondern sogar mit Geburtsjahr gelistet. Das Bild vereinte für mich alles, was ich einmal gewesen war und nicht mehr sein wollte: Eine junge Frau mit ordentlichen, mittellangen braunen Haaren und Aspirationen. Damals war ich sechsundzwanzig gewesen. Das Foto war an meinem ersten Arbeitstag aufgenommen worden. Ich trug einen karamellfarbenen Wollmantel und schrieb Kurzgeschichten über meine Mutter, zu der ich keinen Kontakt mehr hatte, seit sie vor fast zehn Jahren zu ihrem Freund nach Oldenburg gezogen war.

Am frustrierendsten gestaltete sich meine Kontaktaufnahme mit einer Literatur-Bloggerin, die mich vor sechs Jahren zu den biografischen Anteilen in einem Fortsetzungsroman interviewt hatte, den ich 2015 zusammen mit Vivian, einer ehemaligen Kommilitonin, geschrieben hatte. Bis mir Vivian vor einem Monat den Link zum Relaunch der HfG-Website geschickt hatte, hatte ich die Existenz von *Frau Yokoshima und das Edison-Prinzip Band 1* komplett vergessen. Auf einmal war der Text wieder da, zusammen mit all seinen peinlichen und politisch-inkorrekten Formulierungen, die wir den drei Anti-Heldinnen eingepflanzt hatten, weil wir damals polemische Feministinnen sein wollten. 2015 mochte der Text einen Nerv getroffen haben, 2021 wirkten die sexuellen Eskapaden der drei Weißen, studentischen Protagonistinnen wie Prosa aus einem Lesekreis von jungen Liberalen. Der Text wurde über die Alumni-Seite der HfG als eBook wiederveröffentlicht. Genau zu dem Zeitpunkt, an dem ich meine Doktorarbeit publizieren musste, die sich kritisch mit ebenjenen Narrativen auseinandersetzte.

Als ich mir vorstellte, dass irgendjemand von meinen Freunden oder sogar Studierenden die korrumpierenden Textauszüge lesen würde, die hier archiviert worden waren, lief es mir eiskalt den Rücken runter. Ich kam mir vor wie eine Heuchlerin: dauerhaft damit konfrontiert, für eine Person zu bürgen, die ich einmal gewesen war, die jetzt aber nichts mehr mit mir zu tun hatte. Ich realisierte, dass ich niemals meine vergangene Identität abstreifen könnte, wenn ich es nicht schaffte, diese Inhalte zu beseitigen oder zumindest meinen Namen davon zu entkoppeln. Ich wollte einfach nicht gecancelt werden.

Jetzt starrte mich *Frau Yokoshima* als PDF-Datei von einem Blog aus an, der *Clitlit* hieß. Ich spürte dieselbe Angst aufsteigen, die mich an dem Tag überfallen hatte, als ich mich durch die gesamte HfG telefonierte, um irgendwen zu erreichen, der meinen Namen von der Website runternehmen würde. Nach vier vergeblichen Stunden am Telefon saß ich auf der Toilette und lehnte meinen Kopf gegen die gegenüberliegenden Fliesen, voller Panik, die Kontrolle über mein Leben zu verlieren.

Ich löschte seit knapp vier Wochen Accounts und war jetzt erst auf die Idee gekommen, auch über die ersten Seiten der Schlagwortsuchergebnisse hinauszugehen. Für mich war Seite vier Brachland, Limbo, Peripherie in Richtung eines verfallenden, byzantinischen Internets. Aber nur, weil *ich* nie über die erste Google-Seite hinaus kam, konnte ich nicht darauf hoffen, dass sich andere Personen niemals auf die vierte Google-Schlagwortsuch-Seite verirren würden. Ich konnte auch nicht darauf hoffen, dass es unmöglich war, andere Suchbegriffkombinationen einzugeben, die dafür sorgten, dass der Link sogar auf Seite 1 angezeigt wurde. Plattformen sind – im Gegensatz zu dem, was ihr Name impliziert – keine rigiden Stahlkonstruktionen des Internets, sondern unendlich formbare, amorphe Strukturen, deren konsistentes Corporate-Design über die permanente Veränderung ihrer eigenen Essenz hinwegzutäuschen versucht. So drückte es zumindest einer der kritischen Programmierer aus, dessen Paywall-freie *Substack*-Artikel ich mittlerweile verfolgte. Wie lange würde es also dauern, bis der Google-Algorithmus den *Clitlit*-Beitrag weiter nach oben pushen würde, jetzt wo *Frau Yokoshima* auf der HfG-Website verewigt worden war?

*

Mitte November half ich Senta bei ihrem Umzug. Sie trug die Kartons vom Hauseingang in den zweiten Stock. Ich vom zweiten in den vierten. Ich erzählte ihr, dass ich mich irgendwie manisch fühlte, seit ich den *Clitlit*-Beitrag gefunden hatte. Ich schien plötzlich weniger Schlaf zu brauchen und klickte mich bis um vier Uhr nachts obsessiv durch Google, DuckDuckGo und andere Suchmaschinen, um verschollene Content-Reste zu finden. Ich war dabei auf Spuren künstlerischer Schöpfungen gestoßen, von denen ich nicht mehr wusste, warum ich sie jemals ins Netz geladen hatte. Ich hatte ein Video gefunden, auf dem ich mein Gesicht zusammen mit einer Pusheen-Katze animiert hatte, deren Existenz mittlerweile komplett aus meinen Gedächtnis verschwunden war. Ich hatte eine Audioaufnahme von einer Lesung gefunden: Ich las viel zu schnell und der Text war unterirdisch. Dann gab es da noch diesen toten Wordpress-Blog, auf dem ich Teile meiner Bachelorarbeit publiziert hatte, außerdem Selfies vor ausgestopften Mardern, die ich im Historischen Museum Braunschweig gemacht und einmal als Autorinnenfoto für einen Wettbewerb eingereicht hatte. Senta wollte Beweise sehen, aber worin hätte der Sinn gelegen, wenn ich die Inhalte, die ich löschen wollte, wieder mit meinem iPhone dokumentierte. Ich trank einen Schluck aus der Wasserflasche, die Senta mir gegeben hatte. Ich wollte wissen, was sie von dieser ganzen Cancel-Angst hielt. Für Senta stellte sich nicht die Frage, ob sie gecancelt werden würde, sondern *wann*. Sie zog ihre Handschuhe wieder an und ging die Treppe runter. Unten standen noch zwei Kisten mit Bettzeug. Ich lehnte mich über das Geländer und schaute ihr hinterher. »Was denkst du, von wem du gecancelt wirst?«, rief ich ins Treppenhaus. »Vielleicht von Leuten aus der Kunsthochschule oder der Clique von einem Ex, dessen sexuelle Biografie ich in einem Artikel ausschlachte ...«, rief Senta zurück. Als sie wieder oben war, um mir die Kiste mit den Decken zu geben, sagte sie: »Oder von jemandem, der sich an der Garderobe angepisst fühlt, weil ich aus Versehen ein Loch in seinen Schal gerissen hab, und mich dann auf Insta live beschimpft.« Bei der nächsten Übergabe meinte sie, dass ihr Instagram mittlerweile zum Ort des Terrors geworden war. Ich fragte sie, ob das, was sie eben beschrieben hatte, eine echte Angst von ihr war. Sie reichte mir die Stehlampe und sagte: »Ich hab schon mal aus Versehen eine Balenciaga-Jacke durch eine Cola-Pfütze gezogen. Aber gerade sind die Clubs ja eh zu. Eine Angst weniger, hehe.«

»Ich meine, gecancelt zu werden.«

»Ach so«, Senta lachte kurz auf. »Ich weiß nicht. Hab das Gefühl, ich bewege mich auf dünnem Eis.«

Nach der Stehlampe kam nichts mehr. Senta schloss die Haustür.

Ich stellte eine Kiste ins Bad.

Das Bad war so schmal, dass ich nicht mal meine Arme ausstrecken konnte. Es roch nach Schimmel, irgendwie pelzig. Es gab zwar eine Badewanne, aber keine Duscharmatur. Ich wusste nicht, wie Senta das machte. Sie war in diesem Jahr schon zwei Mal umgezogen. Ich verarbeitete nach drei Jahren immer noch meinen Umzug nach Berlin. Davor hatte ich jeweils für eine Periode von über sieben Jahren in der gleichen

Wohnung gewohnt. Vielleicht sah Senta die Sache mit dem Canceln deswegen relativer als ich, sie war viel flexibler. Für sie verhielt sich gecancelt zu werden wie ein heftiger Streit, der über eine überschaubare Phase intensive Gefühle verursachen würde und sich dann zwangsläufig auflösen musste. Ich glaube, es lag daran, dass sie sich dynamischer durch soziale Gefüge bewegte als ich. Sie stritt sich viel öfter, brach aus Freundeskreisen aus, um sich neuen Leuten anzuschließen und sich zwei Monate später wieder mit allen zu versöhnen. Ich sah das irgendwie anders, viel totaler. Wie sollte sich die Scham auflösen, wenn der Diffamierungsprozess dokumentiert wurde und immer wieder einsehbar war?

Sentas neue Wohnung lag nur vier Straßen von ihrer alten entfernt. Sie war von der guten Seite der Sonnenallee in ein Haus neben den S-Bahn-Gleisen gezogen. Die Küche vibrierte ganz leicht, wenn die Bahn vorbeifuhr, dafür schaute sie von ihrem Bett aus auf einen Baum. Sie hatte die Wohnung über den Freund einer Freundin gemietet, der zu seinem Partner gezogen war, aber erst mal nur für drei Monate. Ob Senta die Wohnung dann übernehmen konnte, wusste sie jetzt noch nicht.

Sie besaß mittlerweile nur noch acht Umzugskartons, eine Matratze, eine Kleiderstange und eine Yogamatte. Der Umzug dauerte drei Stunden, inklusive Ein- und Auspacken. Wir machten ihn mit einem Lastenrad, das Senta bei der Kita ausgeliehen hatte, für die ihre Tante arbeitete. Für den Transport der Matratze hatte Senta ein Gesuch bei eBay-Kleinanzeigen eingestellt. Ein Teenager verlangte fünfzehn Euro, inklusive Hoch- und Runtertragen. Jetzt saßen wir in der Mikroküche und aßen Spinat-Börek. Ich erzählte von meinen alten Blogs und Tumblr-Accounts. Retrospektiv wirkten alle meine Beiträge so, als hätte ich die Referenzen immer etwas zu spät aufgegriffen. Der Content war nicht unbedingt schlecht, aber man merkte, dass ich nicht zu den Leuten gehörte, die digitale Subkulturen gründeten, sondern eher zu den ersten Casualnutzern, die sich gewissen Trends anschlossen. Ich hatte zum Beispiel selten Storys auf Instagram gepostet, aber ab und zu Fotos hochgeladen, die sich zwischen *kryptisch und cool* sowie *nahbar und umgänglich* einordnen ließen. Wirklich intensiv hatte ich aber nur Tumblr genutzt.

Ich sagte, dass sich die Löschaktion anfühlte, als müsste ich all diese Phasen noch mal durchleben. Es war wie ein asynchroner Zeitraffer, bei dem ich mich in verschiedenen Stadien meines Lebens betrachtete, als hätte jemand einen Trailer über mich gedreht. Darin tauchten die immergleichen Archetypen auf, die mir in unterschiedlichem Gewand ähnliche Dinge erzählten. »Vielleicht ist das der Häutungsprozess vor der Wiedergeburt«, sagte Senta ironiefrei. Für mich war dieser Prozess schwer zu greifen, weil so viele komprimierte Erinnerungen auf mich einwirkten. Ich erwähnte die hyperobjektähnliche Natur des Internets, von der ich in einem Artikel gelesen hatte. Der Autor beschrieb das Internet als ein Objekt, das weder Mittelpunkt noch Grenzen hatte. Man konnte nicht verstehen, welche Auswirkungen von jenem Objekt alle ausgingen, obwohl einige davon direkt beobachtbar waren. Es war so wie die Unverständlichkeit des eigenen Todes. Wir wussten alle, dass wir irgendwann sterben würden, schafften es aber nicht, das Konzept wirklich zu begreifen, weil wir sonst nicht leben könnten. Ich fragte Senta, was sie darüber dachte. Senta schaute mich an, als würde sie die Frage nicht verstehen. Wahrscheinlich war ich eine der letzten, die diese Eigenart des Internets überhaupt noch thematisierten. Ich winkelte meine

Beine an und stellte meine Füße auf die schmale Sitzfläche des Klappstuhls. »Was, glaubst du, ist das Schlimmste, was Google über dich weiß?« Senta riss ein Stück vom Börek ab, aß es aber nicht. Sie sagte etwas über die Politik von Oversharing und dem daraus resultierenden Überfluss sensibler Inhalte, der sich selbst wieder aufhob. Schließlich: »Ich glaub, mein Browser-Verlauf ist mir eigentlich egal, also ob jetzt jemand weiß, welche Pornos ich schon mal geschaut hab. Hat ja jeder schon mal, oder?« »Ich glaube, bei mir ist es die ewige Googelei nach Krankheiten und Körperanomalien.« »Die da wären?« »Ich weiß nicht«, sagte ich. »Vielleicht so was wie *was bedeutet schwarzer Kot* oder *Fistel am Anus.*« »Das ist doch Quatsch, Maus. Du musst mal lernen, dich weniger für deinen Körper zu schämen.« Es ging weniger um meinen Körper als um Kontexte. Am schlimmsten fand ich, dass Google keine Intentionen kannte. Woher wusste Google, ob ich einen Clip mit einem Pferd, das jemanden in den Hintern fickt, geöffnet hatte, weil der Clip zu der Zeit im StudiVZ-Universum kursierte – oder weil ich dazu masturbierte? »Ich hab eh das Gefühl, wir sind alle doomed«, sagte Senta. »Horror fände ich eher, wenn Google am Ende meines Lebens meine wahren Lebensziele rausfiltern würde und dann rauskäme, dass ich meinen Purpose völlig verfehlt hab.«

Eine meiner Horrorvorstellungen war, dass sich seit Jahren eine Backdoorsoftware auf meinem Computer befand, über die meine Kamera gesteuert wurde und heimlich Aufnahmen von mir machte. Ich hatte einmal gelesen, dass das nicht nur über die Kamera möglich war – die hatte ich seit Jahren abgeklebt –, sondern auch über den Screen. Ich erzählte von einer Freundin aus dem Studium, die sich einmal einen Porno angeschaut hatte, in der Mitte des Clips war ein Script aktiviert worden, das sie über ihre Kamera beim Wichsen fotografierte. Es flog ein Bild von ihr selbst ein, mit der Aufforderung, hundert Dollar zu überweisen, weil das Bild sonst publiziert werde. Ich weiß nicht mehr, ob sie überwiesen hatte, erinnerte mich aber daran, dass sie meinte, seitdem ihre Vulva nicht mehr zu mögen, weil sie sich selbst noch nie in dieser Perspektive gesehen hatte. Ich fragte mich, ob irgendwo im Netz ein Video existierte, auf dem man in eine Küche blickte, in der eine junge Frau einen jungen Mann mit einem Küchenmesser bedrohte, weil er ankündigte, ausziehen zu wollen. Mit Sicherheit waren wir bei unserem höllischen Streit aufgenommen worden, wenn nicht über sein MacBook, dann über unsere iPhones.

Sich darüber aufzuregen, ob Videos existierten, auf denen ich mit einem Shirogami-Messer in Richtung Nicki fuchtelte, war jämmerlich. Ich hatte genug Inhalte freiwillig in den digitalen Äther gesendet. Google kannte meine Nippel, meinen Bauchnabel, die Härchen, die von meinem Bauchnabel runter bis zu meinen Schamhaaren wuchsen, meinen hervorstehenden Kitzler, meine kleine und meine große Lippe, meine Vulva, meine gespreizten Lippen, Ansätze von Schleimhautwänden, meinen Anus; meinen Anus, der atmete und auf einen Plug wartete.

Google hatte gesehen, wie ich mich mit einem Dildo anal befriedigte, ich den Dildo, der mit einer Saugbefestigung an einer Kachel festhing, von hinten fickte, wie ich mit dem Ringfinger meinen Kitzler massierte. Google hatte gesehen, wie Nicki auf einem Bett hockte und sich einen runterholte, in den Mund spritzte, danach verschämt lachte und sich die Hand vor den Mund hielt.

Google hatte gesehen, wie ich *Summertime Sadness* von

Lana Del Rey sang, bevor sie wegen ihres White-Trash-Alt-Right-Images und ihrer Beziehung zum Polizisten Sean Larkin in Ungnade fiel.

Senta lachte sich halb tot, als ich ihr erzählte, dass ich darüber nachdachte, eine Domain zu kaufen, um mein Doppelleben als Rechtsanwältin Dr. Alina Schmitt zu beginnen. »Lel«, sagte Senta, »Schmitt und Partner.« »*Gunther* und Partner.« »Hättest du nicht Schiss, erwischt zu werden? Ich meine, ist das nicht Dokumentenfälschung?« Es war nur eine blöde Idee, die ich niemals umsetzen würde, die Ängste summierten sich sowieso schon. Seit ich angefangen hatte, meine Spuren zu verwischen, hatte sich meine Panik vor öffentlicher Bloßstellung absurderweise verstärkt. »Es fühlt sich so an, als würde ich von einem Roadtrip zurückkommen und bin kurz vor der Ausfahrt – und dann, auf den letzten drei Metern, rast einem jemand von der Seite rein.« Ich stellte mir vor, wie ich mich überschlug, das Auto auf dem Dach landete, ich einen Hang runterrutschte.

Bevor ich ging, überließ mir Senta ihr iPhone, damit ich ihre neuen Posts checken konnte, währenddessen verschwand sie im Bad, um eine Kiste zu öffnen, in der Wollpullover drin waren. Einer ihrer Accounts hieß *toxic_Britney*. Sie veröffentlichte darauf nur Fotos von ihrem Bauch. Meistens fotografierte sie sich ohne Gesicht, manchmal aber auch mit. Alle Bilder waren on point. Auf keinem der Fotos sah Senta aus wie Senta, vielmehr wirkten ihre Fotos wie eine perfekte Kopie ihrer selbst, angereichert mit sexuellen Energien, die ich nicht verstand. Ich machte probeweise ein Selfie, das ich sofort wieder löschte. Ich sah aus wie ein unbeholfenes Tier oder ein Boomer. Vielleicht wollte ich mir nicht eingestehen, dass genau das der Grund war, warum ich mich aus dem virtuellen

Raum zurückzog, während Senta vier Finstas unterhielt und sich benahm wie ein Fuckboy. Paradoxerweise teilten Senta und ich zu der Zeit das gleiche Ressentiment gegenüber Social Media.

*

Bis Dezember schrieb ich der Literatur-Bloggerin von *Clitlit.wordpress.de* sieben Mal. Der Blog war offensichtlich tot. Die Bloggerin möglicherweise auch. Es gab einen stillgelegten Twitter-Account, der öffentlich einsehbar war und auf dem seit eineinhalb Jahren auch nichts mehr passiert war. Insgesamt wartete ich vier Wochen auf eine Antwort. In der Zeit wurde es Winter. SPD, Grüne und FDP unterzeichneten den Koalitionsvertrag. »Querdenker« wurde zum Unwort 2021 gewählt. Der Booker-Prize ging an Damon Galgut. Mein Bruder prophezeite mir mehrfach, dass ich an meiner dritten Moderna-Impfung sterben würde. Er bat mich darum, meinen Impftermin abzusagen. Ich umschiffte das Thema, indem ich ihn darüber ausfragte, was er von Datenspeicherung hielt und wie er sich selbst durchs Internet navigierte. Er schrieb, dass er über einen VPN agierte. Und nur noch DuckDuckGo benutzte.

Nach dem ersten Advent griff ich zu drastischeren Maßnahmen. Ich beschloss, Google zu kontaktieren, um das Interview aus dem Suchalgorithmus rausnehmen zu lassen. Ich hatte in einem Forum gelesen, dass das möglich war, man sollte sich wohl auf sein *Recht auf Vergessenwerden* berufen. Ich startete einen Chat auf der Google-Help-Seite. Die Wartezeit, bis jemand frei war, wurde auf zehn Minuten geschätzt. Ich ging aufs Klo, machte mir einen Tee, zog dickere Socken an. Setzte mich wieder an meinen Schreibtisch. Jetzt waren es noch sechs Minuten. Ich las einen Wikipedia-Artikel über Synthetic-Aperture-Radare, die mithilfe elektromagnetischer Wellen die Erdoberfläche abtasteten und dadurch eine zweidimensionale Darstellung eines Geländeausschnitts erzeugen konnten. Mir fiel dabei ein, dass es in der Oberstufe einen Informatik-Jungen gab, der behauptete, alles, was man im Internet verschwinden lassen wollte, verschwinden lassen zu können. Ich konnte mich nicht mehr an seinen Namen erinnern, nur noch daran, dass er sehr groß war und immer nach Schweiß roch. Nur noch drei Minuten. Ich recherchierte ein bisschen, fand dazu aber nur einen verwaisten Post von *ergoPRoXY*, der am Ende eines diffusen Reddit-Threads zu VPNs und der Verschleierung privater Internetnutzung während der Arbeitszeit meinte, er könnte gegen Bezahlung in Bitcoin jegliche Daten oder »alles, was du so weghaben willst«, dauerhaft von Servern verschwinden lassen. In dem Moment fiel mir ein, dass ich noch irgendwo vierhundert Euro in einer kleineren Kryptowährung liegen hatte, aber alle Passwörter für das Desktop-Wallet verlegt hatte. Um ranzukommen, hätte ich Nicki kontaktieren müssen. Vielleicht war ich eigentlich reich.

Nach neun Minuten antwortete jemand von Google auf meine Chatanfrage.

Hallo, Mila, wie kann ich dir helfen?

Hallo, Google, ich würde gerne einen Blog aus dem Suchalgorithmus rausnehmen, weil dort Inhalte über mich verbreitet werden, mit denen ich nicht einverstanden bin – hierfür berufe ich mich auf mein *Recht auf Vergessenwerden*.

Hast du die Inhalte selbst hochgeladen?

Nein.

Hat die Inhalte jemand anderes hochgeladen?

Ja.

Warst du mit dem Upload einverstanden?

Damals ja. Jetzt aber nicht mehr.

Was ist das für ein Blog?

Ein Literaturblog.

Kannst du mir den Link schicken?

Clitlit.de

Hast du die Blogadministration kontaktiert?

Ja, sie antwortet nicht.

Hast du den Web-Host kontaktiert?

Ja, hier meldet sich auch niemand.

Das klingt aber verflixt.

Verflixt?

Wir arbeiten mit Translator, um direkt zu übersetzen. Vielleicht ist das Wort mangelhaft übersetzt.

Google erklärte mir, dass zunächst geprüft werden musste, ob ich wirklich Mila Meyring war, und wenn ja, ob Mila Meyring auch die Person war, die im Interview auftauchte und die Fragen beantwortete, und ob Mila Meyring wirklich die Person war, die *Frau Yokoshima* geschrieben hatte. Dafür müsste ich meinen Ausweis einscannen. Ich sollte meine Identität verifizieren, außerdem beweisen, dass ich *Frau Yokoshima* geschrieben hatte. Das fühlte sich falsch an, ich wollte ja gerade niemandem mehr beweisen, dass ich diesen Groschenroman geschrieben hatte. Ich übermittelte meine E-Mail-Adresse und willigte ein, die entsprechenden Schritte zu gehen.

Was passiert mit unserem Chat, kann ich beantragen, ihn löschen zu lassen?, fragte ich noch.

Der Chat wird zur Evaluierung der Kundenbetreuung gespeichert. Wenn du aber nicht einverstanden bist, kann ich ihn anschließend löschen.

Darf ich noch eine Frage stellen?

Natürlich.

Bist du eine KI?

Die Frage beantworte ich, wenn du mir zuerst eine beantwortest.

Okay.

Warum möchtest du dich auslöschen?

Ich wusste nicht, ob es ein Übersetzungsfehler war, den Google Translate aus Versehen eingebaut hatte – *Why do you wanna delete yourself?* Warum möchtest du dich *löschen / auslöschen –,* oder ob die Google-KI mich wirklich fragte, warum ich mich auslöschen, vernichten, eliminieren wollte. Was wusste die KI über mich und mein soziales Umfeld? Ich hatte mehrfach Fluoxetin und Paroxetin gegoogelt, das waren die Medikamente, auf die Nicki am Anfang eingestellt worden war. Einmal hatte ich gegoogelt: *Mein Freund will sich umbringen, was kann ich tun?* Dann: *Mein Bruder will sich umbringen, was kann ich tun?* Machte sich die KI Sorgen, dass ich Schritte einleitete, um mich selbst umzubringen?

Ich schloss den Chat und klappte den Computer zu.

Nach meinem Gespräch mit Google verlor meine Mission etwas an Drive. Die Erfolgsgefühle der Anfangszeit nahmen ab. Bestimmt lag es nicht nur an der ernüchternden Prozedur, sondern auch an der Jahreszeit. Wenn ich aufwachte, brauchte ich meine Tageslichtlampe, um aus dem Bett zu kommen. Ich zog meinen Fleecepullover über, drehte die Heizung hoch und machte mir zwei Wärmflaschen, um mich dann wieder ins Bett zu legen. Ich füllte Dokumente aus, schickte sie per E-Mail, erhielt Dokumente zurück, prüfte sie, schickte sie wieder raus, erhielt jedoch keine Antwort mehr.

Während ich auf eine Rückmeldung von Google wartete, saß ich vor meinem MacBook und klickte mich stoisch durch die Untiefen der Suchmaschine. Immer seltener stieß ich auf peinliche Inhalte, für die ich mich schämte und die ich dann befriedigt löschen konnte. Selbst als ich meine Schlagwortsuchen detektivisch ausweitete und in tiefere Google-Schichten eindrang. Ich klickte mich durch ein Archiv meiner Grundschule, um einzusehen, ob es alte Klassenfotos gab. Danach durch das Archiv meiner Gesamtschule. Schließlich durch den Internetauftritt des Goethe-Gymnasiums. Der Kernsanierungsprozess des Gebäudes war umfangreich dokumentiert und bebildert worden. Ich meinte, mich an einen Lokalzeitungsartikel zu erinnern, in dem über ein Kunstprojekt meiner Klasse berichtet wurde, in dem wir uns mit dem Wetzlarer Dom auseinandergesetzt hatten – aber ich fand weder den Artikel, noch konnte ich sagen, ob es ihn wirklich gab oder ich ihn erträumt hatte. Ich realisierte erst später, dass die Jagd nach diesem Gefühl – eine Mischung aus Angst, Scham, Vorfreude und der diffusen Befriedigung, *Kontrolle zurückzuerlangen,* indem man entschied, Inhalte zu löschen – zur neuen libidinalen Ökonomie meines Körpers wurde. Ich hatte zu dem Zeitpunkt alle Affären beendet. Ich datete niemanden. Ich hatte nicht einmal das Bedürfnis danach. Dass ich seit drei Monaten keinen Sex gehabt hatte, fiel mir erst auf, als ich an einem tristen Nachmittag masturbierte und daran dachte, wie ich in irgendeinem Sommer seltsam verdreht mit Nicki am Fußende des Bettes lag. Es war jetzt vier Monate her, dass ich ihn geblockt hatte. Keine Texts mehr, in denen er mich fragte, ob er bei mir schlafen kann, weil er einen Transport nach Berlin macht. Kein *cooli, oki* oder *thanky* mehr. Keine Selfies mit gletscherblauen Augen unter schwarzen Ponys. Nicht mehr das Gefühl, ein Clown zu sein, wenn ich geduscht, gepeelt, rasiert, gezupft, geföhnt, balsamiert, geölt, lackiert, pedikürt, parfümiert, deodorisiert an der Wohnungstür stand und nach zweieinhalb Jahren immer noch mit einer Geste rechnete. Ein alberner Blumenstrauß, eine Karte, auf der stand, *sry, hab mich geirrt, lass wieder zusammensein, lol.* Ich wäre auch mit einem Grinsen und einer uneindeutigen Entschuldigung zufrieden gewesen.

Warum möchtest du dich auslöschen.

Vielleicht: Damit diese Fantasien aufhörten und mir endlich das Gehirn rekalibriert wurde. Hier war es. Mein Gehirn. Produzierte Emotionen und war stets bereit, sein Dasein aufzugeben, um ein Auffangbehälter für verlorene Männlichkeit zu sein.

Am Todestag meines Vaters fühlte ich mich verletzlich. Nicht nur wegen der Tatsache, dass er sich vor vierzehn Jahren das Leben genommen hatte, ohne eine Nachricht zu hinterlassen, sondern auch wegen meines Bruders. Ich gab mir Mühe, mich an dem Tag von Vätern, Schnurrbärten, Gletscherblau, Quincy, Eltern, Garagen, Haken, Seilen, Särgen, Urnen fernzuhalten – und dann poppten permanent Screenshots von Leichensäcken auf meinem iPhone auf, die mein Bruder auf Signal schickte. Das Datum schien sich als Katalysator auf seine Angst auszuwirken, ich könnte an der Impfung sterben. Mein Telefon auf Flugmodus zu schalten, brachte ich aber auch nicht übers Herz. Es war das erste Mal seit Jahren, dass wir am Todestag meines Vaters miteinander kommunizierten. Ich schickte Screenshots von Wombats zurück. Er antwortete: *Ich kann's auch nicht ändern, dass das für dich alles ein dummer Scherz ist, aber du solltest wirklich mal anfangen, dich besser zu informieren.* Ich flutete ihn mit Infos vom RKI, Drosten, der *New York*

Times, der Bundesregierung. Das löste eine Diskussion über die Impfpflicht aus. Mein Bruder sprach davon, dass er mit einer Gruppe von Leuten, die er über Telegram kannte, in die USA auswandern würde. Wahrscheinlich eher nach Südamerika, weil dort Visa einfacher zu bekommen waren. Er hatte seit zwei Jahren das Grundstück nicht mehr verlassen und weigerte sich, eine Maske zu tragen. Ich stellte mir vor, wie mein Bruder in seiner zerfledderten Daunenjacke an Terminal 1 ankam und einen der braunen Lederkoffer ohne Rollen, die bei Oma A. hinten im Schrank standen, auf einem der Beschleunigungswege hinter sich herschleifte, um einzuchecken und ein Flugzeug nach Panama zu betreten. Die Vorstellung war absurd.

Einen Tag später schickte er mir einen Link zu einem Artikel, in dem stand, dass Leute mit Blutgruppe 0 weniger anfällig für Corona sein sollten. Es hieß nicht, dass sich Blutgruppe 0 nicht anstecken konnte, sondern, dass sie sich vorwiegend über andere Menschen ansteckten, die *auch* Blutgruppe 0 hatten. Weil sich am Anfang der Pandemie vermehrt Leute mit Blutgruppe A oder AB infiziert hatten, breitete sich das Virus stärker unter dieser Bevölkerungsgruppe aus. Es war so ähnlich wie beim Blutspenden.

Ich ergoogelte die Quellen, um mir sicher zu sein, dass mein Bruder mir keinen Fake-Content schickte. Ich hatte schon Links zu Seiten bekommen, auf denen der selbstentwickelte Impfstoff des AfD-nahen Mediziners und Unternehmers Winfried Stöcker beworben wurde. Die Polizei hatte eine Massenimpfung mit dem nicht zugelassenen Stoff an einem Flughafengelände in Lübeck aufgelöst.

Mein Rabbithole führte mich zu einem YouTube-Clip, auf dem Nena bei einer Querdenker-Party einen impfkritischen Song performte. Sahra Wagenknecht wollte sich erst impfen lassen, sobald es einen Totimpfstoff gab. Danach landete ich auf dem TikTok-Kanal von *butterbirne,* einer Coronaskeptikerin aus Sachsen, die in engen Jeans und weißen T-Shirts Coversongs performte und Merch verkaufte. Ihre Performancestrategie erinnerte mich an TikTok-Kanäle junger, blondierter Republikanerinnen, die für eine neue Generation des Konservatismus einstanden und Selfies in Yogapants und Waffengürteln posteten.

Mein Bruder schickte mir das Review eines fragwürdigen Mediziners aus Norwegen zum Moderna-Impfstoff.

Ich wusste nicht mehr, wie ich auf die Links reagieren sollte, also fing ich an zu übertreiben.

Wenn ich es eineinhalb Jahre ohne Infektion durch die Pandemie geschafft hatte und nicht mal von den Impfungen Nebenwirkungen bekam, war ich vielleicht PatientIn 0 und meine Gene ließen sich für Experimente verkaufen.

Mein Bruder verstand nicht, dass ich das nicht ernst meinte.

Ich gab auf.

Ein paar Tage später unterbreitete mir mein Bruder seinen Masterplan, sich nach Beschluss der Impfpflicht nicht impfen zu lassen, auf Mahnungen zu warten, diese Mahnungen zu ignorieren, die Bußgelder niemals zu bezahlen und sich zur Wehr zu setzen, wenn sie ihn abholen sollten.

Wer sollte dich abholen?

Ärzte. Keine Ahnung. So Leute wie der Mengele.

Ich antwortete nicht mehr.

Später am Abend fragte er: *Lässt du dir noch mal die Spritze setzen?*

Darauf antwortete ich auch nicht.

Eine Woche später fuhr ich mit dem Bus zum Impfzentrum Tegel. In der Nacht darauf bekam ich Fieber. Ich wachte auf, schleppte mich ins Bad und sah im Neonlicht, dass ich eine rote Stelle auf meiner Stirn hatte. Sie sah je nach Blickwinkel aus wie ein Einstich oder ein kleines Horn. Meinem Bruder verschwieg ich diese Hautirritation, die am nächsten Tag wieder verschwunden war. Ich verschwieg auch, dass ich von meiner dritten Impfung Fieber bekam und eine Woche lang flachlag. Senta brachte mir Nudelsuppe und lieh mir ihre Nintendo Switch aus. Die meiste Zeit verbrachte ich in den Feldern von Hyrule. Das Fieber war nach drei Tagen weg, aber es dauerte, bis ich mich wieder komplett gesund fühlte. Insgesamt meldete ich mich drei Wochen krank, dadurch fielen fast alle digitalen Seminartermine im Dezember aus. Ich schrieb den Leuten, die eigentlich ein Referat halten sollten, dass sie mir ein Handout zukommen lassen sollten. Ich gab allen eine 1,0.

*

In der Woche vor Weihnachten traf ich mich vier aufeinanderfolgende Abende mit Senta. Ich half ihr dabei, ihr 90er-Jahre-Sofa auszuklappen und ihre Sofakissen zu beziehen. Ihre Cousine kam zu Besuch. Sie würde ein paar Tage bleiben, weil sie sich Eigentumswohnungen anschaute. Es war gut, sich mal nicht auf DuckDuckGo rumzutreiben oder Impfcontent zu überprüfen, sondern über Leute zu lästern, die reich waren. Ich versprach Senta, dass ich so oft wie möglich vorbeikommen würde, weil sie nicht mit ihrer Cousine allein sein wollte. Nike war vierunddreißig, also so alt wie ich. Sie versprach sich durch körperliche Anwesenheit größere Chancen darauf, ihre Traumwohnung möglichst zeitnah zu finden. Ich konnte nicht einschätzen, ob die Pandemie den Wohnungsmarkt noch irrsinniger gemacht hatte oder ob sich die Lage etwas entspannte, weil die gesamte akademische Mittelschicht nun renovierungsbedürftige Bauernhöfe in Brandenburg suchte, um ihr weiteres Leben in der Natur zu führen. Abgesehen davon spielte sich der Immobilienmarkt, in dem es nicht um Mieten, sondern um Kaufen ging, jenseits meiner Lebensrealität ab. In ihren Sprachnachrichten beschwerte sich Senta darüber, dass Nike ihr Geschirr nie wegräumte.

Sie arbeitet bei der fucking EZB, ich mach das nur, damit mein Vater mich nicht umbringt … wieso nimmt sie sich kein Hotel? vlt kauft sie dir eine Spülmaschine, wenn du nett fragst, antwortete ich. *Hahaha pls kill me,* antwortete Senta. Wir tauschten ein paar halbherzige Memes über Snobs aus, die Immobilienpreise nach oben jagten. Insgeheim wären wir auch gerne in der Lage gewesen, uns eine Eigentumswohnung in Berlin zu leisten. Wir gingen einmal Japanisch essen, als das wiederholt werden sollte, intervenierte ich und schlug vor, bei mir zu kochen, weil ich gerade versuchte, frugalistisch zu leben, um mich für die bald anstehende ALG1-Zeit vorzubereiten. Nike ging davon aus, dass es sich dabei um eine bestimmte Ernährungsweise handele, und fragte, ob ich auch was anderes außer Früchte aß. Ich textete Senta, dass Nike die teuren Sachen mitbringen sollte, wie Bio-Erdnüsse. Das Gemüse für die Sommerrollen würde ich organisieren.

Nike nahm meinen digitalen Detox nicht ernst. Sie sagte es nicht explizit, aber ich merkte es an der Art und Weise, wie sie mit mir redete. Vielleicht hätte ich mich besser gefühlt, wenn ich die Nüsse selbst gekauft und dann in verschiedenen kleinen Schälchen im Zimmer verteilt hätte. Nike ließ ein paar FDP-Floskeln fallen, zu denen ich nichts sagte, weil ich nicht einschätzen konnte, ob es in Sentas Familie so ablief wie in meiner: Man sagte nicht, was man eigentlich dachte. Ich machte Brennnesseltee, irgendwie hatten wir alle das latente Gefühl, eine Blasenentzündung zu bekommen. Als ich zurückkam, schauten sich Senta und Nike auf Nikes iPhone die beiden Wohnungen an, die sie heute besichtigt hatte. »Deine finde ich ja eigentlich auch nicht schlecht«, sagte sie und wollte wissen, ob es hier im Gebäude auch Wohnungen mit drei Zimmern gab. Im Vorderhaus gab es welche mit vier Zimmern, aber es waren keine Eigentumswohnungen, sondern sie gehörten einer Hausgesellschaft. Senta riet mir, meine Wohnung nie wieder aufzugeben. Mittlerweile sprachen die Leute über unbefristete Mietverträge wie über Eigenheime. Ich hatte nicht vor, auszuziehen. Ich plante, darin alt zu werden, so wie mein kettenrauchender Nachbar aus der Wohnung unter mir, der dort angeblich seit seiner Geburt hauste und sich seit vierundachtzig Jahren mit Dannemann Moods-Zigarillos lebendig konservierte. »Wenn er in der Wohnung geboren wurde, heißt das ja, dass seine Eltern auch schon in der Wohnung gelebt haben müssen, was bedeutet, dass der ursprüngliche Mietvertrag ungefähr hundert Jahre alt sein muss«, sagte ich. »Was glaubst du, wie viel Miete er zahlt?«, fragte Senta. Es musste irrsinnig wenig sein, vielleicht zweihundert Euro, oder *noch weniger*. Weil sich niemand von uns im Entferntesten mit Mietrecht auskannte, ließen wir das Thema fallen und kamen wieder zu digitalem Minimalismus zurück. Nike fragte mich, ob es nicht sinnvoller wäre, transparent mit Content und eigenen Daten umzugehen und Integrität zu zeigen. Wir stritten uns nicht, aber die Stimmung war nicht mehr die beste. Als Nike meinte, dass die Leute, die so verbohrt ans Konzept Internet rangingen wie ich, rückständig seien und sich zu wichtig nähmen, entgegnete ich, dass ich das früher auch gedacht hatte, die Haltung mittlerweile aber grob fahrlässig fand. Ein vermeintlich unschuldiges Foto konnte unvorhersehbare Auswirkungen auf den gesamten Verlauf eines Lebens haben – schaute man sich zum Beispiel das Schicksal von Spencer Elden an, der seit dreißig Jahren auf einen Moment reduziert wurde, an den er sich nicht mal mehr erinnern konnte. Er war das Baby auf dem Cover des legendären *Nevermind*-Albums. Elden hatte gerade das Label verklagt, weil er nichts an seinem Porträt verdiente, dafür aber in einen Lebensentwurf gedrängt worden war, der zu psychischen Krankheiten und Einkommensverlusten geführt hatte. Wenn ich dreißig Jahre lang ausschließlich Anerkennung dafür bekommen würde, an Nirvana-Jubiläen nackt in einen Pool zu springen, um ein Foto nachzustellen, das mittlerweile als kinderpornografisch eingestuft wurde, käme ich mir auch vor wie in einem Albtraum.

Nike fand, dass Spencer Elden tiefgreifend psychisch gestört war und seine gescheiterte Entwicklung nichts mit dem Cover zu tun hatte, sondern damit, dass er sich keine eigene Identität aufbaute. Ich fragte sie, ob sie damit meinte, dass er nicht in der Lage gewesen war, seinen Fame als Baby zu monetarisieren.

»Ich finde es billig, anderen die Schuld daran zu geben, wenn irgendwas in deinem Leben schiefläuft.« Ich fragte: »Würdest du deine Kinder fotografieren und auf Facebook hochladen?« »Solange mein Account privat ist, warum nicht? Wäre jetzt nicht mein erster Impuls, aber ich kann das schon verstehen.« »Würdest du Fotos von deinen Kindern in Chatgruppen posten?« Nike trank einen Schluck Wein. »Ich weiß nicht, was dagegen spricht, sein Leben mit anderen teilen zu wollen.«

Als ich das Geschirr mit Senta in die Küche brachte, lieh ich mir ihr iPhone. Auf dem Klo scrollte ich über ihren Account durch Instagram, um zu überprüfen, ob ich mittlerweile gecancelt war oder sich ein Shitstorm zusammenbraute.

Keine Spuren davon, dass auch nur irgendjemand an mich dachte.

Als ich wieder aus dem Klo kam, zogen sich Senta und Nike im Flur ihre Jacken an. Ich gab Senta unauffällig ihr Telefon zurück. Nike und ich verabschiedeten uns trocken. Senta schrieb von der Bahn aus, *sry tut mir leid, glaube, sie ist einfach so. Family halt …* danach ein Wasserpistolen-Emoji.

Am nächsten Tag schneite es. Ich zog meine Daunenjacke über meinen Mantel, setzte die Pelzmütze auf und nahm einen Regenschirm mit. Die Schneeflocken sahen aus wie CGIs. Vor der Kirche standen Teenager und filmten in den Himmel. Ich war mir sicher, dass Nike gerade irgendwo in Neukölln vor einem Schneehaufen stand und ein saisonales Selfie machte, das sie in eine Berlin-Story verpackte. Keine Ahnung, wie viel Film- und Fotomaterial an diesem Tag in Berlin entstand, das anschließend in Form digitaler Adventsgrüße, Storys und TikTok-Videos in den Kreislauf der digitalen Verwertung eingespeist wurde. Der Rüdesheimer Platz wirkte wie ein Filmset. Eltern filmten ihre spielenden Kinder auf Schlitten, vor Schneebergen, auf dem Rücken liegend und Schneeengel produzierend. Auf dem Piratenschiff, das neben den Schaukeln auf dem Spielplatz aufgestellt war, inszenierte ein Familienvater mit roter Mütze einen ganzen Blockbuster. Ich setzte mich auf die Mauer und schaute dabei zu, wie er sich auf den Boden legte, um eine Schlittenjagd aufzuzeichnen. Wahrscheinlich ein Weihnachtsgeschenk für die Großeltern, vielleicht auch ein Film, den er in einer Eltern-Gruppe oder auf Facebook hochladen würde. Irgendwann zog das älteste Kind, das so aussah wie sein Vater, einen halb opaken Nylonstrumpf über den Kopf und bedrohte seine jüngere Schwester mit einem abgebrochenen Ast. Es war offensichtlich ein Geiseldrama oder ein Banküberfall. Vielleicht ging es darum, Weihnachtsgeschenke einzufordern? Sein Gesicht wirkte grotesk verzerrt. Ich erinnerte mich an den Film, den ich mit meinem Bruder in einem Familienurlaub in Griechenland aufgenommen hatte. Darin ging es um die Wiedergeburt einer Hexe, die von einem kleinen Jungen Besitz ergriff und ihn in eine orthodoxe Kapelle lockte, um dort ihre wahre Gestalt anzunehmen. Wir hatten den Film, ohne zu fragen, mit dem Camcorder unseres Vaters gedreht. In den gesamten drei Wochen, die wir im Sommer in Griechenland verbrachten, hatte er sein Gerät nie vermisst – er trank den ganzen Tag mit dem Nachbarn, einem Deutschen in Cargohose, Ouzo und Rotwein.

Das Kind mit dem Nylonstrumpf rannte an mir vorbei und stieß Schreie aus.

*

An Heiligabend fegte ein geisterhafter Föhn durch die Stadt, anstelle von Schneeanzügen trugen die Menschen Übergangsjacken. Ich holte meine Steppjacke aus der Kiste im Flur und facetimete mit Oma A. Sie hatte jetzt ein iPad. Mein Bruder musste ihr helfen, weil sie nicht wusste, wie man die Menüs und Benutzeroberflächen bediente. Ich meinte, dass sie aufpassen sollte, nicht aus Versehen Überweisungen zu tätigen oder ihre Daten freizugeben. Sie hatte über ihre Krankenkasse einen kostenlosen Zugang zu einem Gymnastik- und Stressabbau-Kurs für Best Agers bekommen, darum hatte mein Bruder sein altes iPad für sie mobilisiert. »Wenn ich nicht weiß, wie das geht, ruf ich dich an«, sagte sie. Ich sagte, dass ich ein paar Tage nicht erreichbar sein würde. Ich wollte eine Woche lang internetfrei machen, dafür schaltete ich auch mein iPhone aus. Es war ein Experiment. Ich hatte verschiedene Reviews von Leuten gelesen, die über Weihnachten ihre Router ausschalteten und ihre iPhones auf Flugmodus stellten. Sie verglichen diese Zeit mit Fasten, zuerst fühlte man sich leer, dann wurde man müde, danach setzte man plötzlich neue Energie frei. Jemand schrieb, dass sich nach einer Woche ohne Internet seine Sicht um 0,2 Dioptrin verbessert hatte. Ich glaubte nicht an direkte gesundheitliche Effekte, ich fühlte mich nur langsam etwas heuchlerisch, weil ich statt YouTube-Abos nun Bookmarks benutzte und weiterhin nachmittags auf Kanälen surfte, auf denen die Vorteile digitaler Askese propagiert wurden. Diese Leute verdienten durch ihre millionenfach geklickten Videos – befeuert von Zuschauern wie mir – Geld durch Werbeeinnahmen, ermöglicht durch exakt die Mechanismen, die sie kritisierten. Nach dem Telefonat krabbelte ich unter mein Sofa und zog sämtliche Stecker. Mein Router war von einer dicken Staubschicht bedeckt. Als das rote Blinken darunter erlosch, sah es so aus, als würde er aufhören zu atmen.

Ich ging raus, um mir eine Zeitung zu kaufen. Es war diesig, grau und leicht regnerisch. Das Wetter erinnerte mich an Horror-Blockbuster aus den Achtzigern, irgendwo in einem Gully lauerte ein Clown, ein mutiertes Krokodil, jemand mit einer lächerlichen Maske. Die Filme hatte ich mit meinem Bruder hoch und runter geschaut, nachts, tagsüber, wann auch immer wir Lust hatten. Entweder wusste meine Mutter nicht, was wir uns da antaten, oder es war ihr egal. Als ich anstelle der Michael-Myers-Maske ein Batman-Kostüm zu Weihnachten bekam, zerhäckselte ich es in dem Aktenvernichter meines Vaters.

Eigentlich war kein Weihnachten jemals gut gewesen. Entweder mein Bruder bekam einen Tobsuchtsanfall, weil er nicht das richtige Geschenk bekommen hatte, oder ich bekam einen Tobsuchtsanfall, weil ich nicht das richtige Geschenk bekommen hatte, oder mein Vater bekam einen Tobsuchtsanfall, weil er betrunken war, oder meine Mutter bekam einen Tobsuchtsanfall, weil mein Vater betrunken war.

Nicht mal bei Nickis' Familie war Weihnachten entspannt gewesen, obwohl ich seine Familie angenehmer fand als meine. Einmal gab es einen riesigen Eklat, weil die damalige Freundin seines Vaters anscheinend 10K aus dessen Aktien-Fonds entwendet hatte. An dem gleichen Abend erzählte Nicki mir, dass er sich ein Kryptowallet erstellt und den Mietanteil der letzten zwei Monate in eine Währung namens Neblio investiert hatte – vielleicht war es insgesamt einfach besser, keinen Zugriff auf diese Technologien zu haben, da allein ihre Verfügbarkeit einen irgendwie zu klandestinen Aktionen verführte.

An unserem letzten gemeinsamen Weihnachten rief mich eine Freundin an und sagte, dass sie schwanger war. Das stürzte mich in eine Krise, weil Nicki und ich eigentlich geplant hatten, bald schwanger zu werden, uns gerade aber jeden Tag anschrien und in getrennten Betten schliefen. Kurz nach den Feiertagen packte er seine Taschen und meinte, ich würde jemanden finden, der mit meiner *schwierigen* Art umgehen könnte. Was bedeutete es, *schwierig* zu sein? Hieß das, dass man nicht in der Lage war, seine Emotionen zu kontrollieren? Vielleicht galt es auch als schwierig, Menschen daran zu erinnern, dass sie aus dem Bett aufstehen und Tabletten nehmen sollten, daran, ihre Wäsche wegzuräumen, sich nicht umzubringen.

Ich lief die Schloßstraße herunter, bis ich am Bierpinsel ankam. Das seltsame Gebilde wirkte, als würde es in einem Dampfkochtopf gegart werden, von den getönten Fensterscheiben, die sich nach außen wölbten, tropfte Kondenswasser. Ich ging ins Naturkaufhaus, runter in die Esoterikabteilung und studierte Kristalle. Sie funkelten in verschiedenen Kästen, Bergkristalle, Rohopale, Aquamarin, halbierte Achat-Geoden, deren Querschnitte bunte Schlieren zeigten, die im Inneren der Steine rotierten wie Galaxien. Ich kaufte verschiedene Kristalle für Senta, meinen Bruder und Oma A.

Mir selbst holte ich einen Amethyst – *zur emotionalen Reinigung* stand auf einer handgeschriebenen Infotafel.

Am Innsbrucker Platz ging ich in meinen Kiosk. Ich überflog die Headlines der überregionalen Tagespresse. Bis auf eine Reportage, die auf der ersten Seite der *FAZ* angeteasert war, interessierte mich keins der Themen. Es wimmelte von trockenen Artikeln, die die Corona-Lage zusammenfassten, oder lahmen Buchinterviews zu deutschem Nazikitsch. Ich hätte lieber einen Wikipedia-Artikel gelesen, einen Twitterrant zu irgendeinem hyperspezifischen Thema, den ich zwei Tage später wieder vergessen haben würde, oder gewusst, ob es News im Fall Ines Anioli vs. Luke Mockridge gab. Als ich die *FAZ* probeweise aufschlug, hatte ich den Impuls, mit meinem Daumen und meinem Zeigefinger ein Bild zu vergrößern. Es war seltsam, keine Möglichkeit zu haben, Begriffe nachzuschauen oder die Reporter:innen zu googeln, um ihre politische Agenda zu verorten. Ich verzichtete auf Tagespresse und kaufte mir die *Brigitte* und eine Ausgabe der *Psychologie Heute compact*, weil mich der Titel ansprach und ich Co-Star vermisste. Die Astrologie-App hatte mich früher mit Push-Nachrichten zu meinem tagesaktuellen psychologischastralen Zustand versorgt. Es hatte Spaß gemacht, sich über die App mit anderen zu vernetzen, um abzugleichen, wie gut Sternzeichen, Mond und Aszendent miteinander harmonierten, und sich dadurch selbstreflexiv einzuordnen. In der *Psychologie Heute* ging es zwar nicht um Horoskope, aber es wurden verschiedene Persönlichkeitstypen kartografiert, die im Alltag oft aneckten. Sie trug den polemischen Titel »Schwierige Menschen«.

Zu Hause suchte ich das Weed, das mir mein Bruder einmal unangekündigt per Post geschickt hatte. Es waren zehn Gramm medizinisches Marihuana. Mein Bruder hatte die Sorte nicht vertragen. Er hatte mir auch Blättchen und Filter mitgeschickt. Ich fand die Dose in der vorletzten Schreibtischschublade, hinter dem Tacker und einer Schachtel mit Bleistiftminen. Ich suchte eine Papierunterlage und krümelte Tabak aus einer Zigarette, die Nicki dagelassen hatte, auf das Papier. Ich brauchte drei Anläufe, um mir einen Joint zu bauen, der nicht auseinanderfiel. Ich rauchte in meiner Daunenjacke am geöffneten Küchenfenster. Es roch so, als würde es bald wieder schneien. Im gegenüberliegenden Haus machte jemand Dehnübungen bei Neonlicht. Auf den Stromleitungen, die über die Dächer hinweg in Richtung des Industriegebiets bis zu den S-Bahn-Gleisen führten, saßen vereinzelt Vögel. Ich merkte, dass ich immer noch damit beschäftigt war, mich selbst, meinen Bruder, meinen Vater, Nicki, alle Männer, mit denen ich in meinem Leben verkehrt hatte, anhand der *Psychologie Heute*-Kategorien einzuordnen. Ich wusste, dass die Kategorien küchenpsychologisch runtergebrochen waren, eigentlich nichts taugten, aber ich war einfach anfällig für diese Art der Introspektion. Ich benutzte die Zeitschrift als Aschenbecher und dachte an die digitalen Persönlichkeitstests, die ich permanent gemacht hatte, als ich studierte, bevor mein Verlangen nach Selbstkategorisierung durch eine vermeintlich objektive Instanz von der Co-Star-App abgefangen worden war. Die Co-Star-App ging auf persönliche Traumabewältigung ein und rief zu Self-Care auf: *You don't have to get to the bottom of everything; Your trauma is way too personal; Meet some friends.* Bei den Selbsttests auf Facebook ging es dahingegen oft um simple Identifikation: Bist du eine Nachteule oder eine Lerche? Welcher Jane Austen Character bist du? Welcher Wes Anderson Character bist du? Was ist deine Liebessprache? War ich Querulantin oder Liebestöterin? War Nicki Zyniker oder Narzisst? Mein Vater ein wutschnaubender Choleriker oder psychisch krank? Mein Bruder Soziopath oder ein Junge in einer Mäusebadehose mit Sonnenbrand auf dem Rücken, auf den ich besser hätte aufpassen müssen?

Weihnachten ging vorbei. Zwischen den Jahren trieb ich mich vorwiegend in zwei Gebrauchtbuchhandlungen herum. Ich kaufte ein Buch von Christa Wolf. Einen Ratgeber, in dem es um die Überwindung von Heartbreak ging. Joris-Karl Huysmans' *Gegen den Strich.* Die *Twilight*-Reihe. Die englische Ausgabe von Hildegard von Bingens gesammelten Schriften. Es war das erste Mal seit Jahren, dass ich mir Bücher analog kaufte und nicht online bestellte. Es fühlte sich seltsam frei und erleichternd an, dass nun niemand meine Lesebiografie trackte.

Während der Feiertage realisierte ich, wie tief ich überhaupt im Internet drinsteckte. Ich konnte weder Musik hören noch einen Podcast, da ich meinen gesamten Medienkonsum über Streamingdienste bezog. Ich konnte nicht mal fernsehen, weil mein Fernseher *auch* übers Internet lief. Die Zeitschriften, die ich auf meinem Weihnachtsspaziergang gekauft hatte, waren bereits nach ein paar Stunden ausgelesen. Von den dreißig Euro, die ich in die *Brigitte*, *Psychologie Heute* und *Geo Epoche* gesteckt hatte, hätte ich drei Monate lang mein Netflix-Abo zahlen können. Ich konnte nicht einmal aus Langeweile einen Corona-Test im Testzentrum machen, weil ich nicht wusste, wie ich mich ohne Internet irgendwo anmelden sollte. Einen Sportkurs besuchen ging auch nicht, ich checkte normalerweise über Urban-Sports-Club ein.

Über die Feiertage las ich sechs Romane. Die Bücher, von denen ich irgendetwas erwartete – eine Bestärkung meiner Ansichten, lebensveränderndes Momentum –, waren enttäuschend, vor allem Huysmans' *Gegen den Strich*. Auf dem Klappentext hörte sich die Geschichte wie ein relevanter Gegenentwurf zu dem naturverbundenen Aussteigerarchetypen an. Dabei ging es einfach nur um einen morbiden Adligen, der in einem abgelegenen Haus voller Bediensteter wohnte, Reichensachen machte und Reichengedanken dachte. Das Buch las ich nicht zu Ende, die *Twilight*-Tetralogie dafür an einem einzigen Tag.

Ich machte Kimchi. Dafür zerteilte ich Chinakohl, legte ihn in einer Salzlake ein und stopfte ihn zusammen mit einer Chili-Paste in ein Einmachglas.

Ich schrieb viel Tagebuch.

Als es anfing zu schneien, setzte ich mich in meiner Daunenjacke auf meine Küchentheke und öffnete das Küchenfenster so weit, dass ich das Gefühl hatte, auf meinen Haaren würde sich Raureif bilden.

Ich machte mir einen Tee, zog Wollsocken an, legte mich wieder ins Bett und las mir zwei Visionen von Hildegard von Bingen und deren Interpretationen durch. Irgendwann, als ich dringend pinkeln musste, ging ich ins Bad und betrachtete meine Akne in einem Vergrößerungsspiegel.

Ich löste zwei Hautfetzen. Meine Pupille wirkte wie ein wackelndes Fischauge. Ich hatte den Impuls, an dem Auswuchs an meinem Kinn rumzudrücken, zwang mich aber, das Bad zu verlassen und in die Küche zu flüchten. Ich nahm die Küchenmaschine von der Station und stellte sie auf die Theke, dann ging ich zum Kühlschrank und holte eine Packung Heidelbeeren aus dem Gefrierfach. Ich gab drei Löffel Lupinenjoghurt, gefrorene Heidelbeeren und Wasser in den Mixer. Weil ich Verfärbungen zwischen meinen Schneidezähnen vermeiden wollte, trank ich den Heidelbeer-Shake mit einem Glas-Strohhalm und spülte anschließend meinen Mund aus. Dann fing ich an, meine Wohnung auf den Kopf zu stellen, hauptsächlich, um meinen alten iPod zu finden, der hier irgendwo rumliegen musste. Ich holte alle verstaubten Kisten von der Ablage im Flur und nahm mir vor, meinen Kleiderschrank auszumisten. Das würde mindestens einen ganzen Tag dauern, eher zwei.

Meinen iPod fand ich in einem Zipperbeutel, zusammen mit zwei AA-Batterien. Eine davon war am unteren Ende ausgelaufen und hatte die pinkfarbene Lasur des iPods beschädigt, er ging aber noch. Ich lud ihn ein paar Stunden auf, schloss meine Noise-Cancelling-Kopfhörer an und hörte mich durch eine Playlist, die ich im Jahr 2013 gemacht haben musste, kurz bevor ich mir mein erstes iPhone kaufte. Ich hatte einen »Indie«- und einen »Elektro«-Ordner. Im Indie-Ordner befanden sich Alben von Arcade Fire, Arctic Monkeys, Babyshambles, Crystal Castles, Editors, Feist, Foals, Interpol, The Shins, The Smiths, The Strokes, The Tallest Man on Earth, The Whitest Boy Alive, The xx. Im »Elektro«-Ordner befanden sich unter anderem übersteuerte Boyz-Noize-Titel und Techhousesongs, auf denen akustische Gitarren gesampelt wurden. Alle Artists waren Männer.

Es gab ein Hörbuch von Mary Shelleys *Frankenstein* auf Englisch.

Dann noch eine »Trash«-Liste, in der ich alle Songs gesammelt hatte, für die ich mich damals schämte. U2, Modern Talking, Italo-Schlager, viele Hits aus den 80ern, die ich immer noch gut fand, darunter welche von Toto oder Bruce Springsteen. Hier waren Songs drauf, die mich an Autofahrten mit meiner Mutter erinnerten. Sie rauchte, ich saß auf dem Beifahrersitz, schaute aus dem Fenster und es lief Hitradio FFH.

Am 31.12.2021 wachte ich um sechs Uhr fünfzehn auf. Ich stand auf, zog mir den Kapuzenpullover über, der auf dem Boden vor meinem Bett lag, zwängte mich unter mein Sofa und schloss meinen Router wieder an die Stromversorgung an. Ich wartete barfuß auf sein Aufleben, öffnete Signal und googelte alle Dinge, die ich in mein Notizbuch eingetragen hatte. Gegen elf Uhr vormittags schrieb ich Senta, dass ich wieder auf Signal erreichbar sei. *Anti-Cyber heroine,* textete Senta zehn Minuten später. Dann ein Selfie – sie hatte ihre Haare schwarz gefärbt. Dann: *Wie war's??*

Ich schickte ein Schwarzes-Loch-Emoji zurück.

*

Den Jahreswechsel feierten wir gemeinsam. Senta nahm mich mit zu einem Event, das *Wicked Ghosts, Mushrooms and Puzzles* hieß. Es wurde von einer Gruppe Exil-Städel-SchülerInnen organisiert, die Senta noch aus Offenbach kannte. Auf dem Programm standen gemeinsames Pizzabacken, Pilzschokolade und gegen drei Uhr ein Ausflug in den Volkspark. Das Event fand in Alice' und Grischas gemeinsamer Wohnung an der Hasenheide statt. Die Räume waren mit Buchenmöbeln und USM-Haller-Regalen eingerichtet. Ich kannte einige von den Gästen flüchtig durch die Überschneidung mehrerer Freundeskreise, zu denen ich mittlerweile kaum noch gehörte. Die meisten, die da waren, arbeiteten im Kulturbetrieb, einige auch in der Wissenschaft, entweder Philosophie oder Kunstwissenschaften. Ich traf Matthew wieder, Übersetzer und Editor aus Neuseeland, den ich vor eineinhalb Jahren auf einem Workshop zu Schreibprozessen der Gegenwart kennengelernt hatte. Damals hatte er den Gedichtband einer komplett unbekannten Lyrikerin aus Leipzig übersetzt, jetzt arbeitete er an der englischen Übersetzung von Schernikaus *Kleinstadtnovelle*. Wir unterhielten uns in der Küche, neben einem geöffneten Fenster, weil Matthew E-Zigarette rauchte und Grischa nicht wollte, dass sich der Geruch von Traube und Wassermelone unnötig in der Wohnung ausbreitete. Ich fragte ihn, warum er sich gerade jetzt dafür entschieden hatte, einen kommunistischen deutschen Schriftsteller zu übersetzen. »Liegt das nicht auf der Hand?«, fragte Matthew. Relevante Topoi, ein neu entstandener Raum für politische Provokation, die globales Unternehmertum infrage stellte. Außerdem der persönliche Bezug: Matthew war nach Berlin gegangen, weil er es in dem kleinen Kaff nicht mehr ausgehalten hatte. Er zog Parallelen zwischen dem Roman und dem Film *Futur Drei*, der letztes Jahr rauskam. Zwei Coming-of-Age-Geschichten, die Schwulsein in einer Kleinstadt zeigten. Dann räumte Matthew ein, dass der Film über das Leben eines Sohnes von zwei Exil-Iranern vor dem Hintergrund einer PoC-Community um 2010 logischerweise eine ganz andere Konnotation hatte als der autobiografische Roman über die sexuelle Identität eines weißen Cis-Mannes aus Westdeutschland, der mit sechzehn in die Kommunistische Partei eingetreten war. »Was glaubst du, wie die Übersetzung ankommen wird?«, fragte ich. Was ich eigentlich meinte: dass das Projekt eine Million Angriffsmöglichkeiten bot.

»Und?«, fragte Matthew provokativ.

Ich betete, dass Google mittlerweile den Blogpost aus dem Algorithmus genommen hatte. Matthew setzte den Deckel auf das Ende seiner E-Zigarette, das mich an einen USB-Stick erinnerte. Er wollte wissen, wie es bei mir mit dem Schreiben lief. Ich sagte, dass ich aufgehört hatte, Kunst zu machen. Das machte ihm Angst. Mittlerweile waren wir alt genug, dass Leute entweder mit ihrer Kunst Geld verdienten oder schrittweise ausstiegen, weil sie es nicht geschafft hatten, ihre Werke zu monetarisieren. Wahrscheinlich deswegen die Entscheidung für Schernikau.

Zum Jahreswechsel legten wir Tarotkarten. Die Fenster ließen wir geschlossen. Jemand verteilte alkoholfreien Sekt. Senta las uns die Bedeutung der Karten über *biddi.tarot.com* vor. Ich zog den Turm. »The image of the Tower card is powerful, depicting a solid tower being struck by lightning, and fire crawling out from the small windows at its top.« Die Karte kündigte einen Zusammenbruch an, eine Veränderung solider Glaubenssätze. »Wie ordnest du die Karte ein?«, fragte Senta, die mittlerweile schon ziemlich high war. Der Turm verunsicherte mich. War der Zusammenbruch nicht schon gewesen? Ich hatte Instagram, Facebook, TikTok gelöscht. Ich hatte beschlossen, keinen Content mehr zu posten. Meine Vergangenheit aus dem Netz zu löschen. Aus der Wissenschaft auszusteigen. Erst mal keine Dates zu haben oder keine schädlichen Kurzzeitbeziehungen zu priorisieren, die mich immer wieder aus meinem Alltag rauswarfen, weil sie entweder zu euphorisch waren oder ich regelmäßig anfing, needy zu werden, und dann früher oder später abserviert wurde. »Vielleicht ist es eine Warnung?«, sagte ich. »Wovor?«, fragte Senta. Nena fragte, ob es mit der Abgabe meiner Dissertation zu tun haben könnte. Das sagte sie, weil sie selbst gerade ihre Doktorarbeit abgegeben hatte. Im Gegensatz zu mir hatte sie vor, in der Wissenschaft zu bleiben, und schon eine Postdoc-Stelle in Aussicht. »Was hast du vor, karrieremäßig meine ich?«, fragte Nena. Sie brach ein Stück Pilzschokolade für uns beide ab. Absurderweise antwortete Senta für mich, sie verkündete auf eine vieldeutige Weise, dass ich mir gerade eine Auszeit nahm, um mich aus dem Internet zu löschen. »Als Projekt oder wie ist das gemeint?«, fragte Nena und gab mir die Schokolade. Ich sagte, dass es eine grundsätzliche Lebensveränderung sei. Daraufhin entspann sich eine Unterhaltung über die Verwobenheit von virtuellen und realen Welten und die Frage, welcher Möglichkeitsspielraum einem in dieser durchdigitalisierten Phase des Postfordismus überhaupt blieb. Wir waren uns einig, dass ein radikaler digitaler Ausstieg eigentlich auch einen Ausstieg aus der Zivilisation beinhalten musste, so richtig ernst schien es aber niemand zu nehmen. Letztlich mündete das Gespräch darin, dass wir Aussteigerfantasien belächelten, deren Dokumentation gerade auf YouTube Konjunktur hatten.

Larissa fand interessant, dass es neben mir auf einmal einige Leute in ihrem Umfeld gab, die angefangen hatten, erhöhte digitale Consciousness zu zeigen. Einige reduzierten bewusst ihre Screentime. Andere installierten Programme, die den Zugriff auf das Internet für eine eingegebene Zeit komplett verhinderten, unabhängig davon, ob man seinen Router neu startete oder nicht. Dann gab es Leute, die ihre Internetverträge gekündigt hatten und zu Prepaid-Karten zurückgekehrt waren oder ihre Smartphones gegen Dumbphones eingetauscht hatten. Mir war bewusst, dass ich Teil eines Trends war, der irgendwie in den kontemporären Diskursen herumwaberte. Ich versuchte zu erklären, dass mein Ausstieg ein schleichender Prozess gewesen war. Wahrscheinlich spielte die Beschäftigung mit digitalen Sozialtheorien, der Frage, was mit Daten passierte, usw. eine ausschlaggebende Rolle. Sowohl Alice als auch Senta fanden es okay, seine Meinung zu ändern oder neue Lebensmodelle auszuprobieren. Sie machten mir keinen Vorwurf.

»Und man findet dich wirklich nicht mehr, wenn man dich googelt?«, fragte Lisa und holte ihr iPhone raus. Wenn mich etwas aufregte, merkte ich immer, wie ich anfing unter den Achseln zu schwitzen. Es fühlte sich zuerst kalt an, dann so, als würde ich im Körperinneren eine Gänsehaut bekommen. Ich hoffte, dass sie nach den ersten fünf Ergebnissen der Google-Schlagwortsuche wieder aufgeben würde. Das erste Suchergebnis führte zum Facebook-Account von Nicolette Meyring, danach erschien ein Eintrag der deutschen Vertreter wirtschaftlicher Interessen auf bruessel-diplo.eu, dann die Website vom Archiv-Pro-Musica-il. Mittlerweile hatten sich ein paar Leute hinter uns auf dem Teppich versammelt, sie verfolgten den Suchprozess wie eine Sportübertragung. Ich überlegte aufzustehen, mich auf der Toilette einzuschließen oder meine Jacke zu nehmen und einfach zu gehen. Die Beklemmungsgefühle wurden so heftig, dass ich meinen Pullover ausziehen musste. Ich befürchtete, dass ich mich dadurch auffällig verhielt, außerdem roch Angstschweiß anders als normaler Schweiß, ich rückte ein wenig von Lisa ab. Jemand fragte irgendwann: »Du hast doch bestimmt noch einen Künstlerinnennamen oder so was?«

2010 hatte ich auf *SeekSickSound*, einem französischen ElektroBlog, den Song »Mitsubitchi« von The Subs gefunden. Der Name Mila Mitsubishi fühlte sich im damaligen Zeitgeist genau richtig an. Ich war mir absolut sicher, dass man unter dem Pseudonym nichts finden würde, weil ich in den letzten Wochen nichts anderes gemacht hatte, als das Internet nach diesem Pseudonym zu durchkämmen. Mila Mitsubishi war für diese kurze Zeit zum zweiten Mal das Zentrum meines Lebens gewesen.

Die ersten Suchergebnisse führten zu Motorenteilen auf Inoxcar. Der vierte Eintrag führte zu einem Facebookprofil von einer jungen Frau in einen militärischen Anzug. Sie wohnte in Samarinda und arbeitete bei Mitsubishi FUSO in Indonesien. Keiner der Blogs, die ich unter meinem Pseudonym betrieben hatte, war noch auffindbar. Sämtliche Kombinationen von Suchbegriffen gingen ins Leere: Mila Meyring Mitsubishi, Mitsubishi und Meyring, Mila Mitsubishi HfG Offenbach, Mila Meyring Frau Mitsubishi.

Nichts führte zu mir.

Nichts führte von mir weg.

Ich sah verschiedene Lichtreflexe zu einem Knäuel zusammenschmelzen.

Es fühlte sich an, als wäre ich in einen schwerelosen Raum eingetreten.

*

An Neujahr schlief ich bis zum späten Nachmittag. Es fing schon wieder an, dunkel zu werden, als ich die Vorhänge zur Seite schob und das Fenster öffnete. Die Luft, die ins Zimmer strömte, war eiskalt. Auf dem Weg in die Küche drehte ich überall die Heizung hoch. Ich hatte keinen Kater, reagierte aber empfindlich auf die Lautstärke des Wasserkochers und hatte irgendwie das Gefühl, als sei etwas marginal Unangenehmes passiert. So fühlte ich mich eigentlich nur, wenn ich Alkohol getrunken hatte.

Als ich den Flugmodus deaktivierte, fiel mir wieder ein, warum ich mich seltsam fühlte. Ich hatte mehreren Leuten high meine Handynummer gegeben. Nena hatte heute Mittag eine Gruppe eröffnet, in der sie Fotos teilte. Ich konnte nicht einschätzen, ob die späte Nuller-Ästhetik, die eigentlich schon damit anfing, dass es die Gruppe überhaupt gab, ernst gemeint war. Sie hatte verschiedene *Party Pics* hochgeladen. Ich scrollte durch die Fotos. Auf einem erkannte ich meine Hand. Auf einem anderen mein Bein. Sonst war ich nicht drauf. Während ich den Chat verfolgte, markierte Matthew ein Foto mit einem Herzen. Larissa postete einen Sticker. Nena schrieb: *sending signals to our primitivist mila.* Ich legte mein iPhone so auf den Wohnzimmertisch, dass der Screen nach unten zeigte.

Wie konnte ich so dumm gewesen sein, zu erzählen, dass es nicht möglich war, mich im Internet zu finden. Es war, wie einen Köder auszulegen, eine Challenge auszurufen, gerade jetzt, wo der nächste Lockdown vor der Tür stand und die Leute für jede Ablenkung dankbar waren – was kam da besser gelegen als eine ominöse Person, die behauptete, nicht auffindbar zu sein? Ich sah mich in einer digitalen Hetzjagd, wie in *Don't f*** with Cats,* wo Leute auf der ganzen Welt Videomaterial analysierten und auf Fotos nach Indizien suchten. Ich scrollte noch mal durch die Aufnahmen aus der Party-Gruppe. Ich traute weder Nena, Lisa oder Matthew zu, eine digitale Hetzjagd gegen mich anzuleiten. Niemand von ihnen wirkte, als würde ihnen so was besonderen Spaß machen. Andererseits ließ sich daraus eine gute Performance machen oder zumindest ein Artikel darüber schreiben. Lisa hatte mich gestern direkt gegoogelt. Sie hatte außerdem im Lockdown angefangen, *Counter-Strike: Source* zu spielen, irgendein Interesse daran, Leute zu verfolgen, musste in ihr angelegt sein. Ich zog mich auf mein Sofa zurück und schaute an die Decke. Auf der linken Seite hingen Spinnweben.

Ich hatte wieder Internet, also nutzte ich es auch. Gegen Mittag recherchierte ich, ob noch irgendjemand anderes meine Ängste teilte. Ich landete in einem Reddit-Forum, in dem sich Leute über ihre Angst austauschten, gecancelt zu werden. *u/glitchhEntity* schrieb: »I live in constant fear and paranoia. I am scared someone will have dirt on me and my life will be ruined.« Von dort aus klickte ich mich durch verschiedene *expose*-Videos auf YouTube. Es gab ein spezifisches Genre von Amateurvideos, in dem vermeintlich erschreckende Wahrheiten über Einzelpersonen offengelegt wurden. Die Clips waren wie True-Crime-Dokus aufgebaut und meistens nicht länger als zwanzig Minuten. In vielen Clips ging es um Leute, die ernsthaft Dreck am Stecken hatten. Ich schaute ein Video über eine College-Studentin, die einen Nimcel manipuliert und dazu gebracht hatte, seine demente Mutter zu misshandeln. Die Clips über weniger krasse Personen, die wegen viel banaleren Dingen exposed wurden, verstörten mich jedoch viel mehr als die sadistische Langeweile von offensichtlichen Soziopathen. Ein Mann wurde gefeuert, weil sein Cousin bei dem Sturm auf das Kapitol dabei gewesen war und er sich nicht dazu geäußert hatte, was als fehlende Distanzierung interpretiert wurde.

Aus dieser Perspektive betrachtet, gab es doch tausende von Dingen, wegen derer ich bloßgestellt und dann anschließend gecancelt werden könnte. Dass ich einmal mit einem meiner Studierenden geschlafen hatte. Dass ein Teil meiner Familie Impfgegner war.

Auf einmal hatte ich Angst, jemand könnte rückverfolgen, dass ich diesen Sub-Reddit besucht hatte, und das allein würde Grund genug sein. Dann fiel mir ein, dass ich seit einigen Wochen für einen VPN bezahlte und die meisten Leute im Netz meinten, man sei damit recht sicher. Aber was war mit meinem Bruder? Wenn Screenshots seiner Foren-Beiträge auf Watch-Blogs auftauchen würden – könnte man so was nicht zu mir rückverfolgen?

Ich beschloss nach den Ferien dauerhaft meine MacBook-Kamera zu deaktivieren. Im Januar gingen die digitalen Seminare wieder los, ich fand es nicht mehr tragbar, mich dem Risiko auszusetzen, von Studierenden heimlich aufgenommen zu werden. Auf MacBooks gab es streng genommen nicht die Möglichkeit, die Kamera dauerhaft zu deaktivieren, aber es war möglich, den Zugriff darauf zu sperren. Ich entfernte die Zugriffsberechtigung sämtlicher Programme in meinen Sicherheitseinstellungen. Selbst wenn Gesprächsadmins versuchen sollten, auf meine Kamera zuzugreifen, würde angezeigt werden, dass diese nicht vorhanden war. In der ersten Seminarsitzung nach den Feiertagen sagte ich in mein Mikro, dass meine Kamera kaputt sei. Ich erfragte die Anwesenheit der Referatsgruppe, dann schaltete ich mich auf mute. Während des Referats recherchierte ich, was es bedeutete, wenn man als erwachsener Mensch von Ungeheuern und Monstern träumte. Seit Silvester hatte ich zwei Mal geträumt, dass ich vor einem T-Rex flüchtete. Der Traum verfolgte mich in unterschiedlichen Versionen, seit ich mit neun zum ersten Mal *Jurassic Park* gesehen hatte, es war aber Jahre her gewesen, dass ich das letzte Mal von einem T-Rex durch einen Dschungel oder eine postapokalyptische Stadt gejagt worden war. Laut *traum-deutung.de* verwies das Motiv darauf, dass man im Wachsein eine Lebensbedrohung bemerkt hatte. Ich hängte mich an dem Hinweis auf, dass man genau darauf achten sollte, ob der T-Rex im Traum Zacken am Rücken hatte oder nicht – wenn man Zacken bemerkte, handelte es sich nicht um einen Dinosaurier, sondern um Godzilla. Hatte der T-Rex Zacken? Ich wusste es nicht genau. Godzilla verwies auf Kontrollverlust.

Kurz vor Ende der Seminarsitzung flogen oben rechts verschiedene Signal-Nachrichten ein. Matthew und Senta schickten sich Memes hin und her. Eigentlich hatte ich Signal geschlossen. Ich suchte in den Signal-FAQs nach einer Lösung für diesen Fehler. Zu der digitalen Sitzung mit meiner neuen Kollegin kam ich deswegen sieben Minuten zu spät. Christine – meine Nachfolgerin – war irritiert, dass ich ohne Bild an unserem digitalen Treffen teilnahm. »Schau doch noch mal bei der Kameraberechtigung nach«, schlug sie vor. Dann: »Oder hier im Einstellungsmenü, ich hab das mal gegoogelt.« Sie postete einen Screenshot in den Chat. Christine war sechsundzwanzig und trug schwarze Rollkragenpullover aus Merinowolle. Sie wechselte aus einem unbezahlten Graduiertenprogramm aus Kiel an unser kulturwissenschaftliches Institut. Ihr Research-Gate-Profil sah jetzt schon aus wie ein TED-Talk. Irgendwann akzeptierte sie, dass sämtliche Lösungswege, die Kamera zu aktivieren, nicht funktionierten, und wir konnten endlich anfangen, über Anrechnungsverfahren, Prüfungsleistungen, das POS, das Learnweb oder die Funktionsweisen ihres Mailprogramms zu sprechen. Ich schickte ihr verschiedene Ordner und Textbausteine.

Abends schrieb Nena, dass sie an Chinese New Year ein Event veranstalten würde. *Wicked Witches II. Wer kommt?*

Ich googelte, ob es möglich war, heimlich Signal-Gruppen zu verlassen.

*

Kurz vor Chinese New Year fielen einige Dinge zusammen. Google meldete sich mit einer E-Mail. Der Blogeintrag über mich war jetzt nicht mehr in der Suchergebnisliste zu finden. Ich tippte meinen Namen ein, dann *Clitlit* dann *Frau Yokoshima.* Keine Ergebnisse. Meine öffentlich zugänglichen Spuren waren aus dem Internet gelöscht – zumindest in Europa. Ich schaute an die Decke und atmete aus. Eine Tonne an Ballast fiel von mir ab. Ich hatte das Gefühl, dass sich mein Reinigungsritual dem Ende zuneigte. Es war, wie eine To-do-Liste abzuschließen. Ich öffnete Signal und schrieb meinen ersten Beitrag in die Party-Gruppe: *hey, still cutting down on social media, cyuuu,* und stieg aus der Gruppe aus.

Anfang der Woche fuhr ich nach Hildesheim, um mein Büro auszuräumen. Viel hatte ich dort nicht gelagert, wegen der Pandemie war ich seit eineinhalb Jahren nicht mehr dort gewesen. Ich fand einen Lippenstift, den ich seit Ewigkeiten vermisste. Er lag unter dem Aktenschrank. Den Tee, den ich in der ersten Schublade deponiert hatte, schmiss ich weg. Die Bücher, die sich im Laufe der letzten Jahre angesammelt hatten, ließ ich im Regal stehen. Ich suchte die Büros meiner Kolleginnen auf, aber niemand war da, der Präsenzunterricht war dieses Semester wieder zu digitaler Lehre umgestellt worden. Die einzige Person, die ich antraf, um mich verabschieden zu können, war Sybille. Sie war auch die erste Person gewesen, die mich hier am Institut im Masterstudium empfangen hatte. Sybille leitete das Sekretariat. »Wie lange ist das jetzt her?«, fragte sie mich. »Neun Jahre«, sagte ich.

Seltsamerweise fühlte ich wenig, als ich den Campus verließ.

Den Rest des Kollegiums sah ich noch einmal per Videokonferenz. Mich sahen sie nicht, ich beteuerte auch hier, dass meine Kamera seit einiger Zeit kaputt sei. Statt des eigentlichen Abschiedsessens hatte das Kollegium eine einstündige digitale Zeremonie zusammengeschustert, bei der alle ein paar Worte an mich richteten und in kleinen Pixelkästen Tee oder Rotwein tranken.

Mein Leben in der Wissenschaft war damit beendet. Ich tippte in den nächsten Tagen immer mal wieder meinen Namen in die Suchmaschine – kein Treffer.

Chinese New Year verbrachte ich zu Hause. Ich ignorierte die Statusmeldungen von Senta, die offensichtlich high war und mich mit Selfies und Fotos von ihren Fingernägeln flutete. Im Hintergrund sah ich einmal Matthew, ein anderes Mal Nenas Haare, ich erkannte sie an ihren blonden Blocksträhnen. Irgendwann schaltete ich mein Telefon aus. Ich machte einen Spaziergang zur Sternwarte und streamte anschließend eine True-Crime-Dokumentation über Amanda Knox. Am Ende der Doku war ich so verwirrt, dass ich nicht wusste, ob ich Amanda für schuldig oder unschuldig hielt.

Am nächsten Tag tippte ich wieder meinen Namen in die Suchleiste. Ich klickte willkürlich in höhergelegene Schlagwortsuchergebnis-Seiten, fand weiterhin nichts. Anstatt zu entspannen, merkte ich, wie sich langsam eine vage Paranoia anbahnte, irgendetwas völlig Offensichtliches übersehen zu haben. Kurz bevor ich meine Dissertation einreichen wollte, hatte ich bemerkt, dass sich in einer Überschrift ein Tippfehler befand, dabei hatte ich die Arbeit mehrfach selbst Korrektur gelesen und ins Korrektorat gegeben. Genauso konnte auch jetzt irgendetwas unbemerkt an mir vorbeigegangen sein. Ich schrieb meinem Bruder, ob er mich mal googeln konnte.

Hast du Scheiße gebaut?

Einfach nur so, antwortete ich. *würde gerne wissen, was man alles über mich rausfinden kann.*

Eine halbe Stunde später antwortete er, dass er nichts über mich fand.

Gar nichts?

nein

okay

Ich machte zwei Tage internetfrei und versuchte mich auf Dinge zu konzentrieren, die während meines Löschprozesses unter den Tisch gefallen waren. Zum Beispiel meine Steuererklärung. Oder endlich ein Beratungsgespräch im Jobcenter zu vereinbaren.

Weil jemand krank geworden war, bekam ich schon zwei Tage später einen Termin, via Zoom. Um kurz vor zwei schaltete mich meine Sachbearbeiterin zu. Nur die Hälfte ihres Hintergrunds war vom Wallpaper-Background erfasst worden, es wirkte so, als hätte sie sich teleportieren wollen und wäre zwischen einem Bürokubus und der Skyline von Shanghai stecken geblieben. Bei dem Webkonferenzsystem der Agentur für Arbeit war es möglich, ein Profilfoto auszuwählen, wenn die Kamera nicht funktionierte oder man keine hatte. Ich wählte ein Sonnenuntergangsszenario mit einem *Minion* an einem Strand, weil mich Loretta Kierspel an meine Großtante erinnerte, die *Minions* liebte. »Bisher hat noch niemand den Strand ausgewählt. Die meisten nehmen dieses olle Café mit den braunen Fliesen und den riesigen Kaffeemaschinen. Was wollen Sie mir damit sagen? Dass Sie urlaubsreif sind?«

War es Schicksal, dass mir Loretta Kierspel zugeteilt worden war? Ich weiß es nicht. Ich glaube, ich hatte einfach Glück.

Loretta Kierspel lachte so laut über ihren Witz, dass meine Lautsprecher knackten. Ich schaltete sie ein paar Stufen leiser. Meine Sachbearbeiterin war weder unfreundlich noch verurteilend, sie trank auch keinen Filterkaffee und fand, dass Regeln menschengemacht waren und sie ein Mensch war, den das Jobcenter dazu befähigt hatte, Regeln nach ihren eigenen Maßstäben umzusetzen. Sie benutzte nur zwei Finger beim Tippen, ihren rechten Mittelfinger und ihren linken Ringfinger. Seit einer zehn Jahre zurückliegenden Karpaltunnel-Entzündung ging sie es etwas langsamer an. Auf ihrem Schreibtisch standen verschiedene entzündungshemmende Lavendelcremes. Die schmierte sie sich alle fünf Minuten auf ihren rechten Zeigefinger. »Traurig, dass Sie mit ihrer Ausbildung hier sitzen«, sagte sie. »Ich hätte ja gerne einen Doktor gemacht, aber das ging damals nicht.« »Welchen Doktor hätten Sie denn gerne gemacht?«, fragte ich. »Irgendwas mit Bautechnik. Oder Medizin. Vielleicht auch Heilpraktik.« Sie fragte, ob ich Naturjoghurt aß, um mein Mikrobiom zu stärken. Ich verneinte, weil ich kaum Milchprodukte zu mir nahm. Danach gingen wir eine Liste von Berufsfeldern und Kompetenzen durch, um zu erfassen, für was ich alles geeignet war. Ich engte das Feld auf *Soziales und Kultur, Unternehmensbezogene Dienstleistung* und *Reinigung* ein. *Wissenschaftliche Berufe* schloss ich aus. »Weil die Karriere-Chancen so schlecht sind«, sagte ich. Eigentlich meinte ich: wegen des persönlichen Brandings und der digitalen Sichtbarkeit. Ich hatte immer weniger Lust auf Selbstvermarktung. Mittlerweile unterschieden sich Wissenschaftlerinnen wenig von Unternehmensberatern oder Influencern. Man musste sich und seine Themen als Marke verkaufen, gut sortierte Suchmaschinen-Resultate vorweisen, eine Website pflegen, auf der alle Vorträge, jede winzige Publikation zu finden waren, dazu ein Foto, das Souveränität auszustrahlen hatte. Aus Protest hatte ich manchmal in Pyjamas unterrichtet, das wurde mir dann als progressiv ausgelegt und die Studierenden fanden es bewundernswert. Im Nachhinein fand ich das peinlicher als die Juniorprofs, die im gepflegten Anzug auf dem Campus erschienen. Um überhaupt einmal aus den prekären Verträgen rauszukommen und mich für eine Professur zu bewerben, hätte ich schon vor Jahren mit gezieltem Self-Branding anfangen müssen. Ich hatte meinen Research-Gate-Account seit fünf Jahren nicht mehr aktualisiert, bis auf meine Dissertation gab es auch nichts, was ich dort hätte aufnehmen können.

Loretta Kierspel schlug vor, dass ich meinen Fachbereich etwas ausweiten könnte, Kulturwissenschaft, Medienwissenschaft, Literaturwissenschaft. »Sind Sie kreativ?«, fragte sie. Ich sagte, dass ich es liebte, Dinge zu sortieren, Listen zu erstellen, Excel-Kalkulationen durchzuführen. Tätigkeiten im Kundenservice lehnte ich ab, wenn sie über Telefon stattfanden. »E-Mail oder chatten würde ich machen, aber nur, wenn ich ohne Namen auftauche.« »Das würden Sie dann inkognito machen?« Loretta Kierspel verdaute einen Moment lang, dass ich einen Job suchte, bei dem man keine Spuren im Internet hinterließ. »Sind Sie eine von diesen Personen, die denken, dass Bill Gates uns alle verchipt?« Ich hatte eigentlich nicht vor zu lügen, aber ich wollte auch nicht die Gesamtheit der psychologischen Beweggründe offenlegen, deretwegen ich mich aus dem Internet löschte. Ich griff zu einer nachvollziehbaren Notlüge. Ich sagte, dass ich im Internet gemobbt worden war. Loretta Kierspel zeigte sich verständnisvoll. Sie erzählte, dass sie schon mal einen Shitstorm abbekommen hätten, nicht in ihrer Abteilung, aber zwei Stockwerke drunter. »Worum ging's?«, fragte ich sie. Der Twitch-Kanal eines damals arbeitslos gemeldeten Streamers sei am Anfang der Pandemie »völlig durch die Decke gegangen«, so Kierspel. Ab und zu erwähnte er wohl, dass er seine PayPal-Einnahmen nicht versteuerte. Der zwölfjährige Sohn einer Kollegin hatte dann einmal hier im Jobcenter herumgelungert, weil ihr Freund während der Ferien nicht auf ihn aufpassen konnte, und der hat den Streamer im Wartezimmer neben den Toiletten erkannt und als sein großes, berühmtes Idol identifiziert. »Ihm sollte dann Wohngeld gestrichen werden, wegen der nicht deklarierten Einnahmen.« Daraufhin startete der Streamer einen cholerischen Livestream vor der Eingangshalle des Jobcenters. Seine Fangemeinde – hauptsächlich zwölf- bis neunzehnjährige Jungs – bombardierte das Jobcenter mit tausenden von Nachrichten auf allen Kanälen. »Hat das ganze System lahmgelegt. Wir konnten den Tag nichts machen.« Die Adresse seiner Sachbearbeiterin wurde anonym online veröffentlicht, zwei Wochen später kündigte sie. Wir sprachen kurz über die Effekte von Doxxing und Morddrohungen und dass sie selbst ein paar Tage lang ein »ungutes Gefühl hatte«, das Center zu betreten.

Ein Job, den ich in meinem Kopf ausmalte: inkognito in einer NGO zu arbeiten, wo ich an der Entwicklung einer künstlichen Intelligenz beteiligt wäre, die Gewalt und Beleidigungen im Livestream erkennen und diese präzise deaktivieren würde. Schwierig wäre es, die KI so zu programmieren, dass sie Begriffe kontextabhängig unterscheiden konnte. Was war mit ironisch gemeinten Inhalten? Oder kritischem Content, der zum Beispiel Polizeigewalt zeigte. Die KI müsste irgendwie verstehen, dass Kontexte dynamisch waren, und in der Lage sein, gewisse Muster zu erkennen und zu antizipieren. Dann hätten wir einen Zensur-Roboter, der gewaltsam meine eigene Ideologie durchsetzen würde.

Ich merkte, dass ich abgeschweift war und mittlerweile vergessen hatte, worüber wir eigentlich redeten.

Loretta Kierspel trug ein, dass ich Bereitschaft zeigte, einen Berufsfeldwechsel durchzuführen. »Am liebsten wäre mir ein unaufgeregter Bürojob«, sagte ich. Loretta Kierspel reagierte mit einem Emoji, der sich in der unteren Ecke des Screens aufblies und dann in einem Konfettiregen explodierte. Sie sagte, dass ich mich erst wieder melden müsse, wenn mein Vertrag wirklich ausgelaufen sei. Dann würde ich erst mal ALG1 erhalten. »Vielleicht finden Sie ja auch einen Job in Ihrem Bereich.«

*

Am 24. Februar fiel Putin in die Ukraine ein.

Nach der Einnahme von Mariupol verbrachte ich wieder vermehrt Zeit im Internet. Ich scrollte durch Twitteranalysen und schaute mir endlos dieses animierte YouTube-Video über Atombombendetonationen an, um herauszufinden, ob ich Berlin verlassen sollte. Jetzt hatte es eine ganz andere Konnotation als vor ein paar Monaten, wo es zusammen mit dem Clip einer Modenschau in Miami auf meine Startseite gespült worden war. Ich lebte im Süden der Stadt. Wenn Russland eine größere Atombombe auf Berlin werfen würde, befände ich mich nicht unmittelbar in der Todeszone, aber in dem

Bereich, in dem Häuser einstürzten, man kurzzeitig durch die Helligkeit der Detonation erblindete, möglicherweise nackt in einem Keller zu warten hatte – insofern man den Einsturz des Hauses überlebte –, um dann von einem strahlenverseuchten Regen umgebracht zu werden.

Über DuckDuckGo-Maps maß ich die Entfernung von Oma A.s Haus zur Europäischen Zentralbank. Sie betrug 64,3 Kilometer. Wenn ich die Landeshauptstadt verlassen würde, um mich dort zu verstecken, wäre ich auch dann sicher, wenn Putin versuchen würde, das deutsche Finanzzentrum auszuschalten. Ich könnte im Gartenhaus übernachten. Mein Bruder müsste nicht einmal wissen, dass ich da wäre.

Irgendwann nachts erhielt ich eine Nachricht von ihm über Signal. *Glaubst du, es gibt hier bald Krieg?* Auf einmal tat es mir leid, dass ich mich seit unserem Disput über meine dritte Moderna-Impfung kaum gemeldet hatte. Ich sagte, dass Putin vermutlich nicht in ein NATO-Land einfallen würde, weil nicht mal er einen dritten Weltkrieg inklusive M. A. D. riskieren wollte. Eigentlich hielt ich es für realistisch, dass genau das passieren konnte. Den Satz, dass dies zum Ende der Zivilisation führen würde, löschte ich wieder. Ich schrieb stattdessen, dass es auch um wirtschaftliche Interessen ging, wiederholte stumpf Segmente aus überflogenen Headlines, Artikeln und Tweets.

Ich werde versuchen, mit Oma und Mama ein Visum nach Argentinien zu organisieren. Möchtest du auch eins?

Um mich bei Exil-Nazis einzubürgern?

Ich erhielt einen Link der argentinischen Botschaft, die sich in der Eschersheimer Landstraße in Frankfurt befand. Mein Browser zeigte mir an, dass es sich um eine unsichere Verbindung handelte.

Ich schrieb: *Kann ich nicht öffnen.*

Mein Bruder kopierte mir daraufhin folgenden Absatz raus: *Die meisten Mitarbeiter, die länger als 90 Tage in Argentinien arbeiten möchten, benötigen ein 23 A- oder 23 E-Visum. Das 23 A-Visum gilt für die meisten Personen in Argentinien, die für eine vergütete Tätigkeit von einem Jahr einreisen. Bei Bedarf können Mitarbeiter dieses Visum auch verlängern. Das 23 E-Visum gilt speziell für Wissenschaftler, Spezialisten, einige Manager, Techniker und Verwaltungsangestellte.* – Du hast doch einen Doktor. Kannst du dort nicht an einem Forschungsinstitut arbeiten?

Was genau sollte ich dort tun? Und warum gerade Argentinien? Es fiel mir schwer, keine Verbindung zwischen einem rechtsextremen Telegram-Kanal, in dem Impfgegner-Content geteilt wurde, und der Idee eines argentinischen Exils zu ziehen.

Ich schrieb: *Erst mal Ruhe bewahren, wir sind alle unter Schock.*

Er meinte, dass er einen Artikel gelesen hatte, in dem darüber nachgedacht wurde, ob Putin wegen Long-Covid an Brainfog litt und deswegen unüberlegt handeln könnte.

Ich kann leider nicht weg, ich hab nicht mal ne Ausbildung. Oma ist Rentnerin. Die nehmen uns nicht. Dabei soll man da eigentlich relativ einfach ein Visum kriegen. Eigentlich hätte ich mehr Bock auf USA, Kalifornien oder so was. Aber da wird man ja nie ein Visum kriegen. Weiß auch nicht, was ich da überhaupt machen würde.

Ich schickte ihm den Link zur Green-Card-Lotterie. Die US-Regierung zog jedes Jahr zwischen Mai und Juni eine Person, die ohne große Regularien eine Green Card erhielt. Um sich dafür zu qualifizieren, reichte es, in Deutschland geboren zu sein und einen anerkannten Schulabschluss oder fünf Jahre Berufserfahrung zu haben. Mein Bruder schrieb, dass er sich nicht anmelden konnte. Weil er in den letzten fünf Jahren nicht gearbeitet, sondern Hartz IV empfangen hatte und nur zehn Jahre zur Schule gegangen war – das galt im Anmeldesystem als Hauptschulabschluss, nicht als Realschulabschluss –, flog er nach vier Fragen aus dem Anmeldesystem raus.

Ich dachte an dem Tag viel darüber nach, wie es dazu gekommen war, dass ich einen Doktor hatte und mein Bruder nicht mal bei der Green-Card-Lotterie mitmachen durfte. Er war durchs Fachabitur gefallen, weil er das sechsmonatige Pflichtpraktikum nicht durchhalten konnte. Meine Mutter hatte ihm eine Stelle bei *Real* organisiert, wo er eine Woche lang Flip-Flops und aufblasbares Pool-Spielzeug in Regale räumte und sich wegen seiner Sozialphobie hinter einer Miniaturhüpfburg vor Kunden versteckte. Dann hätte es immer die Möglichkeit gegeben, bei *Optik Fischer* anzufangen, weil meine Mutter mit dem Eigentümer zur Schule gegangen war. Die Firma hatte sich auf Brillengläser und Fernglaslinsen spezialisiert. Oma A., meine Tante und die angeheiratete Frau meines Onkels hatten dort alle eine Zeitlang gearbeitet. Ich konnte es meinem Bruder nicht verübeln, dass er sich dem Angebot verweigerte. Jobs, bei denen man monotone Arbeiten verrichtete und »etwas mit seinen Händen machte« waren aus einer privilegierten Stellung heraus leicht zu romantisieren, aber nachdem ich einmal zwei Wochen Löcher in Verschlüsse gestanzt und Plastikteile nach Maß zugeschnitten hatte, um Geld für mein Work-and-Travel-Jahr zurückzulegen, hatte sich meine Perspektive auf »ehrliche« Jobs, von denen Oma A. und auf andere Weise David Graeber in *Bullshit Jobs* redete, grundlegend verändert.

Mittlerweile gab es verschiedene Karrieren, für die mein Bruder eigentlich die optimalen Voraussetzungen mitbrachte: Gamer, Streamer, Programmierer, Hundesitter, Cutter für Hollywoodfilme oder andere Jobs in der Medienbranche, bei denen man die Fähigkeit haben musste, immer und immer wieder die gleichen Sequenzen anzuschauen und lediglich Details, anstelle eines globalen Ganzen, wahrzunehmen. Ich schickte ihm einen Link zu einer Python-Programmiereinführung.

*

Ende der Woche nahm mich Senta mit zu einer Hilfsstation in Neukölln, wo wir einen Karton Desinfektionsmittel und Müsliriegel abgaben. Am Rathaus gab es zwei neue Baustellen. Ich verlief mich in den Fußgängerumleitungen und kam viel zu weit nördlich, bei einem Brautmodenladen raus. Senta hatte ein Auto gemietet und wartete im Halteverbot vor einer Volksbankfiliale auf mich. Sie trug einen Kunstledermantel und aß gerade einen der Müsliriegel aus dem Karton. Ihre Haare waren auf einmal kürzer als meine. Sie umarmte mich lange. »Krasse Zeiten«, sagte sie. Bisher hatte ich noch keine Begrifflichkeiten für diese Phase gefunden. Sie gab mir ihr iPhone, damit ich über Google Maps diktieren konnte, wo sie langzufahren hatte. Während der kurzen Autofahrt unterhielten wir uns darüber, dass wir uns beide dafür schämten, dass uns der Ukraine-Krieg emotional viel stärker involvierte als beispielsweise die Rückkehr der Taliban in Afghanistan. Zehn Minuten später standen wir an einer Hilfsstation für aus der Ukraine geflüchtete BIPoCs. Senta gab die Kisten ab. Ich spendete fünfzig Euro und drängte Senta dann dazu, direkt wieder zu gehen, weil ich den Eindruck hatte, wir standen nur blöd rum. Auf einmal bereute ich, dass ich das Geld nicht online gespendet hatte, einfach so, ohne Kommentar. Ich kam mir so vor, als wollte ich mir Lob abholen. Senta fotografierte sich und den Desinfektionskarton und postete, dass noch mehr Geld, Schuhe in Größe 37 oder 45 gesucht wurden. Ich wollte auf keinen Fall auf dem Foto drauf sein. Ich dachte wieder an den animierten Informationsclip über den Detonationsradius nuklearer Waffen.

Nach dem Treffen mit Senta hörte ich auf, meine Nachmittagsspaziergänge zu machen. Es fing damit an, dass ich mir eine Erkältung einfing und mir einredete, dass ich möglichst viel schlafen und mich ausruhen musste. Die meiste Zeit des Tages verbrachte ich vor meinem Fernseher und streamte Netflix. Ich schaute *Queer Eye Germany, Workin' Moms, Kung Fu Hustle, Die Wurzeln des Geschmacks, Die zwei Päpste, Weihnachten in der Wildnis, Nola Darling, Indian Matchmaking, Anne with an E, Finger Weg, BoJack Horseman, Rick and Morty, Expedition Happiness, Paddle the World,* die *Twilight Saga.*

Ich schaute alle Schlingensief-Filme in der Mubi-Mediathek.

Meine Erkältung verschwand. Ich hörte trotzdem nicht auf zu streamen. Ich bewegte mich von Netflix zu Arte und schaute mehrteilige Dokumentationen über den Afghanistan-Krieg, den Vietnam-Krieg und den Irak-Krieg, um die historischen Verstrickungen globaler Konflikte besser zu verstehen, und war überrascht, nicht gewusst zu haben, dass fast allen Kriegen ein Konflikt zwischen den USA und der ehemaligen Sowjetunion zugrunde lag, die entweder direkt in verschiedene Länder einfielen oder im Hintergrund Geld für Waffen und den Umsturz von Regierungen zur Verfügung stellten. Schließlich schaute ich die ersten beiden Folgen von *Diener des Volkes* – Wolodymyr Selenskyj in der fiktiven Rolle, welche die bisherige Realität des Landes ersetzen sollte. Vorher hatte ich immer gedacht, diese hyperrealen Verschmelzungen fänden nur in den USA statt, bei Ronald Reagan oder Donald Trump. Aber mir wurde klar, dass mittlerweile die ganze Welt für so etwas bereit sein musste. Realität und Fiktion, Netflix und YouTube, Sentas Sprachnachrichten und die Twitterkanäle von ukrainischen Separatisten vermischten sich zu einem irrsinnigen Strudel, der mich nachts schlecht schlafen ließ.

In der letzten Märzwoche verschwand ich in einem Rewatching aller *Gilmore Girls*-Staffeln. Ich fand es erschreckend, wie unangenehm mir heute Rory Gilmore vorkam, obwohl ich mich als Teen immer mit ihr identifiziert hatte. Warum verließ sie Dean, einen loyalen, fairen Partner, der sie gut behandelte und respektierte, für einen Emerson lesenden Bad Boy aus Brooklyn? Jahre später – in Yale, Rory war nun erwachsen – wiederholt sich das gleiche Muster: Warum tolerierte sie das toxische Verhalten dieses blonden, ultrareichen Idioten und zog sogar bei ihm ein, um ihre eigenen Ambitionen der Beziehung unterzuordnen? Ich brauchte für sieben Staffeln *Gilmore Girls* zwei Wochen, dabei verlor ich jedes Zeitgefühl. Einmal kam Senta vorbei, sie fragte mich, wie viel Geld ich für Streamingdienste ausgab. Ich war bei Amazon-Prime, Netflix, Sky und Mubi angemeldet, Spotify hatte ich gelöscht, da mir irgendwann auffiel, dass dort einige meiner Freunde die letzten Songs, die ich gehört hatte, einsehen konnten.

Spuren bei Konzernen wie Amazon zu hinterlassen, die sich nicht öffentlich verfolgen ließen, fühlte sich bis zu diesem

Zeitpunkt noch okay an, das lag hauptsächlich an meiner Ignoranz gegenüber individueller Klickeffekte und Big Data. In diesem Stadium wollte ich einfach nur streamen, ohne dass Privatpersonen mitbekamen, was ich schaute oder hörte. Auf Netflix oder Amazon Prime nachzuvollziehen, welche Formate konsumiert wurden, war nur möglich, wenn man sich ein Profil teilte und einen Account-Zugang hatte. Vor zwei Monaten hatte ich alle meine Passwörter geändert. Damit wurden alle Leute, die während der Pandemie nach solidarischen Streamingmöglichkeiten gefragt hatten, rausgeworfen. Weder Anita noch Alvaro hatten mir jemals einen Mikrobetrag gepaypalt, wie eigentlich angekündigt. Der letzte Eintrag auf Nickis Watchlist war die siebte Folge von *Neon Genesis Evangelion* gewesen. Es fühlte sich immer noch befreiend an, ihn endgültig aus allen Streamingplattformen verbannt und sein Netflixprofil gelöscht zu haben. Sentas Frage arbeitete in mir, ich machte wirklich kaum mehr etwas anderes, als zu streamen – auch wenn sie damit eher kritisierte, dass ich versumpfte, und nicht, dass ich durch meinen exzessiven Konsum einen Datenüberschuss generierte. Seit ich nicht mehr arbeitete und keine Seminartexte vorbereiten musste, las ich nicht mal mehr. Was war aus meinem Plan geworden, öfter internetfrei zu machen und meine Energie in die Entdeckung neuer, erfüllender Hobbys zu kanalisieren?

Wenn ich eine Pause von Serien, Dokumentationen oder geschlossenen Filmen brauchte, klickte ich mich im März durch verschiedene YouTube-Kanäle.

Ich folgte dem Kanal *TheReportOfTheWeek*, auf dem John Jurasek, ein fünfundzwanzigjähriger US-Amerikaner, zurückhaltende Foodreviews zu Specials in Fastfood-Restaurants gab. Er analysierte die Beschaffenheit und Konsistenz von

BBQ-Soßen und trug dabei immer einen Anzug, der eine Nummer zu groß war.

Ich schaute Videos von *KaylaShyx*, die fünfzehn Jahre jünger als ich war – während ich als Studentin meine Blogs pflegte, musste sie neun gewesen sein.

Ich schaute Walking-Through-City-Videos in Ultra HD. Der Walk durch Downtown New York mit echten Citysounds beschäftigte mich fast drei Stunden.

Ich schaute zum ersten Mal exzessiv Pornos, blieb auf dem Kanal eines französischen Pornodarstellers hängen, der sich in der Ego-Perspektive mit Masturbatoren vergnügte oder sich mit der Hand befriedigte. Hin und wieder lehnte er sich in die Kamera, um Küsse zu imitieren. Eigentlich war er gar nicht mein Typ. Er hatte kurze blonde Haare, war leicht dick und schwitzte stark. *French Brutus* hookte mich für drei Tage. Nachdem sich die Clips auf Pornhub und Youporn abgenutzt hatten, suchte ich ihn auf Twitter. Seine Ästhetik wirkte dated oder ich verstand sie nicht. Ich tastete seine non-pornografischen Clips nach pornografischen Elementen ab. Einmal hackte er oberkörperfrei Holz. Ich fand schließlich ein Forum, in dem ein paar seiner OnlyFans-Beiträge geleakt worden waren. Zu Valentinstag bot er einen Zugangsrabatt an.

Ich wusste, dass ich mich und meine neue Ideologie der digitalen Abstinenz und des Verschwindens aus dem gigantischen Logbuch der Einsen und Nullen selbst betrog: ich war immer noch süchtig nach Content. Auch wenn ich jetzt nicht mehr mutwillig Fotos und Storys hochlud, produzierte ich doch Unmengen an codiertem Text. Ich hinterließ Daten, die nicht nur bei Firmengiganten mit meinem Profil gelinkt waren, sondern in Algorithmen eingespeist wurden, die wiederum Effekte auf andere haben würden. Mit jedem

Klick trug ich dazu bei, Videos zu pushen oder verschwinden zu lassen. Ich musste an *Butterfly Effect* denken und welchen Eindruck der filmisch vermittelte Zugang zur Chaostheorie bei mir als Teenager hinterlassen hatte. Die Phrase, dass jede Mikroentscheidung eine Makroveränderung herbeiführen konnte, mochte ausgelutscht sein, mit Blick auf Klickzahlen erschien sie jedoch in einem anderen Licht: Welchen Effekt würde es haben, dass ich zum vierten Mal *Gilmore Girls* streamte, obwohl ich Rory Gilmore und den Pop-Feminismus darin total daneben fand? Netflix war es egal, ob die Serie ein Guilty Pleasure für mich war oder ob ich sie aus nostalgischen Gründen schaute. Dadurch würden wiederum andere Leute, die einer ähnlichen demografischen Untergruppe zugeordnet wurden wie ich, zum Werbeziel werden. Ich war mitverantwortlich für die Weiterverbreitung einer Sendung, in der dünne Frauen gezeigt wurden, die täglich drei Hamburger mit Pommes in sich reinstopften und ihre fast anorektischen Körper als Produkt des inneren Glaubens an die eigene Handlungsfähigkeit verkauften. In Wahrheit hatten die Schauspielerinnen bestimmt nicht mehr als einen Quinoa-Salat am Tag gegessen.

Falls es doch eine richtende Gottheit geben sollte, würde sie mir dereinst mein Sündenregister in Form von Streaminglisten, Account-Profilen und abgespielten Inhalten vorlegen. Könnte ich vor mir rechtfertigen, dass auf dieser Liste 87-mal *Titanic*, sieben Mal die gesammelten *Friends*-Staffeln, dreimal alle *Game of Thrones*-Staffeln, vier Mal *Gilmore Girls* und unzählige Clips, in denen VW-Busse in ein Tiny House umgewandelt wurden, auftauchen würde?

TEIL 2

»This is reminiscent of another great transformation, from a culture of recording (what to record to leave for memory) to a culture of erasing (digital records everything, the question is what to erase, like photographs on mobile phones).«

Luciano Floridi, *Metaverse: A Matter of eXperience*, 2022

Ich holte den Blu-Ray-Player in Tegel ab. Es dauerte eine Dreiviertelstunde mit der U-Bahn bis zur Holzhauser Straße. Ich trug meine Noise-Cancelling-Kopfhörer und schaute auf meine Spiegelung im Fenster. Hin und wieder lösten sich die Umrisse meines Gesichts auf und wurden von anderen Motiven überlagert, gekachelte U-Bahn-Höfe, Signaltafeln, Menschen in Sportjacken mit Tragetaschen und Koffern, Leute, die den *Asphalt* verkauften und Kaffeebecher oder Gehstöcke hielten. Es roch nach Schweiß, Paco Rabanne, Haarspray, Nudelboxen, Desinfektionsmitteln, Mandarinen. Ich versuchte durch den Mund zu atmen, trotz FFP2-Maske waren die Gerüche kaum auszuhalten. Ich hörte die ersten drei Songs von Charli XCXs *POP2*, dann einen kurzen Podcast über Gräueltaten in Butscha, dann eine zehnminütige Heil-Meditation, die mein Wurzelchakra stärken sollte. Ich hatte alle Songs und Podcasts mit einem YT2mp4-Converter runtergeladen und auf meinen iPod gezogen.

In Tegel zog ich meine Kopfhörer nicht aus. Ich passte beim Straßeüberqueren auf wie eine gut dressierte Erstklässlerin, um nicht aus Versehen überfahren zu werden, weil ich noise cancelte. Ich bog in eine Seitenstraße ein, dann noch mal nach links, laut Google Maps sollte ich jetzt vor dem richtigen Haus stehen, wo ich das Gerät abholen wollte, aber auf den Klingelschildern war der Name Karrschmidt nirgends zu finden. Ich rief die Nummer an, die mir auf eBay angezeigt wurde, meine eigene unterdrückte ich. »*Karrschmidt*«, sagte der Typ, der sich auf eBay *karrker2* nannte, »wie *Karr* und *Schmidt.*« Es dauerte einen Moment, bis er verstanden hatte, dass es nicht um den Namen ging, sondern ich das Haus nicht fand. Schließlich lotste er mich in einen Hinterhof. Wir machten die Übergabe mit Masken im Hausflur, zwischen dem zweiten und dritten Stock. *karrker2* trug eine schwarze Maske und hatte Crocs an. Ich drückte ihm, wie vereinbart, zehn Euro in die Hand. Eine silberne Stereoanlage samt integriertem CD-Player erstand ich eine Woche später für zehn Euro am Bergmannkiez.

Bevor ich mich von allen On-Demand-Unterhaltungsdiensten abmeldete, kaufte ich mir auf Flohmärkten und in Antiquariaten eine kleine DVD-Sammlung zusammen. Es war lächerlich, wie wenig DVDs mittlerweile kosteten: Ich bekam die gesammelten *Friends*-Staffeln für 4,38 Euro. Ich kaufte vor allem Studio Ghibli-Filme, Filme mit Tilda Swinton, Winona Ryder und Hugh Grant. Nach ein paar Flohmarktbesuchen merkte ich bereits, welche DVDs für das deutsche Publikum häufig produziert worden waren und welche vermutlich aufgrund von schlecht ausfallenden Marktprognosen und niedrigen Produktionsmengen unauffindbar waren. So lag Wong Kar-Wais *My Blueberry Nights* an beinahe jedem Stand aus und mit etwas Glück kam ich an die Arthouse Auflage von *In the Mood for Love*, aber jeder andere seiner Filme war unauffindbar. Genauso war *Das wandelnde Schloss* allgegenwärtig, aber von *Porco Rosso* gab es keine Spur. Auf eine seltsame Weise entlastete mich das. Es fühlte sich gut an, den eigentlich streng individualisierten, sorgsam kuratierten eigenen Geschmack an die bloße Erhältlichkeit eines bestimmten Mediums zu koppeln – die Verantwortung abzugeben. Ich kaufte alle Filme, von denen ich wusste, dass ich sie immer wieder schauen konnte, vor allem in der Weihnachtszeit: *Love Actually, Bridget Jones 1–3, Die Chroniken von Narnia.* Ich nahm mir vor, jeden Tag nicht mehr als einen Film oder drei Episoden einer Serie zu schauen.

Am 28. März meldete ich mich von allen Streamingdiensten, die ich noch hatte, ab. Ich versuchte es kurz und schmerzlos zu machen, als würde ich von einer zehn Meter hohen Klippe in ein kaltes, unbekanntes Gewässer springen müssen. Ohne weiter nachzudenken, löschte ich hintereinander meine Accounts bei Amazon Prime, Mubi und Netflix. Mein Urban-Sports-Club-Abo konnte ich nicht weiterführen, weil man dafür ein Smartphone brauchte. Der Entzug war kalt: Ich aß jetzt nicht mehr im Wohnzimmer vor dem Fernseher, sondern in Fleecepullover, Schal und gelegentlich sogar mit Mütze an dem kleinen, wackeligen Küchentisch, den ich die letzten Jahre als Ablage für Briefe, Pakete, Müll, Zeitschriften, Bücher, To-do-Listen und Waschpulver benutzt hatte. Im Winter schaffte es die schmale Heizung nicht, den Raum über siebzehn Grad zu heizen. Es wurde besser, wenn ich etwas auf dem Herd köcheln ließ, aber mit meinem Gasherd zu heizen konnte dauerhaft nicht die Lösung sein. Ich saß also eingemummelt vor meinem dampfenden Porridge, während ich das erste Album von Nelly Furtado auf meiner Stereoanlage hörte. Der Sound war furchtbar. Ich hatte das Gefühl, in mein lila gestrichenes Kinderzimmer zurückkatapultiert zu werden, wo ich mit meinem Bruder Bravo-Hits auf einem schrammeligen CD-Player gehört hatte. Genauer betrachtet, hatte ich auch wieder die gleiche Frisur wie damals, ich hatte meinen Pony rauswachsen lassen und trug einen Mittelscheitel, außerdem die gleichen desolaten Blocksträhnen, die in meinen braunen Haaren wirkten wie frühzeitig ergraut.

Die größte Umstellung in meinem »Dumbing« – so nannten Leute aus der NoSmart-NoSurf-Bewegung die Rückkehr zu »dummen« Geräten – war der Umstieg von meinem iPhone auf ein nicht smartes Telefon. Erst versuchte ich, mein altes Sony Ericsson W580i zu reaktivieren, aber die Audioqualität des ersten Telefongesprächs war so verzerrt – laut Senta klang ich, als würde ich durch eine Kartoffel sprechen –, dass ich mir ein aktuelles Dumbphone anschaffen musste, so anachronistisch sich das auch anfühlte. Ich kaufte mir bei *Conrad* in Steglitz das Beafon AL560 in metallischem Rot. Es konnte weder auf Google Maps zugreifen noch E-Mails abrufen. Dafür Anrufe tätigen, SMS schreiben und theoretisch MMS verschicken, ich wusste aber nicht, ob dieser Service überhaupt noch existierte. Wenn mich Leute fragten, was die einschneidendste Veränderung war, sagte ich, ohne Google Maps klarzukommen. Ich kaufte mir eine Stadtkarte, verschiedene Viertelkarten und eine Touristenkarte von Steglitz, weil ich mich ohne eine permanent verfügbare Karte kaum orientieren konnte und andauernd verlief. Ich wusste nicht, wie ich über das Wohngebiet zu Vinh-Loi kam, verpasste S-Bahnen, lief von U-Bahn-Stationen regelmäßig in die falsche Richtung.

Als Senta ihren 29. Geburtstag feierte, hatte ich seit genau zwei Wochen mein Dumbphone. Es war Mitte April. Ich trug ein gestreiftes T-Shirt, eine FFP2-Maske und stieg in die U9. Meine Noise-Cancelling-Kopfhörer hatten keinen Akku mehr. Ich ließ sie trotzdem auf und stellte mich an die Tür hinter einen Vierersitz, auf dem ein Mann mit dem Rücken zu mir saß und sein iPhone checkte. Er hatte verschiedene Tattoos an Waden und Oberschenkeln und Instagram-Storys von Reptilienbesitzern geöffnet. Er klickte sich durch eine Story, die mit »if you ordered a snake and you don't really know how it looks like until you unpack« gelabelt war. Darin filmte jemand hauptsächlich seine nackten, weißen Füße, die über Fliesen liefen und vor einem Paket stehenblieben.

In dem Moment vibrierte das Beafon. Ich spürte am Rhythmus der Vibration, dass es eine SMS war. Senta fragte, ob ich noch zwei Flaschen Sekt mitbringen konnte. Ich tippte eine Antwort. Es fühlte sich ungelenk an, jede Taste mehrfach fest in das Telefon zu drücken. *ist in der nähe ein rew?* Senta antwortete nicht.

Als ich an der U-Bahn-Station ausstieg und keine Ahnung hatte, wo ich den Sekt herkriegen sollte, fühlte ich mich verloren. Ich hielt einen Teenager an und fragte ihn, ob es hier irgendwo einen Supermarkt gab. Er googelte und lotste mich dann wieder zurück nach Süden.

Die Kegelbahn, die Senta für ihren Geburtstag gemietet hatte, fand ich fünfundvierzig Minuten später. Sie saß inmitten einer Traube von Leuten, die alle weiße Socken mit Sportsandalen anhatten. Senta selbst trug ihre Kunstlederjacke und eine ovale Sonnenbrille. Ich hatte gehofft, dass keine Leute vom Silvester-Event da sein würden, in unseren Gesprächen kamen weder Matthew noch Nena und Lisa je vor. Dass jetzt alle drei auf der Eckbank saßen und sich ausgelassen mit ihr unterhielten, als wären sie seit Jahren wirklich eng befreundet, überraschte mich irgendwie. Ein diffuses Schamgefühl breitete sich in mir aus. Was dachten sie über mich, nachdem ich, ohne jemals auf Nachrichten reagiert zu haben, aus der Signal-Gruppe ausgestiegen war? Ich hatte ja nicht mal auf die Einladung zu dem Event an Chinese New Year reagiert, dort gewesen war ich auch nicht. Wie oft hatten sie seitdem über mich gesprochen?

Bevor ich den anderen Hallo sagte, gratulierte ich Senta, dabei umarmte ich sie fest. Sie roch nach Zigaretten und der typischen Moschus-Note ihres Parfums. »Nur noch ein Jahr in den Zwanzigern«, sagte ich. »Sag das nicht, sag das nicht«, meinte sie und tat so, als hätte ich sie mit einer Pistole in die Seite geschossen, um mich dann mit einem feuchten Kuss zu überfallen. Keine Ahnung, was alle so schlimm daran fanden, dreißig zu werden. Für mich hatte es nichts als Erleichterung gebracht. Dreißig zu werden bedeutete, sich endlich selbst zu sehen, auch wenn man entdeckte, dass man eine Frau mit geröteter Nase, Augenringen und einer Vorliebe für Terry Pratchett war. Ich sagte das ironiefrei.

Senta ließ mich am Tisch zurück, um jemanden mit einem Blumenstrauß zu empfangen. Es wäre seltsam gewesen, die anderen nicht zu begrüßen, ich hob die Hand und nickte vage in die Runde. Matthew, Lisa und Nena schauten mich an und lächelten. Ich wusste nicht, ob damit gemeint war, dass ich mich zu ihnen setzen sollte. Dass Matthew fragte, wie es mir ging, war wahrscheinlich als Begrüßungsfloskel gemeint, er kam aus Neuseeland. Ich hatte außerdem das Gefühl, dass Lisa mich nicht ehrlich anlächelte, sondern irgendwie abfällig. Ich fragte Matthew, wie es mit seiner Schernikau-Übersetzung lief. Er sagte, ganz gut, setzte dann aber das Gespräch mit Nena fort. Ich blieb weiter unbeholfen an der Tischkante stehen, weil ich damit rechnete, dass mich Lisa etwas zu meinem Drop-out fragen würde, wappnete mich innerlich gegen einen gehässigen Ton, aber sie sagte nichts. Ich räusperte mich irgendwann und ging dann zur Garderobe im Eingangsbereich, um meine Jeansjacke aufzuhängen.

Wir kegelten in zwei Gruppen. Ich wurde in die Gruppe *cool* eingeteilt. Senta in die Gruppe *sexy*. Ich war erleichtert, dass Lisa und Matthew nicht mitspielten. Mit Nena tauschte ich zwischen zwei Runden ein paar oberflächliche Sätze aus, sie fragte mich, ob ich noch an der Universität lehrte, und erzählte, dass sie jetzt ihre Postdoc-Stelle angefangen hatte. Ich sagte, dass mein Vertrag vor einem Monat ausgelaufen war. Ich hatte mittlerweile mein erstes Arbeitslosengeld erhalten. Nena würde nächstes Semester einen Staff Exchange nach Kopenhagen machen. Unser Gespräch löste sich auf, als sie mit Kegeln dran war.

Gruppe *cool* verlor. Gruppe *sexy* machte ein Gruppenselfie mit Sektflasche auf der Kegelbahn. Kurz darauf wurden Sommerrollen geliefert. Senta löste sich aus der Gruppe, stolperte zu ihrer Tasche und drückte dem Lieferservice fünf Euro Trinkgeld in die Hand. Ich bewunderte, dass sie immer wusste, was zu tun war, und dabei so wirkte, als wäre es das Beiläufigste der Welt.

Nach dem Spiel setzte ich mich an den Rand der Kegelbahn und trank alkoholfreies Bier. Dabei kam ich mit einer bildenden Künstlerin, die die gleiche Frisur hatte wie ich, in ein Gespräch über den Ausstieg aus Online-Dating-Plattformen. Sie hieß Talia und war in einer radikal ökologischen Familie aufgewachsen, ihre Eltern wohnten in einer Hütte im Wald in der Nähe von Eisenach. Das erfuhr ich, weil ich aus Versehen in einem Nebensatz erwähnte, dass ein Teil meiner Familie Impfgegner geworden war. »Meine Eltern sind seit fünfzig Jahren Impfgegner«, meinte sie. Bis vor der Corona-Impfung war sie kein einziges Mal in ihrem Leben geimpft worden. »Und wie hast du die Impfung vertragen?«, fragte ich sie. »Ich hab Gürtelrose bekommen.« Sie zog ihr Shirt hoch und zeigte mir die roten Flecken auf ihren Rippen. »Ich bin selbst überhaupt keine Impfgegnerin, aber das war schon echt abgefuckt.« Von dort aus kamen wir von Fake News über Telegram-Kanäle zu Social-Media-Konsum. Talia meinte, dass sie iPhones anders betrachtete, seit sie den TED-Talk mit Tristan Harris gesehen hatte. Er hatte als Informatiker für Google gearbeitet und irgendwann versucht, den Konzern auf seine ethische Verantwortung hinzuweisen, weil es nicht das Ziel sein konnte, Leute von technischen Geräten und Apps abhängig zu machen, indem man diese auf eine spezifische Weise designte, durch die ähnliche Verhaltensmuster wie bei Spielautomaten aktiviert wurden. Weil das bei Google niemanden interessiert hatte, kündigte er und gründete eine NGO. »Er meinte, dass iPhones die neuen Zigaretten sind. Nur, dass noch nicht darüber geredet wird, wie schädlich sie eigentlich sind.« Den Vergleich fand ich einleuchtend. »Ich hab vor zwei Wochen mein iPhone abgeschafft«, sagte ich. »Was heißt das?«, fragte Talia. Als ich mein Dumbphone rausholte, setzte sich Antonia zu uns, eine Freundin von Talia, die kurz geschorene Haare hatte und große Ohrringe trug. Die beiden begutachteten das Telefon, als sei es ein Artefakt und kein Gebrauchsgegenstand. Talia wollte ihr iPhone auch gerne loswerden, aber das war wegen ihrer Kunstkarriere schwierig. »Ich hab außerdem gerade einen Off-Space eröffnet, ohne Instagram kommst du da nicht weit.« Sie erkundigte sich, was ich beruflich machte – »gerade aus der Wissenschaft ausgestiegen« –, dann wollte sie mehr über meine Drop-out-Regeln wissen.

Ich las jeden Tag hundert Seiten. Alles, was Seitenzahlen hatte, zählte.

Ich durfte jeden Tag einen Film oder drei Folgen einer Serie auf DVD schauen. Mehr nicht.

Ich machte täglich dreißig Minuten Sport. Das konnte alles von HIIT bis Yoga sein.

Erreichbar war ich über SMS, Telefon, bevorzugt aber über E-Mail. Meine E-Mails checkte ich nur alle drei Tage, hauptsächlich um zu schauen, ob ich eine Nachricht vom Jobcenter bekommen hatte. Dass ich Signal weiterhin als Desktop-App nutzte, verschwieg ich. Ich verschwieg auch, dass mein iPhone ohne Sim-Karte in der obersten Schreibtischschublade weiterlebte und manchmal von mir angeschaltet wurde, weil ich es für die Zwei-Faktor-Authentifizierungen brauchte.

Dann sagte ich noch, dass ich versuchte, einen möglichst geringen CO_2-Abdruck zu hinterlassen, weder ein Auto besaß noch irgendwohin flog, und dass ich – zumindest für zwei Wochen – Sprachkurse für aus der Ukraine Geflüchtete gegeben hatte. Damit hatte ich aufgehört, weil ich es zu aufwühlend fand.

Dass ich mich extrem langweilte und Netflix vermisste wie einen engen Freund, mit dem ich jeden Tag gemeinsam zu Mittag und zu Abend gegessen hatte, erzählte ich nicht.

Talia fand meinen Drop-out gut. Sie sah ihn als Kapitalismuskritik, ein Auflehnen gegen die digitale Totalüberwachung durch Big Data. Antonia wiederum hielt mich für – Zitat: »durchgeknallt, narzisstisch und völlig privilegsgeblendet«. Sie schüttelte den Kopf und lehnte sich in meine Richtung über den Tisch. Kapitalismus stabilisiere sich immer auch durch seine Gegenentwürfe. Kapitalismuskritik ohne revolutionäres Telos *war* Kapitalismus. Außerdem wisse ich offensichtlich nicht, worauf ich eigentlich hinauswollte. »Auch wenn ich jetzt auf alte weiße Männer zurückgreifen muss, aber Thoreau und Emerson hatten wenigstens eine Art von naturphilosophischem Konzept, ihnen ging es darum, die ganze Gesellschaft zu verändern, egal wie beschissen man ihre Ansätze finden mag. Du denkst, du wärst woke, weil du nach einem Detox auf einmal deine Likes gezielter verteilst.«

Ich hatte überhaupt nicht vor, jemals wieder Likes zu verteilen.

Das entzündete eine große Debatte über Reisen, Auszeiten, Urlaub als Konsumpraktik westlicher Bürger:innen oder das sogenannte *Gap Year*, das wir als Millennials alle gemacht hatten. Ich war in Australien gewesen. Senta in Argentinien. Charly hatte in einem Waisenhaus in Nicaragua gearbeitet. Irgendjemand bot mir Koks an. Ich lehnte ab, weil das bei mir nie etwas anderes auslöste als das Bedürfnis, früher nach Hause gehen zu wollen. Dafür nahm ich ein Stück von der Pilzschokolade, die mir Jenny entgegenhielt. »Freunde von mir fahren jedes Jahr nach Bali, um dort einen Monat in einer Ayurveda-Anlage zu fasten«, sagte sie.

Dass ich nicht die genauen politischen Parameter meines digitalen Ausstiegs artikulieren konnte, befriedigte Antonia auf eine Weise, die ich lächerlich fand. »Siehst du? Siehst du?«, sagte sie mehrfach und wedelte mit ihrem Glas in meine Richtung. Ich atmete aus. Dann trank ich den Rest meiner Maracujasaftschorle.

Hatte Henry David Thoreau, als er am Walden Pond saß und seine Bohnen wässerte, wirklich eine spezifisch ausgearbeitete politische Agenda im Kopf? So hatte ich das nie betrachtet. Eigentlich ging es ihm doch um eine Philosophie des Minimalismus, seine Gedanken waren eher reaktiv als proaktiv. Auf die sich beschleunigend industrialisierende Welt antwortete er mit einem Rückzug in den Wald, auf die Gräuel der Sklaverei mit dem Aufruf zu zivilem Ungehorsam. Auch wenn man wusste, dass er sich in der Walden-

Zeit mittags bei seiner Tante aufwärmte, die ein paar hundert Meter weiter lebte, war an seinen Ideen doch trotzdem was dran. Oder?

*

Ich ging zu dem Buchladen am Breslauer Platz und bestellte *Snow Crash* von Neal Stephenson, außerdem den Essayband *Running on Emptiness* des Anarcho-Primitivisten John Zerzan. Zerzan musste ich für die Verkäuferin buchstabieren. Sie tippte den Namen über eine vergilbte Tastatur mit erhöhten Tastenblöcken ein. Dabei zog sie ihre Mundwinkel nach unten, ihre Oberlippe wurde schmal. Ich entdeckte ein schwarzes Haar, das aus einem ovalen Leberfleck wuchs. Mit einem Mal bewegte sich die Unterlippe, der Mund machte ein Schnalzgeräusch und entblößte dabei die untere Schneidezahnreihe. Ich fand es viel zu intim, diesen leicht vergilbten Zahnzwischenraum zu sehen. Ich schaute auf die Tastatur, dann auf die Grußkarten, die neben der Kasse standen, *Herzlichen Glückwunsch zum 75., Ein Storch zur Geburt.* Mit Menschen ohne Maske zu interagieren, fühlte sich mittlerweile so an, als müsste ich Jazz-Musikern zusehen, wie sie ihre Instrumente bearbeiteten und ihnen dabei das Gesicht entglitt, als hätten sie einen Orgasmus. Die Maskenpflicht galt jetzt nur noch im öffentlichen Verkehr. Von den sechs Leuten hier im Laden trugen zwei eine Maske. Eine davon war ich.

Ich bekam einen Abholschein und verließ die Buchhandlung.

Davor standen zwei japanische Kirschbäume, die anfingen zu knospen. Ich steckte den Abholschein ein und machte mich auf den Weg zu einer weiteren Buchhandlung, die sich vier Seitenstraßen entfernt neben einer Apotheke befand. Mein Interesse an Flohmarktkäufen und Antiquariaten hatte abgenommen, es war mir mittlerweile doch nicht zielgerichtet genug. Amazon und Thalia kamen nicht mehr infrage, darum hatte ich angefangen, meine Lektüre in kleinen Buchhandlungen zu ordern, die über Südberlin verstreut waren. Bis zu der autonomen Buchhandlung mit den heruntergekommenen Regalen lief ich fünfzehn Minuten. Hier bestellte ich das Manifest von Ted Kaczynski. Es schien mir heikel, Schriften vom Unabomber und einem Anarcho-Primitivisten im gleichen Laden zu bestellen. Grundsätzlich war es schon fragwürdig, überhaupt was von Kaczynski zu bestellen. Ich zahlte bar und hoffte, nicht auf einer Liste des Verfassungsschutzes oder einer ähnlichen Organisation zu landen. In der Buchhandlung am Breslauer Platz hieß ich Marie Schmidt, hier bestellte ich das Buch auf Alex Roth.

Ich las Zerzans Essays *Running on Emptiness* und das Unabomber-Manifest *Die industrielle Gesellschaft und ihre Zukunft* in zwei Tagen. Ich las die Bücher auf dem Sofa, mit einer Kanne selbstgemachtem Eistee daneben. Das Fenster ließ ich offen. Die Kinder aus der Kita schrien hin und wieder, ahmten Sirenen nach oder stießen andere Urschreie aus, die in Lacher oder Weinkrämpfe mündeten. Das hörte ich nur, wenn ich eine Pause machte, um zu pinkeln. Ich war zu sehr auf die Bücher konzentriert. Ich beobachtete mich selbst dabei, wie ich Kaczynskis und Zerzans radikaler Kulturkritik großteils zustimmte, obwohl einige Aspekte furchtbar lächerlich oder absolut unverhältnismäßig waren. Zerzans Wunsch nach pre-zivilisatorischen Kommunikationsformen, in denen Telepathie als einendes Sprachinstrument genutzt wurde, zum Beispiel. Oder Kaczynskis Briefbomben. Es war schwierig hinter einem theoretischen Ansatz zu stehen, der unmittelbar zu Terroranschlägen geführt hatte, selbst wenn die Kernthese stimmte, dass sich die Menschheit durch Technologie immer weiter von ihren eigentlichen Lebensumständen entfernte. Und: Wären wir wirklich alle nicht mehr entfremdet, wenn wir schlagartig aufhören würden, zu chatten?

fühlst du dich nicht manchmal auch alleine in dem kaff, fragte ich am nächsten Tag meinen Bruder. Seit ich kein iPhone mehr hatte, chatteten wir jetzt öfter nachmittags – ich erlaubte mir pro Tag eine Stunde auf der Signal Desktop-App. Seit ich mich mit Einsiedlern auseinandergesetzt hatte, die irgendwie abgeglitten waren, fragte ich mich noch mehr, was mein Bruder eigentlich so machte. Er hatte früher schon wenige Freunde gehabt, aber mittlerweile unterhielt er sich mit niemandem mehr, außer mit Oma A. und hin und wieder flüchtig mit Leuten, die ihm beim Spaziergehen mit seinem Hund im Feld begegneten. *ich hab schon auch freunde online,* antwortete er. *wo genau,* fragte ich. *ich kann auch nichts für meine sozialphobie,* schrieb er, *hab ich mir nicht ausgesucht.* Ich antwortete: *dachte eher insgesamt, weil im dorf nichts los ist, aber auch wegen lockdown und so was. bist du bei discord oder wo chattest du mit deinen leuten?*

Mein Bruder schrieb: *ich hab außerdem den hund, der ist wie mein kind. was machst du denn den ganzen tag ich dachte, du hast 1000 freunde in berlin?*

ja doch.

Dann: *ich war auch vorm lockdown nicht draußen,* schrieb er. *außerdem ist der eh unnötig, weil die regierung nur alle drinnen halten will, um die kleinen unternehmen kaputt zu machen, aber mir ist das eh gleich, darum geht's mir nicht.*

Ich schaute auf die Uhr. Ich hatte noch zwanzig Minuten Chat-Zeit.

Ich schickte ein Meme mit Ted Kaczynski.

Dass mein Bruder mir das Meme übel nahm, hätte ich nicht erwartet. *bist du bescheuert,* antwortete er. Warum ich ihn mit einem verrückten Psychopathen vergleichen würde, der sich vor dem Computer kranke Manifeste überlegte und Briefbomben verschickte. Ob ich glaubte, dass er gefährlich war oder Amok laufen würde – *ich spiel nicht mal ego-shootersachen, denkst du, ich bin wie der breivik oder was?* Ich war irgendwie erleichtert, dass er so stark reagierte. Er schien immer noch die zart besaitete Seele zu sein, die er als Kind gewesen war. Er hatte die Spinnen, die meine Mutter rumbringen wollte, eingefangen und in einer Mooskugel beherbergt. *sorry war nur als spaß gemeint,* schrieb ich, aber er ließ sich nicht mehr bremsen. Ob ich mich nicht mehr daran erinnern könnte, dass ich ihm einmal Zisternen-Wasser zum Trinken gegeben hatte, woran er hätte sterben können, und wie er sich im Schwimmbad eine Platzwunde geholt habe, weil ich nicht auf ihn aufgepasst hatte. *du bist doch viel schlimmer,* schrieb er. Danach war er nicht mehr online.

Ich fragte Senta, was sie machte, und dass ich meinen Bruder mit einem Kaczynski-Meme verärgert hatte. Um die Zeit war sie meistens in der Bibliothek und hatte ihr Telefon in einem Spind weggesperrt. Das hieß, sie würde meine Nachricht erst später lesen. Ich schrieb, dass ich mich irgendwie schlecht fühlte, weil das Meme letztlich nur zu sechzig Prozent ein Witz gewesen war. Die Aussicht, dass sie nicht sofort antworten würde, führte dazu, dass ich einfach weiterschrieb. Ich reflektierte in einem Textblock, dass Eremitentum und Aussteigertum männlich konnotierte Felder waren – *gibt es in unserer Kulturgeschichte überhaupt relevante Einsiedlerinnen? Und wie viele davon haben Manifeste geschrieben, die großflächig rezipiert wurden, während sie in Psychosen abgedriftet waren?* Ich verwies auf Hildegard von Bingens Naturvisionen oder Emily Dickinsons Sozialängste, die dazu geführt hatten, dass sie ihr Leben lang kaum ihr Zimmer verlassen hatte und nur eine Brieffreundschaft führte, die sie irgendwann auch beendete. Oder: Enya, die seit 1997 allein mit ihren Hunden in Manderley Castle wohnte.

Der Rest: Males? Christopher McCandless als Identifikationsfigur des Neo-Neotranszendentalismus? Ich schickte einen Link zu dem Film *Into The Wild.*

In dem Jahr, in dem ich ausgezogen war, kam der Film in die Kinos. Alle Jungs ließen sich Dreitagebärte wachsen, hörten Musik von Männern, die auch Dreitagebärte hatten und von Akustikgitarrenakkorden unterlegte Songs schrieben. Ich hatte zwei Boyfriends, die beide nach Alaska fliegen wollten, um dort zwei Monate allein in der Wildnis abzuhängen. Ich fand das naiv und peinlich. Das war vor fünfzehn Jahren gewesen. Folgten wir der zyklischen Ebbe und Flut von Nostalgie, machte es Sinn, dass wir uns gerade in der Hochphase der neuen Neotranszendentalisten befanden – ich war eine von ihnen, ich lebte mit meinem Dumbphone und dem Tower-Computer, den ich mir mittlerweile angeschafft hatte, wie ein Eichhörnchen in meiner Wohnung, hockte auf meinem Fensterbrett im Schatten der Kastanienbäume und bereitete mich auf ein ähnlich einschneidendes und ungewisses Erlebnis vor, wie es der Winterschlaf für ein kleines Nagetier sein musste. Da ich offiziell nichts mehr streamte – ich hatte das Programm *SelfControl* installiert und permanent aktiviert, nur Wikipedia und Posteo waren gewhitelisted –, schaute ich die Webserie *7 vs. Wild* bei Senta. Es ging um sieben Männer, die sich in der Wildnis Schwedens aussetzen ließen, um dort mit sieben Gegenständen eine Woche lang zu überleben.

*

Nachdem ich zwei Tage mit Senta *7 vs. Wild* gebinged hatte, meldete ich mich bei SuperFit an, einem Fitnessstudio, das 24 Stunden geöffnet war und sich in einem Einkaufszentrum in Steglitz befand. Das Studio war sehr basic. Es gab Laufbänder, die auf eine karge Wand ausgerichtet waren, die üblichen Muskelaufbaugeräte, ein paar Treppen, die ins Nichts führten, drei Rudergeräte und einen Stretchingbereich. Der Freihantelbereich war mit einem Sichtschutz abgegrenzt. Ein Hörschutz wäre sinnvoller gewesen, um das Stöhnen und Grunzen auszublenden, das von den Hantelbänken herübertönte. Ich konnte den Vertrag am Tresen unterschreiben und musste mich nicht online registrieren. Institutionen, bei denen man Papierformulare vor Ort ausfüllen musste, waren mittlerweile Häfen der Sicherheit für mich. Ich bekam eine Chipkarte und einen Flyer, auf dem die Kurszeiten angegeben waren. Falls ich trainieren wollte, wenn das Einkaufszentrum geschlossen war, konnte ich mit einem Zugangscode über einen Fahrstuhl ins Studio hochfahren. Der Fitnessstudioangestellte, bei dem ich den Vertrag unterschrieben hatte, wollte mir noch ein Umhängeschloss mit dem Logo des Studios verkaufen. »Wie viel kostet das?« »Fünfzehn Euro.« Ich lehnte ab, weil ich so was bestimmt bei Kaufland für drei Euro bekam. »Das brauchst du aber, um deine Sachen abzuschließen.« Ich hatte beobachtet, wie er anderen ein Schloss gegen ein Pfand – Schlüssel, Personalausweise – ausgeliehen hatte, und fragte danach. »Ist aber ne Ausnahme«, sagte er, öffnete eine Schublade und legte mir ein weiß bedrucktes Schloss auf die Theke.

Ich brauchte ein paar Besuche, bis ich rausfand, was für mich funktionierte. Ich ging Montagvormittag zum Spinning, zu der Uhrzeit waren nur Rentnerinnen da. Dienstags machte ich ein HIIT-Work-out auf dem Stepper. Dabei schaute ich Nachrichten auf n-tv. Danach dehnte ich mich im Stretching-Bereich. Meine letzte Stretching-Übung bestand darin, meine Arme mit einem TRX-Band, das ich an einem Klimmzuggerüst befestigt hatte, nach hinten zu dehnen und so meine Brust für anderthalb Minuten zu öffnen. Das half nicht nur gegen Verspannungen im Schultergürtel, die ich eigentlich permanent hatte, sondern hatte auch einen Effekt auf meine Stimmung: Ich fühlte mich leichter und ruhiger. Das hatte ich in einer der Physiotherapiesessions gelernt, die ich mit neunzehn wegen einer Schleimbeutelentzündung in der linken Schulter verordnet bekommen hatte. Zum Schluss saß ich zehn Minuten in der Sauna, duschte und fuhr wieder nach Hause. Die Yogakurse bei SuperFit ignorierte ich. Ich blieb bei den Jivamukti-Online-Kursen, die ich mir per Konverter von YouTube heruntergeladen hatte, als ich beschloss, die Plattform zu sperren, und noch ein letztes Mal meine Bookmarks nach zu konservierenden Videos durchsuchte.

Meine Oberschenkel und mein Po vergrößerten sich im April leicht. Ich legte alle Strecken in Berlin mit dem Fahrrad zurück. Seit es die neuen Pop-up-Radwege gab, brauchte ich nur noch fünfundzwanzig Minuten nach Neukölln.

Jetzt, wo ich mich so viel bewegte und nicht mehr den ganzen Tag auf der Matratze Medien konsumierte, war ich viel hungriger. Das bedeutete, dass ich mehr Geld für Lebensmittel ausgab, die wegen der Inflation bereits teurer geworden waren.

Bei der Bio Company kostete eine Salatgurke 2,49 Euro. Ich fing wieder an, bei Kaufland einzukaufen. Wenn ich keine Bio-Gurken fand, wusch ich sie zu Hause mit Seife.

Ich gewöhnte mir an, Lebensmittel zu kaufen, die gerade günstig waren. Erdbeeren leistete ich mir nur ein einziges Mal, nachdem ich eineinhalb Stunden auf dem Stepper verbracht hatte und das Gefühl bekam, ohne Zucker gleich umzufallen. Ich aß oft Linsen, aber nur die roten, weil mir die anderen schlecht bekamen.

Rückblickend war ich zu der Zeit so fit wie noch nie in meinem Leben.

Sentas Umzüge – im Frühjahr waren es insgesamt drei – sah ich mittlerweile als Work-out-Programm. Anfang Januar war sie für einen Monat in ein Apartment am Hermannplatz gezogen. Die Fenster waren so schlecht isoliert, dass sie die Hälfte der Zeit bei ihrem Vater in Bonn verbrachte. Mitte Februar hatte ich ihr geholfen, ihre Sachen in eine Erdgeschosswohnung am Kotti zu bringen. Die Wohnung war dunkel und feucht, sobald man sie betrat, hatte man das Gefühl, man würde von einem eisigen Film umhüllt werden.

Jetzt zog Senta vom Kotti in den Reuterkiez. Diesmal für zwei Monate. Weil das Zimmer möbliert war, mietete sie einen Storage Space, um ihre Winterkleidung dort zu lagern. Ihre Matratze hatte sie für einhundertfünfzig Euro an eine Praktikantin aus Gent vermietet, die zwei Wohnungen unter ihr zur Zwischenmiete eingezogen war. Der Umzug bestand heute nur darin, dass ich ihr half, Kisten in den Storage Space einzusortieren. Danach gab sie eine Cola aus. Wir setzten uns in den Schatten der Kirschbäume, die hier am Rande der vierspurigen Straße in quadratischen Grünflächen wuchsen. »Wie behältst du den Überblick über deine Sachen?«, fragte ich Senta. »Hier«, sagte sie und hielt mir ihr iPhone hin. Sie benutzte eine Projektmanagement-App.

Senta wirkte irgendwie geknickt. So kannte ich sie kaum. Ich fragte sie, ob es an der neuen Wohnung lag. »Keine Ahnung, wann ich das letzte Mal länger als zwei Monate in einem Schlafzimmer geschlafen hab«, sagte sie. Sie erzählte, dass sie letzte Nacht mit einem Date abgestürzt war, obwohl sie eigentlich geplant hatte, die Sache etwas distanzierter anzugehen. Er befand sich in einer offenen Beziehung und war nachts noch gegangen. Senta meinte, dass sie sich ausgewrungen und benutzt fühlte, nicht wegen des Sexes, sondern weil sie von Anfang an wusste, dass der Abend so verlaufen würde, aber trotzdem mitgemacht hatte. Sie stellte die Dose auf der Bank ab und verschränkte ihre Arme. Im Sonnenlicht war erkennbar, dass sie Puder aufgetragen hatte. Ich kannte diese diffusen Schuldgefühle, die einen dazu brachten, mit Leuten zu schlafen, obwohl man eigentlich gar nicht wirklich wollte. Auf einmal fing Senta an zu weinen. Sie entschuldigte sich mehrfach. Ich nahm sie in den Arm. »Es liegt nicht nur an diesen blöden Dates«, sagte sie. Es ging um ein grundsätzliches Gefühl der Unsicherheit. »Ich hab keine Wohnung, keinen Job und keinen Partner«, sagte sie. Ich versuchte hervorzuheben, was in ihrem Leben gut lief, sie hatte zum Beispiel gerade einen Artikel über Kleidercodes als soziale Zugehörigkeitsmarker in Neukölln veröffentlicht, der überdurchschnittlich viel geteilt worden war. »Ich fühl mich einfach alleingelassen«, unterbrach mich Senta. »Das tut mir leid«, sagte ich. Ich las die Rückseite der Cola-Dosa. Senta stand auf und klopfte ihre Hose ab. Auf einmal kam ich mir dumm vor. Seit ich kein iPhone mehr hatte, telefonierten wir zwar öfter, dafür chatteten wir kaum noch. Es fühlte sich nicht organisch an, dass ich nur von meinem Rechner aus auf Signal zugriff, wohingegen Senta schrieb, während sie irgendwas erlebte – als würden wir uns nicht mehr auf Augenhöhe befinden. Wenn mir Senta um 1:30 Uhr davon berichtete, dass sie gerade am Kanal entlanglief und ihr seit zwei Blocks ein Fuchs folgte, ich diese Nachricht jedoch erst vierzehn Stunden später las, teilten wir diesen Moment nicht wirklich. In der Stunde, in der ich Signal über meinen Computer benutzte, war Senta oft nicht erreichbar. Es gab kaum noch Simultanität. Diese neuartige Distanz wurde mir erst jetzt so richtig bewusst. Senta wartete darauf, dass ich etwas sagte. Ich studierte weiter die Rückseite der Cola-Dose, unfähig zu artikulieren, dass sie mir wichtig war und ich unsere Nähe vermisste. Stattdessen fragte ich: »Wusstest du, dass es Kolanüsse gibt?« Sie sagte, dass ich ein Talent dafür hatte, abzuschweifen. »Das liegt daran, dass du Zwillinge bist.« Immerhin hatte ich sie ein bisschen zum Lachen gebracht.

An dem Nachmittag steigerten wir uns in die Idee hinein, ein Sachbuch über die dunkle Seite von OkCupid, Bumble und Tinder zu schreiben. Ein Kapitel würde sich um die Aneignung inklusiver Kommunikation durch heterosexuelle Cis-Männer drehen. Keine Ahnung, wie oft wir in den letzten Jahren verständnisvolle Sätze wie »das kann ich gut nachvollziehen« oder »gibt es etwas, das dich beim Sex triggert und ich lieber nicht tun soll?« gehört hatten, und einem dann trotzdem ohne Vorwarnung vier Finger in den Mund geschoben wurden, sodass man kaum Luft bekam.

Ich hatte nicht vorgehabt, einen Zölibat aus meinem Social-Media-Drop-out zu machen, aber irgendwie waren jetzt acht Monate ohne Date vergangen. Absurd war: ich vermisste es nicht. Ich vermisste weder das Swipen durch Gesichter noch die bewerbungsartigen Gespräche, die sich zuerst im Chat, dann in Bars ergaben. Es lag nicht daran, dass ich auf einmal Sex oder den Wunsch nach romantischen Gefühlen transzendiert hatte, sondern daran, dass es irgendwie befriedigender war, sich sicher sein zu können, nicht als Screenshot in einem Twitterthread aufzutauchen. Auch hier blieb eine Restangst zurück, weil ich nicht wissen konnte, wer meine Fotos gescreenshottet hatte, als ich noch auf OkCupid und Feeld angemeldet war. Selbst ich hatte unfreiwillig eine Sammlung von nackten Oberkörpern und weißen Boxershorts, unter denen sich erigierte Penisse abzeichneten, angehäuft – erstaunlicherweise gab es dann doch eine Menge von Leuten, die sich mit Gesicht fotografierten und dir Fotos schickten, sobald du drei Sätze ausgetauscht hattest. Der Suchbegriff *Dating Profile Meme* ergab auf Google 22 000 000 Treffer: Datingprofile zu screenshotten war zu einem eigenen Genre geworden. Es wurden Selbstbeschreibungen, Profilbilder und maßlose Nachrichtenverläufe von Usern konserviert, die alle unterhaltend sein sollten. Wie oft hatte ich mich mit Senta über Tinder- und OkCupid-Profile lustig gemacht. Ich dachte an den Mann vor dem Esel. Oder den Mann mit dem Gewehr. Immerhin publizierten wir unsere Reaktionen nicht auf Twitter, aber vielleicht machte uns das auch zu noch größeren Heuchlerinnen.

Abgesehen davon, dass ich keine Chatfragmente, Fotos oder GeoDaten zurückließ, umging ich damit auch das Risiko, Menschen zu treffen, die einen auf verschiedene Weisen bevormundeten oder gegebenenfalls davon ausgingen, dass sie ein Recht darauf hatten, mit einem zu schlafen.

*

Am nächsten Tag schrieb ich Senta eine E-Mail. Ich sagte ihr, dass es mir leidtat, wenn ich ihr das Gefühl gegeben hatte, sie durch mein Beafon ersetzt zu haben. Ich schlug vor, dass wir anfangen könnten, uns E-Mails zu schreiben. Ich fing mit einer Aufzählung der Mahlzeiten an, die ich heute gegessen hatte, und schloss die Mail mit einer Linksammlung zu Kolanuss-Rezepten. Ich setzte viele Begriffe in Anführungszeichen.

Dass ich morgen fünfunddreißig wurde, erwähnte ich nicht, weil ich es zu prätentiös fand.

In der Nacht zu meinem Geburtstag träumte ich, dass ich mich mit meinem Vater für ein Programm anmeldete, bei dem man eingefroren werden sollte, um in einer fernen Zukunft wieder aufzuwachen. Ich ließ mich in einem Stickstofftank versiegeln. Mein Vater erschien nicht zum Termin. Mein Tank wurde ins Erdgeschoss des Herkules-Centers geliefert, dem Einkaufszentrum, in dem ich in meiner Kindheit oft mit meiner Mutter gewesen war, weil sie Sandalen oder weiße Blusen suchte. Auf der digitalen Anzeige über dem Buffalo-Schuhladen wurde das Jahr 1998 angezeigt. Ich reiste fälschlicherweise in der Zeit zurück. Ich wachte auf, als ich versuchte, den Glastank von innen mit einer Geflügelschere zu zerstören. Danach konnte ich nicht mehr einschlafen. Es war kurz nach drei. Ich war jetzt fünfunddreißig. Ich sah die Geschichte meiner Kindheit in Form einer Timeline, die aus der Perspektive meines Vaters erzählt wurde. Ich sah ihn mit mir als Kleinkind in einem Planschbecken liegen, er hob mich hoch, er hatte einen Schnauzbart und einen Vokuhila. Ich stellte mir vor, wie es wäre, ein eigenes Kind zu haben. Ein Wesen, das Teile von dir in sich trug, sich unkontrollierbar weiterentwickeln konnte, eine arbiträre organische Kreation, auf die man nur bedingt Einfluss hatte. Vielleicht hatte sich mein Vater von mir distanziert, weil er Teile von sich in mir gesehen hatte? Als es dämmerte, schlief ich noch mal ein.

Zur Feier des Tages erlaubte ich mir uneingeschränkte Internetnutzung und ein Budget von 50 Euro für Lebensmittel. Ich kaufte im EDEKA drei verschiedene Ben & Jerry's-Sorten darunter eine mit Brezeln, die ich noch nicht kannte. Ich kaufte Erdbeeren, eingelegten Hering, Räucherlachs, zwei Avocados, einen Bagel mit Mohn, Weintrauben, eine Grapefruit und eine Tiefkühlpizza mit Dinkelmehlboden. Zu Hause rollte ich mir einen Joint, den ich an meinem Küchenfenster rauchte. Draußen schwebten Pollen in der Luft. Oma A. rief gegen elf an. Mein Bruder schickte eine SMS. Ansonsten rührte sich niemand. Warum auch – niemand wusste, dass ich Geburtstag hatte. Absurderweise war ich geknickt, dass sich Senta nicht meldete. Irgendwie hatte ich gehofft, dass sie meinen Geburtstag doch aufgeschnappt und in ihren iCal eingetragen hatte. Sie hatte auch noch nicht auf meine E-Mail reagiert. Ich ließ den Joint nach der Hälfte ausgehen und legte ihn in den Aschenbecher. Dann setzte ich mich mit einer Schale Weintrauben an den Computer, vorher zog ich meine Unterhose aus, weil es bequemer war. Ich klickte mich eine Stunde lang durch Artikel über Kryokonservierung. Ich las, dass man an eine umfunktionierte Herz-Lungen-Maschine angeschlossen werden musste, sobald man klinisch tot war. Anstatt einen am Leben zu erhalten, injizierten sie Frostschutzmittel in die Arterien und pumpten gleichzeitig Körperflüssigkeiten ab. Diesen Schritt hatte ich in meinem Traum übersprungen, ich war direkt in einem Tank versiegelt worden. Dass Kryonik funktionierte, war wissenschaftlich widerlegt, Organe verfielen, sobald der Tod eingetreten war, unabhängig davon, ob man sie einfror oder nicht, aber was war zum Beispiel mit dem

Gehirn, wie *sirion* in einem Reddit-Forum schrieb: Gehirnzellen konnten grundsätzlich eingefroren werden, so wie Eizellen, Samenzellen und dergleichen. Ich ergoogelte, dass es eine Firma in den USA gab, über die man für etwa 80 000 Dollar nur sein Gehirn einfrieren lassen konnte. Mir kam der Gedanke, dass wir unsere Gehirne bereits digital kryonisierten. Die Daten, die wir stetig hinterließen, würden bald eine exakte Reproduktion unserer Gedankenwelt und Haltungen ermöglichen. Seit dem 28. Oktober 2021 hieß Facebook Meta.

Als ich mich durch die Website einer Firma klickte, die auf Basis von persönlichen Daten Hologramme erstellte, klingelte mein Telefon.

Es war Ida.

Seit ich kein Instagram mehr hatte, hatten sich fast alle Kontakte nach Offenbach aufgelöst, Ida war die einzige Person aus dieser Lebensphase, mit der ich vor meinem Drop-out regelmäßig Sprachnachrichten ausgetauscht hatte. »Ich dachte, ich ruf einfach mal an, weil meine Nachrichten nirgendwo durchkamen«, sagte sie und gratulierte mir. »Was machst du, du bist wie vom Erdboden verschluckt, wie alt bist du jetzt geworden, auch fünfunddreißig, oder?«, sagte sie. »Ich klick mich grade durch eine Website, bei der man sich für fünfzig Dollar im Jahr anmelden kann, damit sie ein Hologramm von dir erstellen, wenn du tot bist«, sagte ich und merkte dann, dass sie gar nicht danach gefragt hatte. Ich kannte Ida über meinen Ex-Freund. Sie war eine der ersten Personen gewesen, mit denen ich mich angefreundet hatte, nachdem ich zu Nicki nach Offenbach gezogen war. Sie war Grafikerin und hatte zwei Katzen, die sie im Co-Parenting-Modell betreute – eine Woche waren sie bei ihr, eine Woche bei ihrem Ex –, spielte Tennis, war Mitglied in einem Meditationszentrum und ging offen damit um, dass sie sich manchmal Botox spritzen ließ, weil sie ihre Stirnfalte nicht mochte. Seit der Pandemie verbrachte sie ihre Wochenenden nicht mehr im Robert Johnson, sondern machte Ausflüge in umliegende Naherholungsgebiete. Davon erzählte sie jetzt relativ beseelt. Sie war auf dem Rheinstieg, dem Lohrberg, dem Loreley-Felsen, dem Goethe-Turm und auf einer Kräuterwanderung im Taunus gewesen. Die Kräuterwanderung hatte sie über die VHS gemacht. »Wenn du mal wieder hier bist, könnten wir das zusammen machen«, sagte Ida. Dass ich kein iPhone mehr hatte, beeindruckte sie nachhaltig. Sie meinte, dass sie sich in letzter Zeit vermehrt mit *Digital Minimalism* auseinandergesetzt, aber bisher noch keine Maßnahmen richtig umgesetzt hatte. »Lass auf jeden Fall in Kontakt bleiben«, sagte ich und schlug vor, dass wir wieder öfter telefonieren konnten.

Um nach dem Gespräch keine Leere aufkommen zu lassen, holte ich das Eis aus dem Gefrierfach. Das mit den Brezeln schmeckte seltsam, aber gut. Während ich Eis aß, sah ich mir das Insomnia Announcement-Video auf Twitter an, in dem das Hologramm eines bekannten Vloggers einen DJ-Mix spielte.

Am nächsten Tag schälte ich mich gegen Mittag aus dem Bett. Ich ging direkt ins Fitnessstudio, um nicht in Routinen zurückzufallen, die ich vermeiden wollte. Einen Cheat-Tag zu haben, weil man Geburtstag hatte, war in Ordnung, aber jetzt war mindestens eine halbe Stunde auf dem Laufband fällig. Ich schaute *taff* auf dem kleinen Bildschirm, der über der Kontrollleiste für Geschwindigkeit und Steigung angebracht war. Einmal rannte ich fünf Minuten auf so hoher Stufe, dass ich Angst hatte, das Laufband würde gleich kollabieren. Danach fühlte sich mein Kopf klarer an. Ich ging in den Cool

Down, lief mich noch ein bisschen aus, ging fünf Minuten und schaltete dann das Laufband aus. Mein Shirt klebte mir am Rücken. Ich zog es vorne hoch und wischte mir damit das Gesicht ab. Dann ging ich rüber zu den Matten, um mich zu dehnen. Zuerst meine Oberschenkel, dann meine Waden, meinen Nacken, meine unteren Arme, meine Hände. Zum Schluss nahm ich eins der TRX-Bänder und hängte mich an die Aufrichtung, um meine Arme zu dehnen. Als ich dort hing wie Jesus am Kreuz, merkte ich, dass ein Junge, der höchstens fünfzehn sein konnte, sein iPhone in der Höhe seiner Hüfte auf mich gerichtet hatte. In seinen Augen meinte ich diesen ganz bestimmten Ausdruck der Konzentration zu erkennen, der sich vor allem abzeichnet, wenn man die labile Balance zwischen Beobachten und Sich-Verstecken zu finden sucht. Das iPhone war so schnell wieder weg, wie es aufgetaucht war. Ich löste mich aus dem TRX-Band und verschwand in Richtung der Umkleidekabinen.

*

Barbra Streisand verklagte 2003 den Fotografen Kenneth Adelman und pictopia.com, weil ihr Haus auf online veröffentlichten Fotos der kalifornischen Küste zu sehen war. Bei den Fotos handelte es sich um insgesamt 12 000 Luftaufnahmen zur Dokumentation der Küstenerosionen – niemand außerhalb der Fachwelt interessierte sich bis zu dem Zeitpunkt für das Foto, es wusste auch keiner, dass es sich bei einer der unzähligen dokumentierten Villen im Hintergrund der Aufnahme überhaupt um Streisands Residenz handelte. Das änderte sich, als sie gegen die vermeintliche Verletzung ihrer Persönlichkeitsrechte klagte. Im Zuge der Berichterstattung verbreitete sich das bis dato völlig irrelevante Foto viral im Internet. Streisands Haus ließ sich jetzt nicht nur exakt lokalisieren, sondern man konnte so weit reinzoomen, dass es möglich war, die Farbe der Badeshorts des Mannes zu bestimmen, der auf der Sonnenliege am Pool lag. John Gilmore sagte in diesem Zusammenhang: *The Net interprets censorship as damage and routes around it.*

Ich klickte mich durch ein paar Beispiele, in denen der Streisand-Effekt zu katastrophalen Folgen geführt hatte. Die Geschichten machten mich noch unruhiger, als ich sowieso schon war. Ich fuhr meinen Computer runter und suchte nach einer Beschäftigung, um irgendwie den Teenager und sein iPhone zu vergessen. Um das Bad zu putzen, fehlte mir die Motivation, ich hatte auch keine Lust, die Wäsche zu machen, zu lesen oder schon wieder Schubladen zu sortieren. Ich versuchte mich an ein paar Atemübungen, hängte mich aber immer wieder an dem Gedanken auf, dass mich jemand einfach so fotografiert hatte. – Hätte ich vielleicht doch anders reagieren sollen?

Auf einmal sah ich mich als Wikipedia-Artikel.

Am 12.06.2022 wurde der Clip *crucification stretching routine* auf YouTube hochgeladen. Der Clip erzeugte eine Internetbewegung, die Crucification-Stretching zum Kernelement einer metaironisch gemeinten virtuellen Fitness-Religion machte. Crucification-Stretching beinhaltet Elemente aus der Wicca-Bewegung und verwebt christlich-fundamentalistisch und radikal-fitness-orientierte Praktiken, die vor allem die Vermarktung von Jesus-Sport-Merchandise beinhalten. Das Wikipedia-Foto war ein Screenshot aus dem viralen Video, das 2022 eine ganze Generation beeinflusst hatte. Darauf zu sehen war Mila Meyring im Alter von fünfunddreißig Jahren. Meyring wurde im Wikipedia-Artikel als Guru betitelt. Nachdem ihre Klage auf Schadensersatz sieben Jahre geschoben worden war, erhielt sie im Jahr 2027 eine Abfindungszahlung von 4000 Euro. Ihre Forderung von einem Schadensersatz über 50 000 Euro wurde abgewiesen, weil sie freiwillig im SuperFit trainierte und mit ihrer Mitgliedschaft der Abgabe aller persönlichen Bildrechte zugestimmt hatte. Die Firma, die das Merchandise vertrieb, hatte mittlerweile einen Jahresumsatz von 2,3 Mrd. Euro.

Ich versuchte die aufkeimende Panik zu betäuben, indem ich den letzten Rest vom Eis, das gestern geschmolzen und über Nacht wieder zu einer glatten Masse gefroren war, aus der Packung kratzte.

Es war lächerlich.

Ich wusste nicht mal, ob ich wirklich fotografiert worden war.

Senta tat es leid, dass sie mir nicht zum Geburtstag gratuliert hatte. »Warum sagst du denn auch nichts«, meinte sie. »Mir ist das alles nicht so wichtig«, sagte ich. Wir liefen abends in kurzen Hosen vom Brandenburger Tor zur Akademie der Künste. Der Park war gut besucht. In der Luft lag der Geruch nach Lavendel, Grillkohle, Abgasen. Einige Leute waren auf E-Rollern und Inlinern unterwegs. Die Paranoia, die durch das Erlebnis im Fitnessstudio ausgelöst worden war, ebbte langsam etwas ab, trotzdem war ich aufgewühlt genug, um Senta davon zu erzählen. »Und du bist dir sicher, dass du fotografiert worden bist?«, fragte Senta. »Ich weiß es nicht genau«, sagte ich. Es war nur ein kurzer Moment gewesen. Als würde einen jemand angucken und dann direkt wieder wegschauen. Ich beschrieb die Technik, mit der ich mich stretchte, und sagte, dass ich selbst wusste, wie strange das aussah. Ich regte mich über das Fitnessstudio auf, das wegen der Leute, die sich beim Pumpen über die Spiegel filmten, um ihre Instagram-Accounts aufzufrischen, eine so laxe iPhone-Politik hatte. Wir unterhielten uns über strenger werdende Gesetze zum Datenschutz und die gefühlte Auflösung vom Recht am eigenen Bild in öffentlichen Räumen, die früher nur für *Personen des öffentlichen Lebens* gegolten hatte. Senta zeigte mir den Chat-Verlauf mit einem Bekannten, der Clips von der CTM-Festival-Nacht geschickt hatte und unbemerkt davongekommen war. Nicht mal die Exekutive des Berghains konnte einen noch vor Photo-Ops schützen. Vom Rosengarten bis zur Siegessäule zählte ich 63 Smartphone-Foto-Situationen. Selfies, Familienporträts, die Dokumentation von Rosen oder dem Moltke-Denkmal, aber auch etliche Aufnahmen von belebten Liegewiesen oder anderen Motiven, anhand derer die sommerliche Atmosphäre im Tiergartenpark dargestellt werden sollte und dafür wahllos Fremde fotografiert wurden. Senta fand es spannend, dass wir alle versteckte Geschichten in den Hintergründen von visuellem Material erzählten. »Noise-Resonanzen eines kollektiven Gedächtnisses«, sagte sie.

Wir erreichten die Akademie der Künste eine halbe Stunde nach Einlassbeginn. Das Gebäude war von Rosenbeeten umgeben, die weiß und rot blühten. Die verklebten Schlafsäcke, mit Daunenjacken gefüllten Einkaufswagen und verwaisten Matratzen, die in der Bahnstation Tiergarten gelegen hatten, wirkten sehr weit weg. Die Ausstellung fand im klimatisierten Foyer statt. Es wurden Installationen gezeigt, die mithilfe von künstlichen Intelligenzen erstellt worden waren. Senta war eigentlich nur wegen eines Videokünstlers aus Vancouver hier, er gab ein Independent-Magazin raus, das sie gerade las. Ich war erleichtert, dass die Ausstellung kaum besucht war und anstelle von hippen jungen Menschen an der Theke nur ältere Leute mit Frisuren und Anzügen standen. Es war meine erste institutionalisierte Ausstellungseröffnung seit Jahren. Die Getränke waren umsonst. Und es gab einen Ausstellungsfotografen.

Ich hatte den Archetypus des fotoaffinen Mannes mitsamt mehreren Spiegelreflexkameras lange nicht mehr gesehen. Er trug eine Nadelstreifen-Weste über seinem weißen Hemd und schoss Fotos aus verschiedenen Winkeln und Perspektiven. Um seine Schulter hing eine Tasche von Leica. Einmal schraubte er ein anderes Objektiv auf, zog einen Pinsel aus seiner Hosentasche, der mit Sicherheit aus Echthaar bestand, und fuhr damit professionell über die Linse.

Senta fotografierte ihn heimlich von der Bar aus.

Wir holten uns Mineralwasser und setzten uns in eins der orangefarbenen Sitzkissen, die auf einen Screen ausgerichtet waren. Die Performance sollte gleich losgehen. Zehn Minuten lang passierte nichts. Dann machte eine Praktikantin eine Ansage. Der Künstler war in diesem Moment am Berliner Flughafen in ein Taxi gestiegen, weil der Flug von Vancouver verspätet war. Die Performance begann erst in einer halben Stunde. »Schauen Sie sich in Ruhe die Installation an oder treffen Sie uns an der Theke, wo wir Sie auf ein Getränk einladen.« Viele Leute standen auf und bewegten sich in Richtung der Bar. Es war absehbar, dass sich der Ausstellungsfotograf bald hinter den Screen bewegen würde, um eine interessante Perspektive zu finden, aus der er Senta und mich auf dem orangefarbenen Sitzsack ablichten konnte.

»Lass uns doch die Installation neben dem Lichthof anschauen«, sagte ich zu Senta. Sie war rechts am Ende des

Gangs aufgebaut und von hier nicht einsehbar. Senta arbeitete gerade an einer Instagram-Story. Ich meinte, dass ich mit Blick vom Lichthof auf den rot beleuchteten Gang ein Foto von ihr machen könnte.

Die Installation war eine metallische Säule, die sich scheinbar mit dem Herzschlag lebender Organismen verbinden konnte. Auf dem Ausstellungsflyer stand: *Die Intimität zwischen Mensch und Maschine erzeugt Grenzverschiebungen, die transhumanistische Verbindungen ermöglicht. Ziel ist die Auflösung der kartesianischen Körper-Geist-Trennung hin zu einem transzendentalen kollektiven Organismus.* Als ein Mann in braunem Anzug die Plattform unterhalb der Säule betrat, setzte über das Soundsystem ein Herzschlag ein, der in den ganzen Ausstellungsraum übertragen wurde. Mich ebenfalls auf die Metallplattform zu stellen, traute ich mich nicht, weil ich nicht einschätzen konnte, ob mein Herzschlag zu schnell oder zu langsam war. Was, wenn ich einen unnatürlich schnellen Herzschlag hatte, der verriet, dass ich nervös war, weil ich hier auf dieser Metallplatte exponiert stand? Nachdem drei weitere Leute die Platte betreten hatten und jedes Mal exakt die gleiche Herzfrequenz abgespielt wurde, realisierte ich, dass die metallische Plattform nicht in der Lage war, durch – wie ich dachte – Kontaktsensoren auf dem Fußboden den individuellen Herzschlag des Zuschauers zu messen, sondern dass es sich um eine einzige Aufnahme handelte. Ich wunderte mich über mich selbst, dass ich so selbstverständlich angenommen hatte, die Installation würde Biodaten sammeln, um diese an ein Soundsystem weiterzugeben. Andererseits war die Vorstellung weniger invasiv, als von der Spiegelreflexkamera des Ausstellungsfotografen seziert zu werden. Auf dem Teppichboden, drei Meter schräg neben der Metallsäule, hockte er wieder. Er richtete sein Objektiv auf die Gesichter der Menschen, die mit der Soundinstallation konfrontiert wurden. Sie schauten verwundert. Einige grinsten. Andere wirkten durch den einsetzenden Puls irritiert. Das waren alles Emotionen, die die Ausstellungserfahrung gut, also authentisch, visualisierten. Die besten Fotos würden mindestens in einer Story und dann im Archiv »Veranstaltungsfotos« landen. – Ich konnte mich nicht daran erinnern, dass ich mit dem Ticketkauf einer Klausel zugestimmt hatte, meine Bildrechte für kommerzielle Nutzungen freizugeben. Vielleicht steckte diese Klausel jetzt aber grundsätzlich in Veranstaltungstickets. War es nicht unverschämt, dass ich zehn Euro zahlte, um mir die Performance anzuschauen, und dann ungefragt als Model missbraucht wurde? Eigentlich sollte ich dafür, dass ich hergekommen war, bezahlt werden, insbesondere dafür, dass Senta und ich den Altersdurchschnitt der Leute hier um dreißig Jahre senkten.

»Ich geh mal kurz zur Toilette«, sagte ich zu Senta. Ich zog meine Maske höher und steuerte die Glastür an, die ins Treppenhaus führte. Die Toiletten befanden sich am Fußende der Marmortreppe, die an einer getönten Milchglaswand nach unten ins Erdgeschoss führte. Vor der Milchglaswand waren gigantische Tontöpfe aufgestellt, darin wuchsen Monstera-Pflanzen, in einer Dimension, die ich bis dato noch nie gesehen hatte. Die Stängel waren an einigen Stellen verholzt und wirkten wie schmale Baumstämme, an denen gigantische Blätter mit tellergroßen Aussparungen wuchsen. Im Waschraum zog ich meine Maske ab. Niemand war hier. Bei der Hitze so oft Maske zu tragen, hatte zu einem pickligen Ausschlag am Kinn geführt. Außerdem hatte ich einen Schweißfilm über meiner Oberlippe. Ich wusch zuerst meine Hände, dann den unteren Bereich meines Gesichts.

Ich musste daran denken, dass meine Großeltern einmal für eine Reportage über Geflüchtete der Nachkriegsgeneration von der Lokalpresse interviewt worden waren. Sie bekamen zwei Seiten und ein großformatiges Porträt, auf dem sie beige Funktionsjacken trugen und vor ihrem Gartenhäuschen posierten. Die Reportage hatte Oma A. ausgeschnitten, in einen Wechselrahmen gesteckt und ins Büro von Opa J. gehängt. Außerdem war ihr Haus als Beispiel für besonders ansehnliche Geranienbepflanzungen im *Asslarer Blättchen* abgedruckt worden. Anstatt die Leute anzuzeigen, hatte Oma A. das Bild neben die Reportage gehängt. Oma A. hatte jede noch so kleine Meldung, die man irgendwie mit meinem Bruder oder mir in Verbindung bringen konnte und in der lokalen Presse auftauchte, aufbewahrt. Es gab eine Mappe mit Klarsichtfolien, in der in ausgeschnittenen Artikeln über gewonnene Malwettbewerbe, Konfirmationen, Schulabschlüsse, Ballettaufführungen berichtet wurde. In dieser Generation freuten sich die Leute noch über ihre *15 Minutes of Fame*.

Irgendwie ging es heutzutage insgesamt weniger darum, bewusst etwas aufzuzeichnen, als zu entscheiden, welche Teile der anwachsenden Content-Vita gekürzt und verborgen werden sollten.

Ich wog ab, wie es wirken würde, wenn ich den Fotografen ansprechen und ihm sagen würde, dass alle Fotos, auf denen ich drauf war, nicht veröffentlicht werden dürften. Ich würde klingen wie der Mann, der auf der Pegida-Demo gefilmt wurde und im schwarz-rot-goldenen Bucket Hat den Kameramann vom ZDF hysterisch bezichtigte, eine Straftat begangen zu haben. Oder wie mein Bruder.

Die Performance des Abends bestand darin, dass man sich mit einem QR-Code in ein System einwählen sollte, um Sätze an die vom kanadischen Künstler erschaffene artifizielle Entität zu schicken, die diese Prosafetzen auslas, deren Stil kopierte und dann im gleichen Ton auf verschiedene Fragen antwortete.

Ich ging irgendwann nach der Hälfte der Performance. Ich schickte Senta eine SMS, *sorry, aber ich war grade sozial überfordert. – Soll ich rauskommen? – Nein, alles gut, ich musste nur mal raus. Lass morgen telen.* Senta schickte ein *xx* zurück. Ich ging nicht direkt zur Bahn, sondern nahm den Weg durch den Tiergarten. Vor den blühenden Beeten standen Leute, ihre Smartphone-Bildschirme reflektierten die untergehende Sonne, dadurch glitzerte es überall. Ich drehte um und ging in Richtung einer tristen Brache, die mit Sicherheit als Hundewiese genutzt wurde. Irgendwann stieß ich auf ein Gewässer. Es roch nach Algen, dem feuchten Moder, der im Sommer von Teichen ausging. Über der Wasseroberfläche schwebten Mücken. Auf der gegenüberliegenden Seite lag jemand und schlief, die Beine waren mit einer Daunenjacke zugedeckt.

Zu Hause zog ich mich aus, duschte, rieb mich mit Kokosöl ein und zog ein übergroßes Shirt an, um mich dann ins Bett zu legen. Für einen Moment stellte ich mir vor, wie ich mich im Fitnessstudio aus dem TRX-Band löste, auf den Teenager zuging und ihm das Telefon aus der Hand schlug. Ich dachte an das Video von Ezra Miller, der vor Containern in einem verschneiten Reykjavík eine junge Frau würgte und auf den Boden stieß. Wahrscheinlich fehlte nicht mehr viel, bis ich mit irrationalen Gewaltausbrüchen von Celebrities sympathisierte. Am meisten ärgerte mich, dass ich jetzt nicht mehr wusste, wo ich trainieren sollte. Im Park gab es noch mehr iPhones als im Studio. Das letzte Mal, als ich in der Wohnung HIIT-Übungen gemacht hatte, war ein Stück Putz von der Wand gefallen. Ich legte mir ein zweites Kissen unter den Kopf, um etwas aufrechter zu liegen. Ich hatte heute absichtlich die Vorhänge nicht zugezogen. Über den Dächern der gegenüberliegenden Häuser leuchtete der Mond. Wenn ich nicht gewusst hätte, dass erst in zwei Tagen Vollmond war, hätte ich die Form für einen perfekten Kreis gehalten, so suchte ich nach der konvexen Einbuchtung. Ich nahm das zweite Kissen wieder weg und lehnte meinen Kopf gegen die Wand. Von dieser Position aus sah ich nur den Himmel. Ich sah niemanden. Und konnte von niemandem gesehen werden.

*

Seit ich nicht mehr ins Fitnessstudio ging und alle Events mied, von denen ich überhaupt etwas mitbekam, erschienen mir die Tage wie Aufnahmen in Super Slow-Motion, 8K Ultra HD. Die Kita nebenan schloss coronabedingt für eine Woche. Es wurde gespenstisch ruhig in meiner Wohnung. Keine Kinder mehr, die Sirenen imitierten, mit Stöcken auf Tonnen einschlugen, vor Freude kreischten, plärrten oder mittwochs auf der Dachterrasse zu einer Cajón tanzten und dabei Bewegungen machten, die mich an Raves erinnerten. Ich lag in Unterwäsche auf dem Bett und dachte über Bergsons Zeitbegriff nach. Dann über die Wendung *sich zu Tode langweilen.* Dann über Tagträume. Über die Produktion von Tagträumen aufgrund konzentrierter Langeweile.

Ich rief Senta an.

Sie schrieb gerade einen Artikel über unproduktive Arbeit als produktive Widerstandsform in spätkapitalistischen Gesellschaften, vielleicht interessierte es sie, welche Erfahrungen ich nach drei Monaten ohne Job gerade machte. Vielleicht würde sie sich erbarmen, mit mir einen Spaziergang über den Insulaner zu machen, oder sie würde zum Abendessen herkommen oder mich auf irgendeine andere Weise aus meiner Trance rausholen – wir hatten uns seit der KI-Ausstellung nicht gesehen, das war zehn Tage her. Während wir telefonierten, rauchte sie eine Zigarette und äußerte sich kaum. Ich merkte selbst, dass ich gerade etwas ziellos bedürftig rüberkam. »Tut mir leid, ich wollte deinen Arbeitsflow nicht unterbrechen«, sagte ich irgendwann. »Nein, tut mir leid«, sagte sie. Ich hörte sie tippen. »Sag mal, würde mich später vielleicht noch mal melden, hab hier grad so ne E-Mail bekommen?«

Ich dachte, dass sie noch mal anrufen würde, aber stattdessen schickte sie mir um 23:56 Uhr einen Screenshot von einer TikTokerin auf Signal. Das sah ich erst am nächsten Tag, als ich nachmittags das Chatprogramm öffnete. Die TikTokerin hatte lange braune Haare und ein silbernes Gittermuster auf der Stirn: »Millennials be like, my worst nightmare is waking up with a job in a house with a wife that loves me and two beautiful children'« #millennialsoftiktok. Senta fragte, ob ich Lust hatte, zu einer Biennale-Veranstaltung im KW mitzukommen, sie hatte sich für eine Fokustour zu einer Ausstellung über Kultur an Körpern, Orten und Zeiten angemeldet. Auf der Website, die die Veranstaltung ankündigte, waren Fotos hochgeladen, die andere Fokustouren dokumentierten. Ein Besucher stand mit den Händen in den Taschen vor einer Skulptur und runzelte die Stirn. Ich schrieb: *Klingt gut, aber hab grad keine lust auf instagramterror durch Ausstellungsfotografen.* Danach setzte ich das Emojicon, das zwei Hände darstellen sollte, die mit den Fingern ein Herz formten. Die

Finger waren wurstig und die Hände wirkten irgendwie grotesk. Ich rechnete damit, dass Senta meine Antwort mit einem Ausrufezeichen oder einem XD kommentieren würde, aber sie reagierte nicht.

Nach einem weiteren Tag konzentrierter Langeweile trieb ich mich auf dem NoSurf-Sub-Reddit rum, wo Leute äußerten, nicht zu wissen, was sie mit sich und ihrem Tag anfangen sollten, wenn sie aus dem Internet ausstiegen. Der *pinned thread* war eine Liste mit Dingen, mit denen man den Tag füllen konnte. Kochen. Sich künstlerisch ausdrücken. Lesen. Sich intensiver mit Freunden beschäftigen. Ich besuchte zwei Schreib- und Kunstbedarfsläden in meinem Viertel, um Window-Colour-Flaschen zu finden. Ich fand ein Set mit sieben Füll- und zwei Konturfarben. Zu Hause breitete ich Klarsichtfolien auf meinem Küchentisch aus. Ich nahm die weiße Konturfarbe und malte reflexartig Vulven, ich zeichnete zuerst die äußeren, dann die inneren Lippen, danach zog ich die Klitoris nach, möglichst breit und so, dass man innen eine Perle erkennen konnte. Dabei dachte ich darüber nach, dass Vulven in den letzten sieben Jahren für Cis-Frauen zu einem ähnlichen Motiv geworden waren wie zweidimensionale Penisse für Schuljungs. Zuerst waren die fluchtpunktfreien Gebilde an Tafeln und Schultische gekritzelt worden, später an Hauswände in Kreuzberg oder Offenbachs Mathildenviertel getagged. Vulva-Symbole fanden sich eher auf Instagram-Kanälen, in denen Früchte gefingert wurden, oder Etsy-Kanälen, auf denen Ketten mit oktopusförmigen Klitoris-Anhängern verkauft wurden. Ich fragte mich, ob Hannah Wilke diese Kommodifizierung egal gewesen wäre, weil die Vulven ja trotzdem da waren, sichtbar für viele. Ich hatte einmal einen Vortrag über die feministische Künstlerin gehalten, die in den siebziger Jahren angefangen hatte, Vulven aus Terracotta zu formen, um das Phallus-Symbol zu verdrängen.

Ich füllte die Lippen mit blauer Farbe. Den Kitzler lila.

Und jetzt?

Zwei Tage nach meinem Window-Colour-Abenteuer hatte ich eine Auseinandersetzung mit Senta. Der Streit – wenn es denn einer war – passierte in vier Nachrichten, die wir fast in normaler Chatfrequenz wie früher austauschten, als sie laut eigener Aussage auf dem flachen Stein vor der Filmbibliothek saß. Es fing damit an, dass ich sie fragte, ob sie meine letzte E-Mail erhalten hatte. Auf die letzten drei hatte sie nicht mehr geantwortet. Senta schob es auf zwei Deadlines, die beide auf Ende Juni fielen. Ich schlug vor, dass wir unseren E-Mail-Austausch etwas regelmäßiger gestalten könnten, einmal in der Woche zum Beispiel. Senta kommentierte das mit dem Hinweis, dass *ich* mich dazu entschieden hatte, mich aus dem Leben auszuklinken, nicht sie. *Dachte einfach, ein Austausch über Transformationsprozesse könnte produktiv sein,* schrieb ich. Danach kam nichts mehr.

Es war das erste Mal, dass ich ihr gegenüber Verlustängste spürte.

Diese Gefühle kannte ich eigentlich nur aus romantischen Beziehungen.

Ab einem gewissen Punkt neigte ich dazu, zu klammern oder misstrauisch zu werden, aber das hatte sich bisher immer auf Liebesbeziehungen mit Männern beschränkt. Dass ich jetzt ähnliche Verhaltensweisen in Bezug auf Senta entwickelte, war neu. Ich stellte mir vor, dass sie den Kontakt zu der Silvester-Gruppe intensiviert hatte. Wahrscheinlich war einer von ihnen mit zur Fokustour gekommen, mit Sicherheit Lisa, die gerade aus New York zurück war, wo sie in einer Galerie gearbeitet hatte. Ich sah sie vor mir, wie sie sich nachmittags bei Lon Men trafen, weil Lisa nur zwei Straßen weiter wohnte und genauso spät aufstand wie Senta. Sie saßen auf Plastikstühlen und unterhielten sich über zeitgenössische Kunst, während sie ihre Nudelsuppen aßen.

Nachdem ich zwei Tage lethargisch auf meiner Matratze verbracht hatte, schaltete ich meinen Computer an und klickte mich über meinen VPN-verstärkten Firefox-Browser durch einen offenen NoSurf-Discord, in der Hoffnung, hier nützliche Infos zu finden, wie man am besten mit Kommunikationsgefällen umgehen konnte, die auf unterschiedliche Device-Nutzung rückzuführen war. Es gab einen Post zu *how the internet affects our friendships*. Das Problem adressierten einige der Foren-Nutzer. Die meisten berichteten im Zuge ihrer Social-Media-Reduktion davon, sich sozial ausgegrenzt zu fühlen. *Malachite Flower* schrieb, dass er seine gesamte Jugend nur mit Freunden, die er erst in WoW-Gilden und später in Dota2-Lobbys kennenlernte, digital verbracht hatte und es für ihn die größte Herausforderung war, in der echten Welt mit Leuten zu sprechen. *o_pray* antwortete mit einem Videoupload, auf dem ein Netz-Aussteiger Tipps gab, wie man am besten in der echten Welt Freundschaften schloss. Der erste Tipp war: Öfter lächeln.

Ich machte meinen Computer wieder aus.

Am Freitag schickte ich das erste Mal ein paar ernst gemeinte Bewerbungen raus. Das Jobcenter hatte mich bisher weitgehend in Ruhe gelassen, hin und wieder schickte mir Loretta Kierspel eine Stellenausschreibung, die auf mein Profil passte. Viele davon waren befristete Stellen an kulturwissenschaftlichen Fakultäten. Bisher hatte ich mich nur für Stellen beworben, bei denen ich im Bewerbungsprozess nicht berücksichtigt werden würde. Eine Germanistik-Professur in Freiburg oder eine 65%-WiMi-Stelle bei einem Forschungsprojekt, bei dem es um die digitale Kartografierung von Literaturarchiven ging – ich konnte weder programmieren, noch hatte ich andere Qualifikationen in den *Digital Humanities* vorzuweisen, aber aus dem Bereich kamen die meisten Ausschreibungen.

Ich wollte mich für eine Stelle in einer Versicherungsgesellschaft bewerben, die nicht genauer betitelt war, außer dass man einen Masterabschluss brauchte und Organisationsfähigkeit mitbringen sollte. Außerdem für eine Stelle, in der es um Recherchearbeiten in einer NGO ging, die sich mit Data und Smart City Governance auseinandersetzte. Im Grunde reizte mich am meisten die Teilzeitstelle in einer Salumeria. Bei der Versicherungsgesellschaft bewarb ich mich dann doch nicht, weil alle Mitarbeitenden mit einem Profilfoto auf der Webseite gelistet waren.

Als ich gerade das Bewerbungsschreiben in den Mülleimer zog, klingelte mein Handy. Der Name meines Bruders wurde angezeigt. Eigentlich rief er nie an. Ich rechnete damit, dass es um ein akutes Problem mit einer Maskenregelung im Regionalverkehr gehen würde, er hatte mir in letzter Zeit öfter Fragen zum 9-Euro-Ticket gestellt. Es ging aber um Oma A.

*

Mit dem Nahverkehr brauchte man achteinhalb Stunden von Berlin bis nach Laufdorf. Es machte mir nichts aus, so lange unterwegs zu sein. Ich saß seit vier Stunden im Regio und schaute aus dem Fenster. Auf meinem Schoß lag mein Kalender, ich hatte mir alle Züge mit Nummern, Abfahrts- und Ankunftszeiten sowie dem jeweiligen Gleis aufgeschrieben. Das 9-Euro-Ticket hatte mir Online-Buchungsverfahren und eine allzu genaue Planung abgenommen. Ich stieg um sieben Uhr dreißig in den Zug nach Magdeburg. Von Magdeburg ging es nach Sangerhausen. Dann von Sangerhausen nach Kassel-Wilhelmshöhe. Den Anschlusszug in Kassel-Wilhelmshöhe verpasste ich, weil ich den Gleiswechsel zu spät bemerkte. Die HLB fuhr direkt vor meiner Nase weg. Der nächste Zug nach Frankfurt Süd kam erst in einer Stunde. Ich nahm die Rolltreppe hoch zur Bahnhofshalle, meinen Fischerhut steckte ich in meine Handtasche. Eigentlich wollte ich mir einen Erdbeer-Milkshake bei McDonald's holen, aber der Bahnhof war voller exzentrisch gekleideter Leute aus dem Kunstbetrieb, die wegen der Documenta hier waren und sich fotografierten. Ich wartete in einem der Zeitschriftenläden, blätterte die *Brigitte* durch und kaufte mir einen Energy-Drink von *OK!*. Meiner Oma kaufte ich eine Häkel- und Strickzeitschrift, eine Zeitschrift über Sylt, eine über die letzten Urwälder Deutschlands und eine Packung TicTac. Sie mochte die orangefarbenen lieber als die weißen.

Als ich zum Gleis gehen wollte, fand oben vor der Bäckerei eine Guerilla-Performance statt. Sie beinhaltete polemische Nazi-Referenzen, offenbar sollte damit das Documenta-Planungsteam kritisiert werden. Ich wusste, dass es einen Konflikt wegen Antisemitismus gab, Senta hatte mir davon erzählt, als sie vor zwei Tagen bei mir gewesen war, aber ich kannte die Hintergründe nicht so richtig. Nachdem ich ihr geschrieben hatte, dass meine Großmutter operiert wurde, hatten sich unsere Spannungen aufgelöst. Sie schrieb mir heute die dritte SMS, um zu fragen, wie es mir ging. *Tut mir wirklich leid mit deiner großmum. – alles ok, grade in kassel,* textete ich zurück. Ich fühlte mich sicher, weil sie da war – zumindest via SMS aus Berlin.

Ich wusste nicht, wie hoch die Wahrscheinlichkeit war, dass eine 81-jährige Frau mit Arthrose bei einer Hüft-OP starb. Ich vertraute darauf, dass Oma A. zäh genug war, sie hatte eine Thrombose, Gebärmutterhalskrebs und komplizierte Brüche ihres Handgelenks überstanden. Die Ärztin hatte gesagt, dass sie gut durch die OP kommen würde und wieder gänzlich fit werden könnte, insofern sie ihre Reha-Maßnahmen wahrnahm. Vielleicht war ich auch zuversichtlich, weil ich die Risiken nicht gegoogelt hatte.

Ich dachte an die Kryokonservierungstanks, in denen gefrorene Menschenkörper schwebten. An all die Timelines und Profilfotos von Leuten, die gestorben waren und nicht gelöscht wurden, weil sich entweder niemand darum kümmerte, Todesurkunden einzureichen, oder sie zu digitalen Gedenkstätten wurden, so wie die Facebook-Seite von Nickis Cousin, der mit Anfang zwanzig ohne Vorwarnung an einer Lungenembolie gestorben war.

Seit ich aufgehört hatte, Krankheiten zu googeln, wirkten potenzielle Gehirntumore und Parasiten, die seit Jahren unbemerkt in meinem Dünndarm hausen könnten, zwar nicht weniger furchteinflößend auf mich, aber ich dachte seltener daran.

Wie oft hatte ich heimlich Anomalien an Nickis Körper in mein iPhone eingegeben. Die dünnen, lilafarbenen Adern hinter seinem rechten Ohr – *Blutgerinnsel und/oder Gehirntumor.* Das Muttermal an seinem Rücken, das er sich an einer Mauer abgerissen hatte, als er mein Rad aufgepumpt hatte – *abgerissene Muttermale können zur Wucherung und schließlich*

Hautkrebs führen. Die Nebenwirkungen von *Fluoxetin* – in den ersten Wochen erhöhte Fluoxetin paradoxerweise das Suizidrisiko. Leute auf Antidepressiva wurden auf einmal aktiv, sie waren in der Lage, aus dem Bett aufzustehen und Entscheidungen durchzuziehen. In der ersten Woche folgte ich ihm einmal heimlich zum Hafen, ich beobachtete ihn dabei, wie er sich auf eine Bank setzte und Pistazien aß, jederzeit bereit, loszurennen, um ihn davon abzuhalten, sich im Brackwasser zu ertränken.

Ich kam erst gegen Abend im Krankenhaus an. Oma A. lag im zweiten Stock, sie war gestern noch mal verlegt worden. Sie wirkte blass, aber klar, als ich ins Zimmer kam. Sie lag links, am Fenster, und begrüßte mich mit einer dieser nietzscheanischen Weisheiten, die ich schon immer unhaltbar fand: *was dich nicht umbringt, macht dich stärker.* Auf ihrer rechten Hand befand sich ein Bluterguss, außerdem hatte sie einen Verband um ihr Handgelenk. Sie machte Witze darüber, dass sie jetzt, wo ich die Maske trug, gar nicht einschätzen konnte, ob ich schon wieder abgenommen hatte – ihre größte Angst war, dass ich nicht genug aß und meine Brüste weiter an Volumen verloren. Ich desinfizierte meine Hände, setzte mich auf den Stuhl neben ihrem Bett und griff nach ihrem Arm. Sie meinte, dass ich gerade Angelika verpasst hatte. »Wie geht es der denn?«, fragte ich. Es war eine von Oma A.s Freundinnen, die sie seit der Grundschule kannte und die das Dorf, in dem sie beide geboren waren, nie verlassen hatte. Sie hatte letztes Jahr einen Bypass bekommen, fuhr aber immer noch Auto. »Ich sag ihr ständig, dass sie nicht so viel rauchen soll. Du rauchst doch nicht, oder hast du angefangen?« Ich versicherte ihr, dass ich noch nie geraucht hatte. Daraufhin erzählte sie mir die Geschichte, wie ich als Neugeborene in einer Wiege lag und von allen Familienmitgliedern eingequalmt wurde. »Sie standen alle um dich herum mit ihren Zigarettchen, dein Onkel, dein Vater, deine Mutter, alle haben damals geraucht. Und du hast gehustet. Wie ein Igel klang das.« »Wenn ich schon eine Raucherlunge hab, kann ich eigentlich auch anfangen«, sagte ich. Das brachte sie immerhin zum Lachen. Ich blieb eine halbe Stunde. Wir besprachen ihren Unfall, sie erzählte zwei Mal, wie sie die Tupperdose oben aus dem Schrank holen wollte und vom Hocker gestürzt war. Ich nahm mir vor, den Hocker zur Mülldeponie zu bringen und ihr eine sichere Trittleiter zu besorgen, ohne ihr etwas davon zu sagen. Dann sprachen wir über meinen Bruder, seine Impfaversionen, dass er seit Monaten nur das Haus verlassen hatte, um mit dem Hund rauszugehen. Sie äußerte mehrfach, es sei in Ordnung, wenn sie bald sterben würde – »Noch einen Krieg mach ich nicht mit«, sagte sie. Oma A. sympathisierte dabei mit Putin. Das überraschte mich. Als ich klein war, hatte sie uns oft erzählt, wie sie mit ihren Cousinen aus Oppeln geflüchtet war und diejenigen, die dageblieben waren – ihre ältere Schwester, ihre Tante –, von russischen Truppen missbraucht worden waren. Auf diesen traumatischen Erlebnissen fußte die Gesamtheit ihrer Xenophobien. Dass sie jetzt Putins Kriegsbestrebungen als *notwendige Maßnahmen* kategorisierte, fand ich verstörend. »Sag deinem Bruder nicht, dass ich geimpft bin«, schärfte Oma A. mir ein, als ich ankündigte, zu gehen, um noch den letzten Bus zu erwischen. Sie bat mich, ihr noch mal das Trinkpäckchen zu reichen. »Du bist also geimpft?« »Natürlich bin ich geimpft.« Wenn ich morgen wiederkam, sollte ich ihr iPad mitbringen.

Mein Bruder hatte mir eine Isomatte und einen Schlafsack in den Keller geräumt. Ich wollte ihn kurz begrüßen, aber die

Tür zum Flur war abgeschlossen, er meinte es also ernst mit den Spike-Proteinen. Ich packte meinen Rucksack neben die Waschmaschine und duschte in dem kleinen, braun gefliesten Bad, neben der ehemaligen Werkstatt meines Großvaters. Ich wollte Senta eine SMS schreiben, um ihr mitzuteilen, dass ich gut angekommen und Oma A. so fit war, dass sie Witze über ihre Schweißfüße machte. Hier unten gab es jedoch keinen Empfang. Entweder waren die Wände zu dick, oder der Keller lag zu tief unter der Erde.

Um kurz nach elf schaltete sich der Boiler ein. Danach hörte ich Wasser rauschen, wahrscheinlich duschte mein Bruder oben im Dachgeschoss. Ich lag mit dem Kopf neben den Kartoffeln auf der Isomatte. Es fiel mir schwer, alles, was ich heute erlebt hatte, loszulassen. Die Aussicht, mehrere Tage auf dem klammen Kellerboden zu schlafen, baute mich auch nicht gerade auf. Ich dachte über die letzten Male nach, an denen ich in Hessen gewesen war. Sonst besuchte ich meine Oma und meinen Bruder immer nur zwei, höchstens drei Tage, um dann nach Frankfurt weiterzufahren und bei Ida zu übernachten. Ihre Wohnung war immer warm, aufgeräumt und roch nach Räucherstäbchen, nicht übertrieben, sondern so wie in einem luxuriösen Beautysalon. Sie legte für ihre Übernachtungsgäste jedes Mal eine Schlafbrille, ein kleines und ein großes Handtuch raus. Morgens gab es Haferdrink im Kühlschrank. Ich schätzte, dass mir mein Bruder morgen früh keine Brötchen und Croissants vor die Tür stellen würde. Ich hatte plötzlich Lust, Ida zu besuchen und nicht mehr allein zu sein.

Als ich kurz davor war einzuschlafen, gluckerte der Abfluss, der sich in der Mitte des Kellerraums befand. Ich stand noch mal auf, um einen Eimer darüber zu stülpen. Ich öffnete einen der Schränke und suchte nach einer Decke, fand aber nur zwei von Oma A.s Pelzmänteln. Ich legte den, der weniger staubig aussah, über den Schlafsack. Danach schlief ich endlich ein.

*

Ich verbrachte knapp zwei Wochen in Laufdorf. Entweder rief ich morgens meine Oma an oder fuhr direkt nach dem Aufstehen mit dem Rad zum Krankenhaus hoch. Ich brachte ihr große Mengen Fertig-Vanillepuddings, die waren das einzige, was sie gerade zu sich nehmen wollte. In der Zwischenzeit suchte ich Badestellen. Mit Senta telefonierte ich täglich. Sie hatte einen neuen Freelance-Job an Land gezogen und rief mich an, wenn sie ihren zweiten Espresso kochte. Wir nannten das *Check-ins* – kurze, regelmäßige Telefonate, die nicht länger als zehn Minuten dauerten und uns beide weniger stressten als SMS oder Briefe. Die Idee, Briefe zu schreiben, hatte Senta in einem Anfall viktorianischen Taumels, der durch die Netflix-Verfilmung von *Persuasion* ausgelöst worden war. Ich hatte bisher zwei Briefe geschickt, Senta keinen. Sie wirkte durch ihren neuen Freelance-Job gefordert, aber gut gelaunt. Abends traf sie sich mit einem 22-Jährigen, der ihr nachts Komplimente über Telegram machte, oder besuchte eine Yogaklasse, die *Escalade: Embodied Groove* hieß. Improvisationskurse, die somatische Empfindungen in einem fun&easy-Kontext kultivieren sollten, versetzten mich immer in Schrecken, auch wenn gar nicht ich, sondern Senta dorthin musste. Ich kaufte mir einen Reiseführer für Radwege in Mittelhessen und fragte in der Touristeninformation nach, ob es auch eine Karte gab, in der Schwimmgelegenheiten eingetragen waren. Ich graste die ganze Region ab, das Dillufer, das Lahnufer, einmal Richtung

Limburg, dann wieder in Richtung Butzbach. Mit dem Fahrrad meines Bruders, das er seit Jahren nicht mehr benutzt haben musste, suchte ich erfolglos nach einem See, der laut Karte hinter der Burg Greifenstein liegen sollte. Dafür fand ich den bei dem Steinbruch wieder, an dem ich als Teenie öfter gewesen war – mitten in einem Naturschutzgebiet, am Ende eines unscheinbaren Waldweges. Das Wasser war an den Rändern hellblau und lief in der Mitte zu einem schwarzen Loch zusammen. Es war verboten, hier zu schwimmen. Mir fiel sofort ein, dass meine Mutter früher immer von starken Strömungen gesprochen hatte – einmal hatten die wohl jemanden in ein unsichtbares Höhlensystem gesaugt, das hier unterhalb des Sees lag. Dass es Strömungen gab, glaubte ich ihr, dass jemand gestorben war, hatte sie sich ausgedacht, damit wir hier nicht schwammen. Ich folgte dem Zaun nach links, er war noch an der gleichen Stelle runtergetreten wie früher.

Das Wasser war eiskalt, meine Sicht reichte bis auf den Grund. Ich schwamm nur im Uferbereich, um sicherzugehen, nicht in eine der ominösen Strömungen zu geraten. Auf einmal erschien Sterben wie ein banaler Schritt, wenn ich jetzt einen Krampf bekäme, wäre niemand hier, um mich aus dem Wasser zu ziehen. Wenn Oma A. eine Thrombose entwickeln würde, die in ihr Herz wanderte, und der Pfleger nicht schnell genug bei ihr wäre, weil er gerade einen Urinbeutel wechselte, einen Katheter setzte, einen Apfel viertelte – würde sie niemand wiederbeleben können.

Könnte mein Körper je geborgen werden, wenn ich ins Innere des Steinbruchs gesaugt werden würde? Körper verschollen, Geist in verschiedenen Chatverläufen gefangen. Ich schrieb meinem Bruder eine SMS. *Bin am steinbruch, FYI.* Er textete zurück: *Da kann man ertrinken.* Dann noch: *Pass auf.*

Ich hatte das Gefühl, dass er in letzter Zeit weniger über Impfstoffe, die Maskenpflicht und die Maßnahmen von Lauterbach redete.

Nach ein paar Tagen war mein Bruder bereit, sich mit einem Abstand von drei Metern zu mir in den Garten zu setzen. Ich saß auf einem der klappigen Liegestühle aus Plastik, die Unterseite war gelb verfärbt. Mein Bruder saß auf einem Klappstuhl, den er aus seinem Dachbodenzimmer heruntergebracht hatte. Er sah alt aus, erwachsen, überhaupt nicht so wie mein Bruder. Er hatte sich nicht rasiert und trug eine Daunenweste, für die es viel zu heiß war. Ich versuchte Gesprächsthemen zu finden, die nichts mit Corona, Impfen, impfinduzierten Herzmuskelentzündungen, Attila Hildmann oder der Spanischen Grippe zu tun hatten. Was gut funktionierte: Ernährung, Sporttraining, Oma A.s Gesundheitszustand und Schadstoff- und Strahlenbelastung. In das Thema war mein Bruder eingestiegen, nachdem die Nachbarn einen Marderschreck aufgestellt hatten. »Der steht hier vorne an der Treppe«, meinte er und deutete an, dass ich ihm folgen sollte, aber mit Abstand. Wir gingen halb ums Haus herum und stoppten vor dem Sichtschutz. Mein Bruder zeigte mir einen Kasten, der auf den Zaun der Nachbarn geschraubt war und zum Haus von Oma A. zeigte. »Und das Ding verscheucht Marder?« »Das funktioniert über ein hochfrequentes Geräusch. Du hörst das nicht, oder was?« Wir waren für einen Augenblick still. Ich hörte Blätterrauschen. Das Klirren von Geschirr aus der Küche des Nachbarhauses. Gackernde Hühner im Hinterhof der Schlachterei. Ein vorbeifahrendes Auto. Ein hochfrequentes Geräusch hörte ich nicht. »Vielleicht bin ich zu alt?« Nicki hatte mal davon angefangen, er würde in der U-Bahn-Station Marktplatz ein hochfrequentes Geräusch hören, das die Stadt hier per Lautsprecher einspielte, um Teenager fernzuhalten. Wenn man älter wurde, verlor man die Fähigkeit, es wahrzunehmen. Wie konnte es sein, dass mir Nickis Behauptung nie absurd vorgekommen war? Wahrscheinlich war ich an solche Geschichten schon durch meinen Bruder gewöhnt. Vielleicht war ich aber auch einfach schon immer empfänglich für so was gewesen – letztlich war ich diejenige, die sich aus dem Internet gelöscht hatte; und selbst mein Bruder fand, dass das paranoid war. Ich fragte meinen Bruder, ob ich sein iPhone ausleihen konnte, um was nachzugucken. Er wollte es mir nicht geben, aus Angst, ich würde es mit Spike-Proteinen verseuchen. »Kannst du googeln, ob es in der U-Bahn-Station Marktplatz ein hochfrequentes Geräusch gibt, das Teenager fernhalten soll?« »Wie soll ich das googeln?« In dem Moment fiel mir auf, dass mein Bruder Wörter ähnlich betonte wie Nicki, es lag daran, dass er beim Sprechen seinen Mund nicht weit genug aufmachte. Ich warf ihm ein paar Schlagworte hin. *U-Bahn-Station Offenbach Marktplatz hochfrequentes Geräusch.* Die Suchbegriffe führten zu Artikeln von vor zwei Jahren, in denen von Maßnahmen der Bahn gesprochen wurde, Zukunftsbahnhöfe zu testen – einer davon war die Station Marktplatz. *Hochfrequentes Geräusch* ergab keinen Treffer. Wir variierten die Begriffe etwas, landeten jedoch nur auf Seiten, in denen es um Sound-Projekte ging, so was wie »24 Stunden Geräusche in der U-Bahn« von einem Studierenden der HfG.

Ich setzte mich wieder auf den Liegestuhl. Um mich vor der Sonne zu schützen, zog ich meinen Fischerhut tiefer ins Gesicht. »Vielleicht haben die die Informationen rausgenommen«, sagte mein Bruder. Ich merkte, dass es mir irgendwie egal war, ob Nicki psychisch labiler gewesen war, als wir es uns damals eingestanden hatten. Mein Bruder erklärte mir, dass es Leute gab, die über ihre Zahnprothesen Radiofrequenzen erhielten und den ganzen Tag Stimmen hörten. In dem Zusammenhang fiel mir ein, dass bei Anita Hautkrebs am Ohr entdeckt worden war, nachdem sie für ein paar Monate jeden Tag mit dem iPhone 9 telefoniert hatte. »Vielleicht ist das so wie vor hundert Jahren«, sagte ich. »Als Röntgenstrahlen erfunden wurden und die Leute so Apparaturen hatten, wo sie ihre Hände reinsteckten, um aus Spaß ihre Knochen anzuschauen. Und dann hatten sie alle Krebs.« Ich zeigte ihm alle Features meines Dumbphones. »Vielleicht sondert das noch mehr Strahlung ab als die neuen Geräte«, meinte mein Bruder dazu. Ich bat ihn, das später für mich zu googeln.

Als ich abends mit meinem Kopf neben den Kartoffeln lag, schaltete ich das Handy nicht auf lautlos, sondern ganz aus.

Anfang Juli wurde Oma A. aus dem Krankenhaus entlassen. Ich trug ihre Reisetasche und lotste sie in ein Taxi, das sie zuerst nach Hause und zwei Tage später in die Reha-Klinik am Aartalsee bringen sollte. Dort würde sie die nächsten drei Wochen daran arbeiten, ihr Becken und ihre Hüfte zu remobilisieren. Ich fuhr mit, um mich um das Gepäck zu kümmern und ihr zu helfen, sich in ihrem Zimmer einzurichten. Ich hielt es außerdem für klug, den Pflegekräften mitzuteilen, dass sie die ganze Nacht wach liegen und Pflegepersonal ins Zimmer klingeln würde, wenn sie mehr als einen Filterkaffee am Tag trank. Das hatte sie letzte Nacht mit mir gemacht: Zuerst wollte sie wissen, wie man Beiträge vom hr hören konnte. Dann, wie sie politisch gegen Pop-up-Radwege vorgehen könne, weil sie befürchtete, dass sich die Länge der Busfahrt in die Stadt bald verdoppelte. Um drei Uhr nachts nahm ich das Gerät mit runter in den Kartoffelkeller.

Wir fuhren eine halbe Stunde durch Felder, Industrieareale, Wälder, eine langgezogene Brücke, unter der ein ausgetrocknetes Flussbett klaffte. Die Klinik lag direkt am See. Es war ein grauer Betonbau, der aber von Rhododendren und Apfelbäumen umgeben war. Oma A.s Zimmer war im Erdgeschoss. Es war mit weiß gestrichenen Möbeln eingerichtet, eher IKEA als Krankenhaus. Es gab einen Kühlschrank und einen Fernseher. Die Klimaanlage rauschte leise. Ich half ihr mit dem Rollator. Den Läufer, der vor der Badezimmertür lag, stufte ich als Stolperfalle ein, faltete ihn zusammen und legte ihn in die unterste Schrankschublade, auf einen flachen Stapel Badezimmerteppiche. Ich setzte mich auf den Rattansessel neben dem Fenster. Oma A. ließ sich auf das hohe Bett fallen. In ihrem aprikotfarbenen Jersey-Outfit war ihr zu heiß. Sie hatte Schweißflecken unter den Armen. Sie fragte, ob ich ihr ein Tempo oder ein Stück Küchenrolle besorgen konnte. Als ich ihr ein Stück Klopapier reichte, rechnete ich mit Protest, aber sie wischte sich unbeeindruckt die Stirn ab und legte es zur weiteren Verwendung auf den Nachttisch. Danach bat sie mich, die Klimaanlage auszustellen. »Ich krieg davon Zug«, sagte sie und deutete auf den Lüftungsschlitz. Ich deaktivierte die Klimaanlage an dem Regler neben der Toilette und versuchte die Terrassentür zu öffnen. Sie bewegte sich nicht. Immerhin ging das mittlere Fenster auf. Ich öffnete es ganz, sodass heiße Luft hineinströmte. »Sicher, dass dir das nicht zu heiß wird? Oder dass dich dann die Fliegen stören?« »Hast du die Fliegenklatsche eingepackt?« Ich öffnete eine der Reisetaschen und holte ihre neongrüne Fliegenklatsche raus. Als ich noch jünger war, hatte sie oft Schmeißfliegen in der Luft zwischen Daumen und Zeigefinger gefangen. Heute jagte sie die Fliegen, die in ihrer Küche herumschwirrten, lieber mit einem

Hilfsgerät. Sie jauchzte jedes Mal, wenn sie eine erwischte – es schien ihr wirklich Spaß zu machen. Oma A. ging nicht auf die Fliegen ein. Stattdessen sagte sie: »Dann ist es ja nur ein halbes Gefängnis.« Sie meinte die geschlossene Terrassentür. »Was, glaubst du, gibt es hier so zu essen?«, fragte ich sie. Die mitgebrachten Kekse packte ich auf das Regal über dem Wasserkocher. Dann räumte ich die Tütensuppen ein, Hochzeitssuppe, Grießklößchensuppe, alles außer Hühnersuppe, die mochte Oma A. nicht. Ich fragte sie, ob ich ihre Pullover aufhängen oder in das Schrankfach einsortieren sollte. »Gibt es Leute, die ihre Pullover aufhängen?«, fragte sie. »Ich häng manchmal meine auf, wenn ich nicht genug Platz in der Kommode hab.« Das fand Oma A. sonderbar. Nachdem alles verstaut war, wurde Oma A. langsam gelöster. Wir redeten ein bisschen über ihren Gesundheitszustand, dann über meinen Bruder, sie machte sich Sorgen, wegen seines Corona-Fanatismus und weil er immer allein war. Vor allem beunruhigte sie, dass sie nicht wusste, was aus ihm werden würde, wenn sie nicht mehr da wäre. Oma A. war immer seine Bezugsperson gewesen, sie konnte mit ihrer handfesten, pragmatischen Art gut mit ihm umgehen. Selbst jetzt sah sie ihm nach, dass er sie nicht im Krankenhaus besuchte, weil er sich nicht testen lassen wollte. Der Gedanke, wie er einmal allein in dem großen Haus wohnen würde, bedrückte sie. Sie fühlte sich hilflos in diesem Punkt, und Hilflosigkeit führte bei Oma A. zwangsläufig zu Wut. Diesmal projizierte sie ihren Zorn auf das Krankenhauspersonal. Oma A. mutmaßte, dass die Impfregularien hier im Krankenhaus dafür genutzt wurden, weniger Leute aufzunehmen. »Warum genau?« »Woher soll ich wissen, warum Krankenhausverwaltungen irgendwas tun. Um mehr Geld zu verdienen wahrscheinlich.« Ich wollte mich nicht mit ihr streiten.

Wir nahmen den Rollstuhl, den jemand vor ihrer Zimmertür geparkt hatte, und ich schob sie nach draußen durch den Klinikpark bis zum See. Am Ufer wuchs Schilf, auf der gegenüberliegenden Seite badeten ein paar Jugendliche. Oma A. machte ein paar Witze darüber, dass sie jetzt wie ein gestrandeter Wal in den See zurückgeführt werden würde. Der See war grünlich braun und wirkte so, als wäre er gekippt. Am Ufer hatten sich Algen gebildet.

»Kannst du mir noch einen Gefallen tun?«, fragte Oma A.

»Was denn?«, fragte ich.

»Komm mal her«, sagte sie. Sie drehte ihr iPad um und versuchte es mit beiden Händen nach oben zu halten, um ein Selfie von uns zu machen. Sie fand den Auslöser nicht und fing an zu zittern. Ich nahm ihr das iPad ab.

Oma A. hatte noch nie versucht, ein Selfie von uns zu machen. Ich hatte das Gefühl, dass sie fest damit rechnete, bald zu sterben. Auf einmal spürte ich einen Kloß im Hals. Wenn das Foto vor dem See unser letztes gemeinsames Bild sein würde – wie könnte ich vor mir rechtfertigen, mich aus Prinzip geweigert zu haben, weil Oma A. früher oder später einmal in einen iCloud-Leak involviert sein könnte? Sie vergaß immer wieder, wie man Chrome benutzte, öffnete wahllos Programme oder drückte wiederholt *enter*, wenn sich Seiten nicht schnell genug aufbauten. Einer von Oma A.s potenziellen Internetunfällen konnte zu einer Inversion dieser digitalen Mythen werden, in denen Kinder ihre Eltern in den Bankrott trieben, weil sie für sechsstellige Beträge Fortnite-Skins kauften. Dann gab es noch die Möglichkeit, dass sie hier auf der Kur eine Pflegekraft bitten könnte, ihr einen Facebook-Account einzurichten. Wahrscheinlicher war aber, dass sie im Dampfbad eine Frau mit lila gefärbten Haaren kennenlernte, die sie dazu motivieren würde, einen Parship-Account zu eröffnen und das sympathische Foto mit ihrer Enkelin als Profil-Foto zu nutzen. Eine Vorstellung, die in mir den Impuls auslöste, das iPad auf dem Schotter zerschellen zu lassen. Meiner Oma abzuschlagen, ein letztes Selfie mit ihrer Enkelin zu machen, brachte ich trotzdem nicht über mich.

Oma A. räusperte sich. Ich rollte sie zum Wegrand. Ich drehte den Rollstuhl einmal um, offensichtlich fand Oma A. den See als Hintergrund besser als das graue Klinikgebäude. »Achtung«, sagte sie, als sich ein Schotterstein unter dem Rad verklemmte und ich zwei Mal vor und zurück schieben musste, »nicht, dass wir hier runterrollen.« Sie hatte da eine Sendung drüber gesehen. Viele junge Frauen starben hinter dem Steuer, weil sie sich auf dem Weg zu Partys fotografierten, meinte sie. Junge Männer starben eher auf Klippen, Bergen oder – das schien sie am meisten zu beunruhigen – auf Gerüsten. »Sag deinem Bruder, er soll nicht auf Gerüste klettern«, sagte sie. »Ich glaube, über Gerüste müssen wir uns keine Gedanken machen«, sagte ich und dachte an die Fitness-Ausrüstung in ihrem Gartenhäuschen, von der sie bestimmt nichts wusste.

Ich machte das Foto von uns.

Oma A. mochte es, weil sie darauf jünger aussah. Unsere Augen lagen im Schatten unserer Hüte. Ich fand, dass wir grimmig wirkten. Ich sagte ihr nicht, dass uns der integrierte Kamerafilter verjüngte. Direkt neben Oma A.s Kopf schwammen zwei Personen im Wasser. Eine davon schaute direkt in die Linse des iPads. Ich zoomte auf das Gesicht. Es war eine Frau mit hellblauen Augen. Sie hatte einen fragenden Gesichtsausdruck.

*

Ich fuhr nicht direkt nach Berlin zurück, sondern nach Offenbach, um Ida zu besuchen. Sie hatte mir angeboten, im Zimmer ihrer Mitbewohnerin zu wohnen, die gerade im Urlaub war. Sie verlangte dafür kein Geld. Im Regio schrieb ich Senta, ob sie Zeit habe, meine Pflanzen zu gießen. Leider nein, zufälligerweise saß sie gerade selbst im Zug, auch in Richtung FFM. Sie nahm spontan an einer Ausstellung von HfG-Freunden im Gallusviertel teil, wusste aber noch nicht, was sie zeigen sollte – *gar kein Bock, glaube, ich lass einfach ein KI-Bild generieren und druck es aus*. Hauptsächlich war sie da, um ihre Wohnung im Reuterkiez zu AirBnB-Preisen unterzuvermieten, während sie hier in Offenbach für zwei Wochen kostenlos in ihrer alten WG unterkam und dann im August nach Norwegen flog. Sie konnte nicht verstehen, warum ich das nicht auch machte, *wahrscheinlich hättest du über zweitausend Euro verdienen können*, schrieb sie. Dafür hätte ich ein Inserat schalten und Fotos hochladen müssen – Horrorvorstellung, dass Bilder von meinem privaten Lebensraum irgendwo auf Immoscout gespeichert waren und Fremde in mein Bücherregal zoomen konnten, um unbemerkt meine Vorlieben zu kartografieren und daraus Charaktereigenschaften abzuleiten. Im schlimmsten Fall könnte jemand die jpgs für die Ewigkeit auf einer externen HD archivieren. Allein der Gedanke, das in eine SMS zu verpacken, die nicht paranoid klang, machte mich sofort müde. Ich verabredete mich stattdessen mit Senta in kryptischem SMS-Text zu morgen 12:00, fishbags bei *Mare Azzurro*. Ich hatte keine Lust mehr zu texten.

Ida wohnte in einer Neubauwohnung am nördlichen Ende des Mathildenviertels. Ich war seit zwei Jahren nicht mehr hier gewesen, trotzdem fühlte es sich so vertraut an wie früher. Im Treppenhaus roch es immer noch nach in die Jahre gekommenem Neubau und Putzmitteln, an der Wand standen die gleichen Rennräder, verbunden durch ein Bügelschloss. Ida wartete, so wie immer, im Türrahmen. Sie trug kurze Sportkleidung, neu war nur ihre Frisur. Ich merkte, dass ich sie vermisst hatte. Ich hatte all das hier vermisst, die Geräusche der Bismarckstraße, auf der Leute Plastikstühle hin und her rückten, den Geruch nach Räucherstäbchen, der vom pakistanischen Supermarkt hochwehte. Wir umarmten uns. Ida hatte heute verschiedene Druckereinotfälle in der Agentur bewältigt und fragte, ob wir direkt um die Ecke Aperol Spritz trinken wollten. In der Bar bestellte ich dann eine Kirschschorle und Süßkartoffelpommes. Ida trank zwei Drinks und verzichtete auf Essen. Dabei gab sie mir ein Offenbach-Update. Den Off-Space am Main gab es nicht mehr, weil er wegen Großbauarbeiten im Hafenviertel abgerissen worden war, zusammen mit den Gärten, die die Anwohner dort am Ufer bepflanzt hatten. Max hatte ein Tinder-Kind bekommen und wohnte jetzt in Darmstadt. Er machte gerade sein PJ in der Neurologie. Zwei Verlobungen hatten sich aufgelöst. Santos und Lenny, seit Ewigkeiten befreundet, waren endlich ein Liebespaar. Dino war von Mexiko-Stadt nach Berlin zurückgezogen und fünf Monate später wieder zurück nach Mexiko-Stadt, weil er keine Wohnung fand. Lars arbeitete jetzt als Kunstlehrer, weil er in der Pandemie keine DJ-Gigs mehr bekommen hatte. Am skurrilsten fand ich, dass Lisa zwei Mal in der Woche Christians Loft putzte. Ich traute ihr zu, dass es als Kunstprojekt gemeint war, die Observierung der Intimsphäre eines Unternehmensberaters, à la Sophie Calle. Dann gab es noch die erschreckende Nachricht, dass André gestorben war. Ob es Suizid oder zu viel G gewesen war, wusste man nicht. »Heftig«, sagte ich und klang wie Senta.

Ida meinte, dass ihr letztens in einem Jahresrückblick ein Foto von uns dreien angezeigt worden war. Sie brauchte einen Moment, bis sie es fand. Ich konnte mich nicht daran erinnern, dass wir jemals ein Selfie mit André gemacht hatten. Wir standen auf der Terrasse vom Robert Johnson, hinter uns saßen die anderen, eine Gruppe von Menschen, die alle gut aussahen, darunter auch Nicki und Senta. Mir fiel erst jetzt auf, dass sie damals viel unscheinbarer gewirkt hatte, sie kam mir neben den anderen fast vor wie eine graue Maus.

Idas Fotos reichten nur bis ins Jahr 2019 zurück, die davor hatte sie zusammen mit ihrem iPhone verloren. Ich fragte mich, in wie vielen Fotofeeds ich noch herumgeisterte. Vor allem Julie hatte in der Phase, in der er anfing, T-Shirts für das Offenbacher Studio zu designen, das zwischen 2016 und 2020 für diese Acid-Graphics bekannt war, obsessiv damit angefangen, alles und jeden abzulichten. Außerdem hatte ich selbst unzählige Bilder high an Leute verschickt, mit denen ich damals viel textete. Auf den Fotos stand ich meistens mit anderen Leuten in Toilettenkabinen und schaute nach oben in die Kamera.

Ich fragte Ida, ob sie die Fotos, auf denen ich drauf war, löschen konnte. Es ging nur um die Serie an gemeinsamen Selfies, die wir in der ominösen Clubnacht geschossen hatten. Sie ließ sich schließlich darauf ein, weil sie fand, dass man auf den Fotos ihre Zornesfalte zu stark sehen konnte – »würde ich sowieso nicht benutzen«, sagte sie.

In den nächsten drei Tagen erlebte ich mehr als in den letzten beiden Monaten zusammen. Vielleicht war das die Gesetzmäßigkeit von Urlauben oder Phasen, die man als Urlaub empfand – Zeit komprimierte sich auf angenehme Weise. Ida und ich holten uns Frozen Yoghurt und schauten *The Virgin Suicides* im Hafenkino. Wir trafen zufällig Lisa und Lilly, die in einem Strandkorb saßen und Äppler tranken. Ich kaufte mir ein Minikleid mit Blumenmuster. Wir besuchten Anja, um uns ihren Hundewelpen anzuschauen – ein Terrier-Mischling mit Pudel-Einschlag, der Bean hieß und auf meinem Schoß einschlief. Abends kifften wir auf dem Sofa und aßen M&Ms. Wir nahmen nahtlos unsere alten Routinen auf – mit dem einzigen Unterschied, dass Ida öfter ihren neuen Pony zurechtklopfte und ich mich jetzt wegdrehte oder zur Toilette ging, wenn Fotos für Storys gestaged wurden.

Am Freitagmittag trafen wir Senta bei *Mare Azzurro*. Im Gegensatz zu uns wirkte Senta angespannt und untypisch blass. Sie hatte sich in ihrer alten WG verschanzt, um allen Deadlines entgegenzuschreiben. Sie meinte, dass sie gerade *on a roll* sei und viel erledige, aber dafür die halbe Nacht mit irgendwelchen Leuten random auf Tinder schrieb, weil sie den Eindruck hatte, einen Ausgleich zu brauchen. »Gott sei Dank holt ihr mich da raus, auch wenn es nur für die Mittagspause ist.« Ich gab ihr ein Update über die letzten Tage. Ich hatte gerade Memoiren von Siri Hustvedt gelesen und erfahren, dass *La Fontaine* gar nicht von Duchamp, sondern einer Künstlerin stammte, die sich die Baronette nannte, Duchamp aber ihre Autorschaft annektiert hatte. »War dir das klar?«, fragte ich Senta und wollte von ihr wissen, ob sie schon in der Duchamp-Ausstellung gewesen war. Senta schüttelte den Kopf. In dem Moment kam unser Essen. Ich freute mich über die frittierten Sardinen. Senta fand, dass mir mein neuer Enthusiasmus gut stand.

Als wir aufbrechen wollten, bekam ich überraschenderweise meine Tage. Ich spürte es beim Aufstehen. Ich fragte

Ida, ob sie eine Binde oder notfalls auch einen Tampon hatte. Sie benutzte den Menstruationscup. Ich stopfte Klopapier in meine Unterhose. Dann setzten auch die Bauchschmerzen ein, die normalerweise die Blutung ankündigten. Zuerst dachte ich, dass ich meine letzte Periode falsch eingetragen hatte, weil ich nie von meiner Menstruation überrascht wurde, aber als ich in der Tram meinen Kalender sichtete, merkte ich, dass sie wirklich fünf Tage zu früh waren. Seit ich keine Zyklus-App mehr hatte, trug ich meine Periode ganz hinten in der Jahres-Kalender-Auflistung mit Kreuzen ein. »Ist das nicht unpraktisch?«, fragte Ida. Sie hatte eine Zyklus-App, die ihr ausrechnete, wann sie hormonell am besten dafür aufgestellt war, Ideen zu entwickeln, Projekte nach vorne zu treiben, eine Gehaltserhöhung zu erfragen, sexuell am attraktivsten war, den Mann für Kinder oder den Mann für eine aufregende Nacht finden konnte, oder sich am besten mit einer Decke auf das Sofa zurückziehen sollte, um mit einem Kräutertee und einer *Rom-Com* Self-Care zu betreiben. An diesen Tagen sagte ihr die App, dass sie sich ein Stück Schokolade verdient hatte. Ich fragte, ob die Tipps mit Produktvorschlägen kamen. »Die sind alle regional, dadurch hab ich das hier gefunden«, sagte Ida und hielt eine Tafel Grüne-Soße-Schokolade hoch.

An dem Abend sah ich mir mit Ida auf ihrem Fernseher eine Netflix-Dokumentation über *Roe vs. Wade* an. Die Doku war gedreht worden, bevor der Präzedenzfall gekippt wurde und Abtreibung in den konservativ regierten Bundesstaaten der USA wieder illegal war. Senta hatte mir erzählt, dass es auf Insta einen Aufruf gegeben hatte, keine Zyklus-Apps mehr zu benutzen, damit nicht mehr nachvollziehbar war, ob man eine Abtreibung hatte oder nicht. Das bestätigte mich irgendwie in meiner Lebensweise. Auf meiner ehemaligen Zyklus-App gab es dieses riesige Loch, das 2017 zwischen Februar und Mai klaffte. In Kombination mit meinen Suchanfragen auf Google ließ sich herleiten, dass ich Ende Februar 2017 in einer Klinik im Westend mit der operativen Methode einen Schwangerschaftsabbruch hatte durchführen lassen. Weil ich erst in der fünften Woche war, hätte ich mich auch für das medikamentöse Verfahren entscheiden können, aber ich hatte Angst vor den Schmerzen. Als ich damals panisch Schwangerschaftssymptome gegoogelt hatte, wurden mir sofort Baby-Produkte angeboten. Windeln, Kinderwagen, Präparate, die man während der Schwangerschaft nehmen sollte, um den Folsäurewert zu optimieren. Nach meinem Termin in der Klinik wurden mir Dating-Apps angezeigt. Das fanden Nicki und ich damals beide skurril.

Ida nutzte nicht nur eine Zyklus-App, sondern auch die Health-App, um ihre Joggingdaten zu tracken. Sie trug alle Mahlzeiten mit Grammangabe in eine Kalorienzählapp ein, um »einen Überblick über ihre sportlichen Erfolge zu haben«. Sie hatte zwei Koch-Apps, die ihr jeden Tag Rezeptvorschläge auswarfen und nach individuellen Diätvorschlägen programmiert werden konnten. Sie hatte eine smarte, elektrische Zahnbürste, die ihr – auch per App – anzeigte, welche Partien sie sorgfältig putzte und welche Zähne sie öfter ausließ. Ida überprüfte außerdem, welche Zusatzstoffe in Lebensmitteln waren, indem sie via App Produktetiketten scannte. Sie zahlte ihre Einkäufe mit Apple-Pay via iPhone. Sie hatte ein Tee-Abonnement und erhielt einmal im Monat drei verschiedene Teesorten, darunter immer eine neue Sorte, die sie über die App ranken konnte. Selbst Bücher bezog sie über einen Dienst: alle vier Wochen eines, auf ihre Interessen zugeschnitten, die bei der Anmeldung in einem Fragebogen erfasst worden waren. Wenn sie in der Küche Musik über Spotify hörte und dann ins Bad ging, folgte ihr der Sound über die mit der Cloud verbundenen Boxen. Ihr Datingleben war über Tinder und OkCupid dokumentiert. Ihre Freundschaftsverhältnisse und sozialen Gefüge wurden über Chats erfasst. Jeden zweiten Tag nahm ich ein Paket an. Von Amazon Prime. Momox. Zalando. Cos. Douglas. Ich fragte Ida, ob sie bald vielleicht wieder eine Paula's-Choice-Bestellung aufgab und in dem Zug zwei Mal den 2 % Skin Exfoliant für mich mitbestellen könnte. Seit ich aufgehört hatte, bei der Marke zu bestellen, war meine Haut wieder schlechter geworden. Ida gab mir eine Probepackung zur Überbrückung. Mein Peeling war zwei Tage später da. – Das Leben in Idas Welt fühlte sich mittlerweile nahezu magisch an.

*

Am Donnerstagabend hatte Ida noch 132 Kalorien frei. Das war entweder eine Kugel Cookies and Cream oder zwei Kugeln Himbeersorbet. Wir überquerten den Campus Westend, liefen durch den Holzhausenpark, den Oeder Weg hinunter und stellten uns bei *Eis Christina* an. Den Eisladen gab es seit 1974. Er strahlte etwas von der Italo-Schlager-Zeit aus, in der unsere Eltern jung gewesen waren. Über der holzvertäfelten Eistheke hingen sepiafarbene Fotos von Corrado und Petra. Darunter waren Infotexte angebracht. Während Ida eine Sprachnachricht aufnahm, las ich die Legende des Eisladens. Corrado und Petra heirateten 1975 und benannten ihren Eisladen nach ihrer Tochter Christina, die schon als Kind immer im Laden dabei war. Corrado entwickelte zusammen mit einem Freund ein Zusatzteil für ihre Eismaschine und revolutionierte damit – in den Worten der Texttafel – die Eiskonsistenz: Das Eis konnte nun noch cremiger zubereitet werden. Auf die Lizensierung des Geräts folgte die Expansion des Ladens. 1986 wurde Christinas Bruder Andreas geboren. Und dann gab es noch eine Cousine, Mirella, die 1981 nach Frankfurt zog, um den Eisladen fortan zu unterstützen. Für mich entfaltete sich zwischen den Zeilen der Plot eines Elena-Ferrante-Romans: Ich baute die autobiografischen Versatzstücke um *Eis Christina* spontan zu einem deutsch-italienischen Epos um. Als Schlüsselelement dieses Familienromans stellte ich mir ein Konkurrenzverhältnis zwischen den fiktionalen Geschwistern Christina und dem imaginierten, elf Jahre jüngeren »Andrea« vor. Ich malte mir aus, dass Christinas gesamte Kindheit in den zwanzig Quadratmetern des Eissalons stattfand und permanent von dem Summen der Kühlanlagen begleitet wurde – ich sah sie hinter der Theke, unter den runden Tischen oder in einem Keller, wo sie abends, nachdem der Laden geschlossen war, mit ihrem Vater an der Novagel-Eismaschine tüftelte. Den Hinweis, dass die echte Christina verheiratet war und mit Zwillingen in Italien lebte, interpretierte ich als Flucht vor dem Imprint ihrer Existenz auf eine der bekanntesten Frankfurter Eisinstitutionen. Vielleicht war sie nur deswegen nach Italien ausgewandert, weil sie hier nichts anderes gewesen wäre als *Eis Christina* – ein narratives Konstrukt, geboren aus der leidenschaftlichen Hingabe einer italienischen Familie für einen Familienbetrieb. Die PR-Seele eines Eisladens. Wieder ein Nirvana-Baby-Moment, dachte ich, wenn auch subtiler. Ich bestellte Erdbeere und Schokolade.

Ida brauchte länger, um sich zu entscheiden. Sie fragte nach Spuren von Nüssen oder Soja, obwohl alle Allergene auf der Produktliste aufgeführt waren, dabei beugte sie sich weit über die Glasscheibe, hinter der die Eissorten in kleinen Behältern aufgeschichtet waren.

Ich sagte ihr, dass ich draußen auf sie wartete. Es war immer noch heiß. Alle Leute in der Schlange waren leicht bekleidet. Als eine Tram vorbeifuhr, wehte warme Luft in meine Richtung. Ich nahm meine FFP2-Maske ab und lehnte mich an die Mauer, um mein Eis zu essen. Es schmeckte mir, aber es war nicht besser als in den guten Eisdielen in Berlin. Vielleicht hatte Corrado mittlerweile mit dem Zusatzteil ein Vermögen angehäuft, vielleicht vertrieb er es an sämtliche Eisdielen weltweit. Unter der gelben Markise auf der Terrasse der Eisdiele saß eine Gruppe, die aussah wie ein Zusammenschluss aus mindestens zwei Familien vom hessischen Dorf. Die drei Teenager am Ende des Tisches wirkten unscheinbar und auf beinahe groteske Weise durchschnittlich. Sie drehten sich öfter in meine Richtung, tuschelten, schauten auf ihre Smartphones. Ich bewegte mich von der Mauer Richtung Tram-Haltestelle. Nachdem sie trotzdem mehrfach rübersahen und dann ihre Köpfe zusammensteckten, um wohl etwas – mein Gesicht? – mit einem Bild auf ihrem iPhone abzugleichen, wurde ich unruhig. Ich dachte an den Teenager im Fitnessstudio. Die Fußgängerampel wurde gerade grün. Ich setzte meine Sonnenbrille auf und überquerte die Straße. Als ich mich umdrehte, kam Ida gerade aus dem Laden, sie suchte mich. Ich rief ihr etwas zu und dirigierte sie über die Straße, dann nach rechts, in die andere Richtung – vielleicht filmten sie mich gerade. Wenn ja, warum?

»Hast du das auch gemerkt?«, fragte ich Ida. »Was?« »Dass die Kids irgendwas von mir wollten.« »Warum sollten sie was von dir wollen?« Ida meinte, dass sie ihr Eis nicht im

Laufen essen konnte. »Lass uns hier mal hinsetzen«, sagte sie und deutete auf die Bank, die neben einem Altglascontainer stand. Ich wollte eigentlich nicht sitzen. »Die haben mich die ganze Zeit angeschaut und mit irgendwas auf ihren Handys verglichen.« »Vielleicht verwechseln sie dich mit einem TikToker.« »Gibt es TikToker, die aussehen wie ich?« Erst als ich das gesagt hatte, merkte ich, dass Ida einen Witz gemacht hatte. Ich konnte nicht darüber lachen, war sauer, dass ich die Leute nicht konfrontiert hatte, ich hätte reagieren sollen, die lächerlichen Teens einfach ansprechen müssen, anstatt zu flüchten. Auf dem Nachhauseweg drehte ich mich mehrfach um. Einmal dachte ich, dass die drei Jugendlichen uns folgen würden, aber es war eine andere Gruppe.

Bis wir bei Idas Wohnung ankamen, zählte ich fünf Flugzeuge, die sich über Offenbach-Ost auf dem Weg zum Flughafen absenkten.

Ich wachte mit dem Gefühl auf, dass etwas schiefgelaufen war. Es fühlte sich so an, als hätte ich vor dem Schlafen etwas Unrechtes getan oder einen existenziellen Abgabetermin nicht eingehalten. Eigentlich hatte ich vormittags lesen wollen, aber ich konnte mich nicht konzentrieren, saß auf dem Balkon und schaute runter auf den Verkehr. Mittlerweile war ich sicher, dass ich irgendwo als Meme herumgeisterte. Ich kam immer wieder zu dem Schluss, dass das Meme etwas mit meiner Stretching-Routine im Fitnessstudio zu tun haben musste. Ich schämte mich auf einmal, wie leichtfertig ich selbst früher Leute gefilmt oder fotografiert hatte, um sie für meine Storys und Gruppenchats zu instrumentalisieren. Es waren immer unscheinbare Motive gewesen, die ausschließlich in spezifischen Kontexten funktionierten, banale Insider: Ein Bierbike mit Junggesellen, die oberkörperfrei strampelten, selbstgezapftes Pils stürzten und Hardstyle hörten, mochte für Senta lustig sein, weil sie einen Artikel über das Queering von Hardstyle geschrieben hatte, den Rest interessierte es nicht.

Ich sah mich wieder, wie ich im TRX-Band hing, meine Arme nach hinten dehnte und meinen Brustkorb nach vorne presste. Der Clip *crucification stretching routine* könnte bereits viral gegangen sein. Bei dem Gedanken wurde mir schwindelig. Ich atmete drei Mal tief ein. Die letzten unbeschwerten Tage schienen wie weggefegt.

Am Montagmorgen ging ich in die HfG-Bibliothek. Ich trug meinen Fischerhut und Schlappen. Ich setzte mich an einen der alten Mac-Rechner, die hier neben der Toilette standen. Niemand benutzte die alten Tower. Ich loggte mich mit meinem Universitätsaccount ein, in der Hoffnung, dass ich noch Zugriff auf Eduroam hatte.

Hatte ich.

Wie ergoogelte man Memes, die man nicht kannte?

Ich fing mit einer willkürlichen Schlagwortsuche an. *Girl stretching like Jesus. Crucification Stretching. Messiah in the gym.* Dass ich mit irgendwem verwechselt wurde, konnte ich mir nicht vorstellen. Wenn mich Leute mit berühmten Menschen verglichen, ließen sich Ähnlichkeiten immer auf die gleiche Frisur runterbrechen. Das waren: Natalie Portman in *Leon der Profi,* Audrey Tautou in *Amélie,* Alice Glass von *Crystal Castles,* bevor sie ihre Haare lang wachsen ließ, Maisie Williams in *GoT,* nachdem ihre Haare abgeschnitten wurden. Niemand von ihnen sah mir ohne kurzen, dunkelbraunen Bob mit Pony auch nur annähernd ähnlich.

Die meisten Suchanfragen führten mich zu christlichen Gymnastikvereinen, fast alle waren in Utah. Ich fand ein Bild, auf dem sich jemand als Jesus verkleidet hatte und Sit-ups andeutete. Es war unmöglich, Memes zu ergoogeln, ohne deren Namen, Kontexte und Zugehörigkeiten zu kennen. Sie waren zu flüchtig, ihre Inhalte erforderten oft die gängige Hermeneutik der In-Group, um entschlüsselt zu werden. Selbst wenn ich alle Suchparameter kennen würde, könnte es sich immer noch auf einem geschlossenen Discord-Server befinden, der trotzdem 60 000 Mitglieder hatte und auf dem die Kids vor dem Eisladen angemeldet waren. Ich ging die Sache etwas analytischer an und spielte ein paar Möglichkeiten durch. Vielleicht schwebte ich als Witz über kontemporäre Sporttechniken in einem Forum für Outdoor-Fanatiker, die Fitnessstudios hassten. Oder ich hatte an dem Tag das *Hunter X Hunter*-T-Shirt getragen und das Video diente im Sub-Reddit als Lückenfüller, bis ein neues Manga-Kapitel draußen war. Vielleicht ging es auch gar nicht um mich und der Junge hatte hauptsächlich den Song aufnehmen wollen, der gerade über die Fitnessstudioboxen lief, weil es ein spezifischer Tropical House Remix war, den jemand aus seiner EDM-Community produziert hatte – in dem Szenario wäre ich nur peripher gemeint, irrelevantes Bildmaterial, so wie die Frau in dem See an der Reha.

Ich loggte mich aus.

In der Bibliothek war immer noch niemand. Es waren Semesterferien.

Ich drehte zwei Runden durch die Skulptur-Abteilung, dann bog ich in die Alumni-Sektion ab. Ich suchte gezielt nach einem schmalen, weißen Einband mit schwarzer Blockschrift. Ich fand, wonach ich suchte, im Abschnitt 2015, es waren zwei Exemplare, auf dem Cover stand *Frau Yokoshima und das Edison-Prinzip*. Ich ließ die beiden Ausgaben in meiner Tasche verschwinden und verließ zügig die Bibliothek. Seltsamerweise wurde kein Alarm ausgelöst.

*

Die nächsten Tage blieb ich in der Wohnung. Ich behauptete, es sei mir zu heiß und ich hätte Wettermigräne. Ich telefonierte ein paar Mal mit Oma A., sie hatte sich einer Rommé-Gruppe angeschlossen und mich gebeten, ihr Strickzeug zu schicken. Sie klang entspannt, aber so wie ich Oma A. kannte, summierten sich Probleme erst eine Weile und explodierten dann, weil das Frühstücksei auf einmal zu hart war. Einmal telefonierte ich mit meinem Bruder. Zu Mosebach kam ich nur mit, weil Senta morgen nach Norwegen flog, sie würde den ganzen August dortbleiben und es war die letzte Möglichkeit, mich davor von ihr zu verabschieden. Ich suchte eine kurze Hose aus meiner Reisetasche und roch an einem Shirt, das mir zu groß war. Mit Fischerhut und Sonnenbrille sah ich aus wie eine alternde Influencerin, die versuchte, auch auf TikTok Erfolg zu haben. Es war lächerlich. Ich zog den Fischerhut wieder aus. Im Bad inspizierte ich Idas Make-up-Tasche. Ich suchte nach einer Lippenstiftfarbe, die ich eigentlich nie tragen würde. Dunkelbraun. Ich trug Mascara auf. Ein bisschen Eyeliner. Was ließ sich noch machen? Etwas mit meinen Haaren. Am besten keinen Zopf – die Frisur hatte ich im Fitnessstudio –, auch keine offenen Haare, dann kämen wieder die Short-Bob-Assoziationen. Ich machte mir mehrere Mikro-Zöpfe und benutzte ein paar Spangen.

Ida fing mich im Flur ab.

»Du siehst irgendwie anders aus«, sagte sie. Sie schloss die Wohnungstür und legte den Schlüssel auf die Ablage. Sie hatte ihre Yogatasche über der Schulter und trug Sportkleidung. Ihre Wangen waren gerötet. Sie ging in die Küche, um sich ein Glas Wasser zu zapfen. Ich setzte mich auf die Eckbank. Ich wollte gar nicht wissen, ob anders besser oder schlechter bedeutete. Hauptsache anders. Ida schaute auf ihre Uhr. Eigentlich hatten wir noch zwanzig Minuten Zeit, bis wir zu Mosebach aufbrechen mussten. Ich schlug vor, mit dem Bus zu fahren, als Sightseeing-Event. In der Buslinie 302 saßen im Sommer fast nur Rentner, die mit Einkaufstüten zum Wohnpark an der Eissporthalle fuhren. Es dauerte zwar etwas länger, aber andererseits mussten wir nicht umsteigen und kamen direkt in Bornheim raus. Ich fand das stressfreier.

Wir kamen eine Viertelstunde zu spät, weil wir an der Autobahnauffahrt Kaiserlei in einem Stau festhingen. Ida und ich waren beide verschwitzt. Senta wartete im Schatten der Hecke, die den Außenbereich des Lokals vom Fußgängerweg abschirmte. Sie las etwas auf ihrem iPhone. Über ihrer Schulter hing eine Häkeltasche. Weil es so heiß war, begrüßten wir uns nur verbal. »Tut uns voll leid, der Bus hat ewig gebraucht«, sagte Ida und klang, als wäre sie gerannt. Senta war nicht sauer. Sie meinte, dass sie eh noch ein paar Sachen lesen musste, fand es aber seltsam, dass wir mit dem Bus gekommen waren. Aus dem Augenwinkel nahm ich eine Reflexion wahr. Es war eine Frau mit Alufoliensträhnen im Haar, die gegenüber vor einem Friseursalon saß. Senta steckte ihr iPhone ein. Sie hatte einen Tisch auf der Terrasse reserviert. Ich würde auf keinen Fall zwischen den Sportvereinen, Junggesellenabschieden oder Artist-Dinners sitzen, die Gruppenfotos schossen oder die Konsistenz von Handkäse filmten. »Wäre es okay für euch, wenn wir reingehen?«, fragte ich. Ich meinte, dass meine Allergien im letzten Jahr schlimmer geworden waren, ich aber blöderweise meinen Allergie-Pen vergessen hatte. Ich wollte nicht riskieren, draußen auf der Terrasse zu essen, wegen der Bienen, die sich in Apfelweingläsern oder unter Salatblättern verstecken könnten. »Hattest du nicht eine Hausstaubmilben-Allergie?«, fragte Senta. »Hausstaubmilben, Nickel und Bienen«, log ich. »Aber sind das überhaupt Bienen?« Wir schauten zu dem Mülleimer, um den Wespen flogen, die sich hin und wieder auf die geöffnete Verpackung eines Wassereises setzten. »Ich fänd's gut, wenn wir einfach reingehen.« »Hä, ja klar«, lenkte Ida ein.

Wir nahmen den Tisch unter einem Holzgiebel in der Nähe der Küche, weil darüber der Belüftungsschlitz der Klimaanlage angebracht war. Die Klimaanlage funktionierte nicht. Ich überließ Senta und Ida die Bank und setzte mich mit dem Rücken zum Raum. Ich nahm meine Sonnenbrille ab und rieb mir die Augen. Erst danach fiel mir ein, dass ich Mascara benutzt hatte. »Bin ich verschmiert?«, fragte ich Ida. Sie schüttelte den Kopf. Es war wasserfeste Mascara. Weil ich mich auf meinem Platz relativ sicher fühlte, wurde ich langsam etwas lockerer.

Während wir die Karten studierten, fragte ich Senta über Norwegen aus. Sie flog morgen über Hamburg nach Kristiansand, um dann viereinhalb Stunden mit der Regionalbahn zu einer Ortschaft zu fahren, von der ich noch nie gehört hatte. Dort würde sie einen Monat lang in einem kleinen Häuschen abtauchen. Ich stellte mir eine Blockhütte an einem See vor. »So ähnlich«, sagte Senta, »rotes Holzhaus mit weißen Fensterrahmen.« »An einem See?« »Ich glaube, irgendwo gibt es auch einen See. Es gibt auf jeden Fall einen Badestrand.« Senta schien es leicht unangenehm zu sein, dass einer ihrer Verwandten ein Ferienhaus besaß, das sie einfach so nutzen konnte. Ich fand, es klang traumhaft. Ich erzählte, dass ich auch mal in Norwegen gewesen war, mit fünfzehn, bei einem Schüleraustausch. »Echt, du hattest Norwegisch als Fach?«, fragte Senta. Ich verneinte. Es gab nicht mal eine Norwegisch-AG. Warum unser Gymnasium damals ausgerechnet eine Partnerschaft mit einer norwegischen Schule pflegte, hatte ich vergessen. Senta wollte wissen, ob ich auf einer Elite-Schule gewesen war. »Eher das Gegenteil. Integrierte Gesamtschule.« »Und was hast du da so gemacht?« Ich wusste noch, dass das einstöckige Holzhaus meiner Gastfamilie in einer Wald- und Industrielandschaft stand, irgendwo zwischen einem Schiffsmuseum und einer Süßigkeitenfabrik, in der *Smash!*-Riegel hergestellt wurden. In der Nacht fuhren Lastwagen, die Baumstämme verluden, an dem Haus vorbei. Eine halbe Stunde Autofahrt entfernt gab es einen McDonald's, wo man so viel Ketchup, wie man wollte, in essbare Minibehälter pumpen konnte. Ich merkte plötzlich, dass meine Erinnerung an Norwegen mittlerweile von digitalem Archivmaterial über die Nordstaaten der USA, Teile von Kanada oder Alaska beeinflusst war, sicher von den Fotos, die ich von den anarcho-primitivistischen Kommunen in Eugene, Oregon gesehen hatte. Ich fragte Senta, wie gut das Ferienhaus an öffentliche Verkehrsmittel angebunden war, aber wir redeten irgendwie aneinander vorbei. Als ich wissen wollte, wie es mit dem Handynetz aussah, fiel Ida ein, dass man in ihrer Schule einen Austausch nach Malta machen konnte. »Und wie bist du erreichbar die nächsten Wochen?«, unterbrach ich Idas Malta-Erzählung. »Ich bin erst mal gar nicht erreichbar, hab voll viel zu schreiben«, sagte Senta, abgelenkt durch ihr aufleuchtendes iPhone. »Du musst auf jeden Fall mal mitkommen, dir würde es megagut gefallen.«

Ich sah mich auf der Holzveranda, irgendwo in einem Wald in der Nähe eines Sees, kein Handynetz, vielleicht ein altes Modem, das man im Notfall aktivieren könnte, keine Elektrizität. Das Haus stand an einer abgelegenen Straße in einem Fichtenwald, dessen Stämme so dick waren wie Kleinwagen. Bis zum nächsten Supermarkt würde man eine halbe Stunde Rad fahren. – Niemand weit und breit, dem man aus Versehen vors iPhone laufen konnte.

Ida meinte, dass sie niemals irgendwo allein einen Monat lang Urlaub machen würde, vor allem nicht ohne Internet. »Eigentlich ist es auch eher ein Schreiburlaub«, sagte Senta. Sie schrieb gerade als Freelancerin für verschiedene digitale Kulturzeitschriften und hatte ein paar Deadlines. Seit sie einen Artikel über drei Femme-DJ-Kollektive veröffentlicht hatte, lief es ganz gut. Der Artikel hatte viel Aufmerksamkeit bekommen und Senta war selbst als DJ und kulturschaffende Schreibende aus Berlin für ein Porträt interviewt worden. Sie hatte mir die Fotos gezeigt. Sie saß ungeschminkt in einem Sessel und trug ein trägerloses Top, ihre Haut schimmerte. Seitdem legte sie öfter auf Ausstellungseröffnungen auf. Aber dass sie ihren Job in der Medienagentur aufgegeben hatte, war neu. Mir war nicht bewusst gewesen, dass sie sich mittlerweile ganz durchs Schreiben finanzierte.

Ich merkte, wie Neid in mir aufkeimte, und gleichzeitig, wie paradox es war, neidisch zu sein, weil ich mich genau gegen dieses Karrieremodell entschieden hatte. »Mal sehn. Vielleicht komm ich aber früher zurück, hab grade das Gefühl, dass alle in Berlin sind. Wisst ihr, was ich meine?« Die Bedienung kam, um unsere Bestellung aufzunehmen.

Senta wollte aus nostalgischen Gründen Alkohol trinken, für Ida war es ein normaler Samstagabend, bei mir lag es am emotionalen Stress, den das Erlebnis bei *Eis Christina* und Oma A.s Operation ausgelöst hatten. Es war einer der seltenen Momente, in denen ich das Gefühl hatte, dass Alkohol die richtige Droge sein könnte. Ich wollte mein Gehirn nicht fordern, sondern in einen tumben Zustand versetzen, in dem Gedanken nach ein paar Biegungen lächelnd in einer Sackgasse zum Stehen kamen. Mit Ida und Senta fühlte ich mich dafür sicher genug.

Wir bestellten Apfelwein und Handkäse. Der Apfelwein kam in einem Bembel. Ich erzählte, dass ich zum ersten Mal mit sieben Apfelwein probiert hatte, weil ich dachte, in der Apfelweinflasche sei Apfelsaft. Ida war das Gleiche passiert. Wahrscheinlich war es heute gar nicht mehr erlaubt, Apfelwein und Apfelsaft in den gleichen Flaschen zu verkaufen. Wir prosteten uns zu. Nachdem ich ein Glas getrunken hatte, fühlte ich mich angenehm sediert.

Irgendwann ließ ich mich dazu breitschlagen, noch mit zum Willy-Brandt-Platz zu kommen, weil Senta unbedingt zwei Freunde sehen wollte, die vor einem Kiosk über eine Boombox ein »DJ-Set« spielten.

Ich befürchtete, dass auf dieser Art Event viele Smartphonekameras laufen würden, darum ließ ich meine Maske auf, als wir am Schauspielhaus aus der U-Bahn stiegen. Der Platz war voller junger Leute, die auf der Mauer tranken und Musik hörten. Eine Tram fuhr an uns vorbei und bog in die Häuserschluchten des Bahnhofsviertels ein. Es war immer noch warm. Der Himmel über den Hochhäusern war klar, weiter Richtung Main verdeckte ein Wolkenschleier den Mond, der nur als sichelförmiger Umriss zu erkennen war. Senta sagte, dass das Klassenfahrtgefühl hier in FFM schon nice war – »immer alle zu kennen, wenn man irgendwo ist«, sie zog an ihrer Zigarette, »aber irgendwie auch erdrückend, oder?« Sie lotste uns am blau beleuchteten Euro-Zeichen vorbei, durch den kleinen Park, über die Straße zu dem Kiosk, vor dem Leute standen, die ich auch entfernt kannte. Etwas an der Gruppendynamik wirkte sonderbar. Ich hatte zwar mit multiperspektivischer Dokumentation gerechnet, aber die Synchronität, mit der die Anwesenden ihre iPhones auf sich richteten und grinsten, wirkte, als wäre meinetwegen ein Flashmob geplant worden. Ida meinte, dass die Leute jetzt alle *BeReal* nutzten. Sie öffnete die App und zeigte mir die Fotos, die die anderen gerade hochgeladen hatten. Es waren Spiegelungen, die sich ineinander reflektierten – Phong stand vor Max, Anna vor Ryan, Max hinter Phong, Phong vor Anna, Anna hinter Phong, Ryan vor Ferhat, Ryan hinter Anna, Anna vor Max, Max hinter Ryan, Ferhat hinter Ryan, Ferhat vor Phong, Rose hinter Max. Auf *BeReal* war man nur mit den Leuten vernetzt, deren Kontakte man auch im Handy gespeichert hatte. Man bekam drei Mal am Tag eine Benachrichtigung und hatte dann zwei Minuten Zeit, um ein Bild, das man in diesem Moment schoss, hochzuladen. Die App war so programmiert, dass man sowohl die Selfie-Kamera als auch die Kamera auf der Rückseite des iPhones auslöste. »Achtung, Mila«, meinte Senta und griff mich scherzhaft so, als würde sie mich vor einem fahrenden Auto wegziehen.

Ich ließ mich ein bisschen zurückfallen und sagte erst Hallo, als die meisten mit ihren *BeReals* durch waren. Anna und Ryan hatte ich seit drei Jahren nicht gesehen, die beiden hatten mittlerweile eine eigene Grafikagentur. Sie sprachen mich nicht darauf an, aber ich merkte, wie seltsam sie es fanden, dass ich meine FFP2-Maske nicht auszog. Irgendwann wollte Ryan meinen Chiemsee-Pullover, auf dem ein Meerjungfrauprint drauf war, fotografieren. Ich musste ihm zwei Mal sagen, dass ich nicht fotografiert werden wollte, auch nicht, wenn mein Gesicht abgeschnitten war. Um nicht missverstanden zu werden, fühlte ich mich gezwungen, weiter auszuholen. Ich sagte, dass ich aus Social Media ausgestiegen war, keine Streamingdienste mehr nutzte und darauf achtete, nicht mehr im Netz aufzutauchen. Ich formulierte das so beiläufig wie möglich, streute ein paar Fakten ein, merkte, wie zweifelhaft es war, ob mich jemand mit Maske und dieser Frisur überhaupt erkannte. Ich war seit zwei Jahren nicht mehr hier gewesen, Instagram hatte ich seit einem Jahr nicht mehr, und viel gepostet hatte ich auch nie – wussten die Leute überhaupt, wer ich war? Jetzt meine Maske abzunehmen, wäre zu dramatisch gewesen. Ich kam mir vor wie die Protagonistin eines Drop-out-Channels oder das verhüllte Gesicht eines NoSurf-PR-Stunts. Eigentlich ging es doch darum, außerhalb der Dinge zu stehen und keine Marke aus meinem Drop-out zu machen – war das nicht der ganze Punkt? Senta drängte mich irgendwann dazu, mein Beafon rauszuholen. Keine Ahnung, warum ich mitmachte. Wahrscheinlich die drei Gläser Apfelwein und der ungekühlte Rotkäppchen-Sekt, den wir beim Kiosk gekauft hatten, oder doch das fundamentale Bedürfnis, verstanden und gemocht zu werden. Phong wollte das Beafon genauer anschauen. Ich reichte es ihm. Er hielt das Telefon an sein Ohr und sagte *hallo*. Alle lachten. Senta meinte, dass ich sie inspiriert hatte und sie angefangen habe, sonntags ihr iPhone auszuschalten. Mir war nicht klar, ob das stimmte. Ein paar andere Leute räumten ein, dass sie auch digitale Detox-Maßnahmen ergriffen hatten. Wahrscheinlich versuchten sie, mir ein gutes Gefühl zu geben, mich wieder abzuholen, weil sich auf einmal eine komische Trennwand zwischen uns aufgezogen hatte. Um meine Entrückungsgefühle zu überspielen, lenkte ich das Gespräch auf ein anderes Thema, aber wie es aussah, hatten wir uns in der Schleife Internetverhaltensweisen verfangen. Irgendwann ging es wieder um *BeReal*. Ich war überrascht, dass alle die App so positiv wahrnahmen. Erzeugte man damit nicht genau das Gegenteil von Authentizität? War das nicht die höchste Steigerung von artifiziell, dass man sich nun den ganzen Tag dafür wappnete, authentisch und ein »echter Mensch« zu sein? »Ist die App auch von Meta?«, fragte ich.

An dem Abend merkte ich, dass sich etwas Grundsätzliches verändert hatte. Ich ertappte mich dabei, wie ich über Dinge lachte, von denen ich noch nie gehört hatte. Ich hatte weder den aktuellen Newsletter von Angelicism gelesen, noch wusste ich, was Emma Chamberlain machte, ich hatte mir auch nicht die digitale Documenta angesehen. Während Sally erzählte, dass sie sich gerade mit KI-gestützten Text-to-Image-Modellen beschäftigte, realisierte ich, dass ich in der Zeit eingefroren war. Wie sehr ich geistig festhing, erschreckte mich. Die Gegenwart hatte für mich beinah komplett aufgehört zu existieren. Das kam mir auf einmal grauenvoll vor: körperlich zu altern, aber geistig in einer spezifischen Zeit festzustecken, obwohl ich mich mein Leben lang hauptsächlich durch Popkultur identifiziert hatte. Ich hatte keine Meinung zur neuen *Stranger Things*-Staffel, da ich bislang noch nicht einmal von ihrer Existenz gewusst hatte, noch konnte ich etwas Wertvolles zu den Ukraine-Diskussionen beitragen. Das einzige, worüber ich wirklich sprechen konnte, war die Operation meiner Oma und wie irrsinnig ich *BeReal* fand. Es ging mir nicht darum, dass die meisten hier eine neue App installiert hatten, um Fotos hochzuladen und sich zu vernetzen, das war ja eh Standard. Mich irritierte vor allem, dass sie davon auszugehen schienen, mit *BeReal* könnte tatsächlich ein Grad an Echtheit zurückgewonnen werden.

Die einzige Person, die *BeReal* genauso kritisch einordnete wie ich, war Gregor.

Gregor war der Bekannte eines Bekannten, der eigentlich in Darmstadt wohnte, Frankfurt hasste und nur wegen seines Mitbewohners hier war. Nachdem sich das *BeReal*-Chaos gelichtet hatte, stand er auf einmal neben mir und beschwerte sich über die Leute, die andauernd an ihren iPhones hingen. Er meinte, dass er Smartphones schon immer abgelehnt hat, wegen der totalen Spionage, über die sich damals noch alle lustig gemacht hatten, und dass *BeReal* eine neue Stufe der ökonomisierten Realness-Jagd darstellte, die letztendlich zu einem Bewusstseinszustand führen würde, in dem Nutzer den ganzen Tag in Bereitschaft sein müssten, ein authentisches Momentfoto zu schießen. Hatte er nicht gehört, dass ich genau das Gleiche gerade schon gesagt hatte? Dass Männer wiederholten, was ich sagte, und so taten, als wären sie selbst darauf gekommen, hatte ich schon länger nicht mehr erlebt. Entweder es lag daran, dass ich nicht mehr an der Uni arbeitete, oder dass ich sowieso niemanden mehr traf. Entscheidend sei natürlich, welche iPhone-Version man hatte. Da *BeReal* eigentlich keine Filter zuließ, sei es umso wichtiger, wie effektiv die bereits in der iPhone-Kamera integrierten Algorithmen arbeiteten. Das waren jetzt also die Leute, die mit mir Gespräche führen wollten. Frankfurter-Schule-Kulturpessimisten im sommerlichen Leinenanzug, die über Mechanismen der Selbstüberwachung redeten. »Ist doch zu bedauern, dass die Zwischenmenschlichkeit und kommunale Spiritualität aus unserer Gesellschaft verschwindet, oder nicht?«, fragte mich

Gregor, nachdem nur noch wir beide vor dem Eingang des AMP zurückgeblieben waren. Der Rest war drinnen. Ich fragte ihn, ob er auch schon mal geglaubt habe, ein virales Meme zu sein. Gregor lächelte mehrdeutig. Ich war mir nicht sicher, ob er meine Ironielosigkeit lesen konnte. Er zitierte Spinoza via Deleuze. Danach Adornos Kulturindustrie: Popkultur sei totaler Schwachsinn, der die Leute verdumme – ein zusätzliches Werkzeug der Entfremdung und Besänftigung der Massen. »Die meisten realisieren nicht, dass Netflix genauso gefährlich ist wie Crack. Dass die Leute vor ihren Screens verschimmeln, ist komplett im Interesse des Kapitals«, er zog an seiner Zigarette, atmete den Rauch aus, »weil sie Mehrwert generieren und sich trotzdem ausbeuten lassen.« Ich meinte, dass ich vor dem TV groß geworden war und die Grundlage meines Kulturverständnisses aus Fernsehprogrammen bestand. Gregor schaute mir intensiv in die Augen. Ich fragte mich, wie die Zukunft meines Datinglebens aussehen würde. Die Zeit der E-Boys schien vorbei zu sein. Ich hatte immer gedacht, dass es Alterungsprozesse sein würden, die die gutaussehenden Tinderjungs irgendwann dazu bewegten, mich nicht mehr zu beachten. Wer blieb jetzt noch deutlich vor meinen Vierzigern für mich übrig, außer Akademikermänner, die aus Protest gegen die Selbstoptimierungsgesellschaft rauchten und Political Correctness als Hobby der Gen Z betrachteten? Gregor lächelte wieder.

*

Die Klosterruine lag auf einem bewaldeten Hügel zwischen Weinbergen und einem schmalen Fluss. Vom Kloster waren nur noch einzelne Grundrisse erhalten. Auf der nördlichen

Seite befanden sich die Gemächer für die Nonnen. Hildegard von Bingen war eine der ersten drei Nonnen, die sich im November 1112 dem Benediktinerkloster anschlossen. Auf dem Infoflyer stand, dass sie im Inklusorium *eingeschlossen* wurde, mir war nicht klar, ob es wirklich hieß, dass man sie weggesperrt hatte oder ob es sich um eine abstrakte Beschreibung des Zuführungsakts handelte. Neben dem Inklusorium befand sich die Vorratskammer, daneben eine Treppe, die abgesperrt war. Ich schaute hinein, sah Steine, Gehölz, Laub, einen Gang, der ins Nichts führte. Aus dem Gewölbe stieg kühle Luft. Auf dem Weg zum Labyrinth kamen mir zwei alte Damen mit Walkingstöcken entgegen. Sie verschwanden kurz darauf hinter einer breitgewachsenen Eiche. Die wenigen Touristen, die sich das zerfallene Kloster anschauten, waren alte Leute mit Gehstöcken oder Pärchen Mitte dreißig in Trekkingsandalen, so wie Ida und ich. Im Rheingau sollten die Temperaturen heute auf über vierzig Grad steigen. In Portugal und Frankreich waren Waldflächen runtergebrannt, die ähnlich groß wie Hamburg waren. Portugal zählte tausend Hitzetote. Selbst in der Nähe von London war es so heiß, dass Orte wegen Waldbränden evakuiert werden mussten. Wegen der Hitzewarnung waren die meisten Leute zu Hause, steckten ihre Füße in Fußwannen mit kaltem Wasser, dösten auf Liegewiesen von Freibädern oder hielten sich in der Kühlabteilung von Supermärkten auf, anstatt sich in der Mittagshitze einen Berg hochzuquälen und eine Klosterruine anzuschauen. Das war einer der Gründe gewesen, warum ich genau heute rausfahren wollte. Ich schwitzte stark und hatte seit dem Meditationspfad das Gefühl, Sodbrennen zu bekommen. Dafür würde das Kloster heute wahrscheinlich kaum auf Instagram, Facebook oder *BeReal* dokumentiert werden.

Ida machte die Hitze nichts aus. Sie blickte mit der routinierten Zuversicht einer Freelancerin auf den Tag, die einmal alle sechs Monate ihre Arbeitszeit umverteilte, um sich an ihr Privileg zu erinnern, auch mal unter der Woche freimachen zu können. Die Hinfahrt hatte sie damit verbracht, ihre Steuer mit einer Steuer-App zu kalkulieren. Sie hatte zweitausend Euro zu viel verdient und musste jetzt den Überschuss zurückzahlen. »Willst du lieber in die Kapelle oder wollen wir was essen?«, fragte Ida. Ich schaute nach oben in die Baumkronen. Ich hatte keine Ahnung, was ich wollte. Ich hatte nicht mal mehr Lust, darüber nachzudenken.

Der Abend vor dem AMP hatte zu einer Kapitulation vor Grundsatzfragen geführt. Nach einem Tag voller Selbstzweifel, an dem ich wegen Magenproblemen nur Cracker essen konnte, verlagerte sich meine Wut auf Gregor. Was fiel ihm ein, mich über die Schädlichkeit von Popkultur aufklären zu wollen? Es war so lächerlich, sich 2022 krampfhaft an antiquierten Hochkultur-Werten festzuhalten. Warum meinte er, ausgerechnet bei mir damit landen zu können? Einen Tag später ebbte auch dieses Gefühl ab. Ich kaufte mir einen Bubble Tea und trank ihn auf einer Bank am Mainufer. Ich war seit drei Wochen in Offenbach und wartete auf einen kathartischen Moment, der niemals eintreten würde. Irgendwie war ich plötzlich verlorengegangen. Mittlerweile verband mich tatsächlich mehr mit Gregor als mit Senta, Max, Phong oder Anna. Ich sah mich aus der Perspektive der anderen. Ich musste klingen wie eine durchgeknallte Verschwörungstheoretikerin, die selbstreflexive Dinge über die Speicherung von Daten sagte, eine Akademikerin, die in kulturpessimistische Paranoia abgedriftet war, eine der vielen, die dem Druck des Lockdowns erlegen waren. Ich war Kristevas Abjekt, ein unheimlicher Hybrid zwischen Subjekt und Objekt, jemand, der dem eigenen Milieu zeigte, wie schnell es dann doch gehen konnte. Totale Entfremdung anstelle von heroischer Selbstfindung.

Wir liefen über die Lichtung. Sonnenlicht fiel auf die Stelle, an der einmal der Kreuzgang gewesen war. An der Stirnseite war eine Infotafel angebracht, dahinter hatte es wohl mal einen Altar gegeben. Vom Gästehaus stand noch die Fassade. Die Mauern waren von Pflanzen überwuchert. Ida wollte zu dem Spot, an dem auf Google Maps ein grüner Pin mit einem Pflanzen-Icon gesetzt worden war. Sie zeigte mir das kleine Icon auf ihrem iPhone. Ich überflog zwei Kommentare. *Domi on tour* schrieb: *traumhafter Blick über Odernheim am Glan. Sabine Weber* schrieb: *unfreundlichstes Personal, was ich je in einer Klosterruine erlebt hab. Wurde bloßgestellt, weil ich bei 34 Grad nicht unter meiner Maske ersticken will. Sauerei!!* Google wusste nicht nur, dass Ida hier war, sondern auch, dass ich hier war. Zweifellos hatte sie mindestens einer Person im Chat davon erzählt, dass sie mit Mila zur Klosterruine fuhr. So was konnte man anderen nicht verbieten. Ich würde beim nächsten Mal allein wegfahren müssen.

Mir wurde klar, dass ich viel zu tief drinsteckte, als dass es ein spontanes Zurück geben könnte. Auch wenn ich mir gerade wünschte, alles wieder auf null zu setzen, um mich zusammen mit Senta in Voicemessages über Spinner wie Gregor lustig zu machen, konnte ich nicht einfach mein iPhone aktivieren und das, was ich in den letzten Wochen gelesen und durchdacht hatte, wieder vergessen. Dass die ganze digitale Welt eine schreckliche Form der Ausbeutung und Manipulation beinhaltete, war ja eine Tatsache. Ich blickte auf die Landschaft hinunter, während Ida in der Kapelle eine Story postete.

Der Spot war eine zerfallene Mauer mit spektakulärem Blick auf das Tal. Bewaldete Hügel, Weinberge, zwei Weingüter. Hinter der Glen, die sich grünlich braun durch die Landschaft bewegte, altertümliche Fachwerkhäuser, von denen einige mit den Steinen des Klosters gebaut worden waren. Das hatte ich auch auf dem Infoflyer gelesen. Unterhalb des Meditationspfades waren Kräuterbeete angelegt. Es roch nach Zitronenmelisse, Lavendel, Thymian. In dem Gebäude mit dem roten Ziegeldach, das man von hier aus sehen konnte, befand sich das Museum, in dem Artefakte ausgestellt und regionale Bio-Produkte verkauft wurden. Klosterweine, Kräutersalze, Lavendelkissen.

Ich aß kalten Reis.

Ida hatte sich einen Jen-Salat gemacht. Das Rezept ging letzten Sommer viral, erzählte sie mir. Es war der Salat, den der weibliche Cast von *Friends* jeden Tag während der gesamten Dreharbeiten der Staffel gegessen hatte. Anstelle von Bulgur hatte Ida Quinoa genommen, die Bohnen hatte sie durch Sellerie ersetzt. Sie fragte, ob ich mal probieren wollte. Der Salat war wirklich lecker. Trotz der Hitze schmeckte er frisch. Ich beneidete Ida dafür, dass sie sich nicht davor fürchtete, ein Klischee zu sein. Entweder sie war so vanilla, dass sie sich darüber keine Gedanken machte, oder sie hatte die Angst schon längst transzendiert und festgestellt, dass es das Leben immens erleichterte, den digital konstruierten, postfeministischen Lebensentwürfen einfach nachzugehen, sich nicht dafür zu schämen, vegane Rezepte zu preppen, Jivamukti-Yoga zu machen und zwei Katzen zu haben, die einem Gesellschaft leisteten, weil man Dauersingle war. Was waren meine Identifikationsmöglichkeiten, wenn ich weder Yogalehrerin noch Pferdetherapeutin, Influencerin oder Unabomberin sein wollte? Vielleicht Emily Dickinson. Oder Enya. Emily Dickinson hatte ihr Leben im Zimmer eines Herrenhauses verbracht, wo sie in weißer Kleidung, an einem Sekretär sitzend, Gedichte schrieb. Sie hatte das Zimmer kaum verlassen und keinen Besuch empfangen. Enya lebte seit 1997 in Manderley Castle und gab so gut wie keine Interviews mehr. So zu leben war nur möglich, wenn man mindestens wohlhabend, eher reich war.

Mir schwirrte das Gespräch über Privilegien und das Telos meines digitalen Löschprojekts im Kopf herum, das ich auf Sentas Geburtstag mit ihrer linksintellektuellen Freundin geführt hatte. Im Mai hatte es mich noch nicht gestört, dass ich nicht wusste, was *danach* sein würde, dass ich kein langfristiges Ziel hatte, außer mich erst mal aus dem Internet zu löschen. Zu dem Zeitpunkt dachte ich, dass es genug war zu wissen, was man *nicht* wollte. Ich wollte weder in einer Wohngemeinschaft noch in einer Kommune leben, weder mit Freelancern noch mit Physiotherapeutinnen. Ich wollte keine Revolution anzetteln, nicht die Regierung stürzen, ich fand es gut, dass es RNA-Impfungen gab. Am allerwenigsten wollte ich irgendeine agnostisch-spirituelle Fortbildung machen, die zu Achtsamkeitslehre, Schreibtherapie oder irgendeiner anderen Therapieform führte. Ich fand den Umgang mit sich selbst als Marke nicht nur schädlich, sondern ging mittlerweile so weit, dass ich ein Kernelement des Leides in kontemporären, westlichen Gesellschaften als Selbstinszenierungsimperative identifizierte.

Enya war mit ihrer Musik reich geworden. Dickinson wurde in den Wohlstand hineingeboren und hatte deswegen überhaupt erst die Möglichkeit, zu schreiben. Die minimale Wahrscheinlichkeit, überhaupt in die Nähe von solchen Kapitalmengen zu kommen, hatte sich mit meinem Drop-out gänzlich aufgelöst. Hildegard von Bingen war ins Kloster gegangen, um ihre Ruhe zu haben. Betrachtete man ihre christliche Hingabe im Kontext ihrer Zeit, führte sie ein Leben voller Ekstase – sie schrieb, komponierte und lebte im Einklang mit ihren Visionen.

Meine Motivation war weder transzendental-mystisch noch radikal-aktivistisch. Wohin führte ein Ausstieg aus der digitalen Welt, wenn man schlichtweg das Bedürfnis hatte, seine Ruhe zu haben, und sich möglichst wenig sozialer Interaktion aussetzen wollte?

Auf der Lichtung, wo einst der Kreuzgang gewesen war, hatte sich eine Gruppe von Rentnerinnen versammelt. Sie hielten sich im Kreis an den Händen. Sie hatten alle ihre Augen geschlossen, ihre Gesichter waren von den Lichtreflexen, die durch die Blätter schienen, gemustert. Irgendwann fingen sie an zu summen. Ida und ich setzten uns vor einem stillgelegten Brunnen auf den Boden. Die Steine im Rücken fühlten sich kühl an. Ich schloss die Augen. Kein Lärm, kaum Bewegung. Es roch nach Moos, Erde, Wald. Ida erzählte mir, dass sie vor zwei Jahren auf Teneriffa zum ersten Mal an einer geführten Waldmeditation teilgenommen hatte. »Zieh am besten deine Schuhe aus«, sagte sie und öffnete den Klettverschluss ihrer Sandalen. Der Boden fühlte sich leicht feucht an, obwohl es achtunddreißig Grad waren. Dann kamen noch ein paar andere Anweisungen. Augen schließen. Auf das Rauschen der Blätter achten. Was hörte man noch? Einen Kuckuck. Sich mit dem Boden verbinden. *Erden.* Ich hörte Ida ausatmen. Dann wurde sie still.

Ich versuchte, mich auf die rauschenden Blätter zu konzentrieren, aber das einzige, woran ich plötzlich denken konnte, war das unrasierte Gesicht von Gregor, mit seiner selbstgedrehten Zigarette zwischen den Lippen und dem Speichelschaum im linken Mundwinkel.

Wir gingen am Weinberg zurück, vorbei an dem Baum, der wegen der Eichenprozessionsspinner mit einem roten Absperrband eingegrenzt war. Seit dem Abend im AMP war auch Ida anders als sonst, für ihre Verhältnisse beinahe niedergeschlagen. Ich merkte es, weil sie plötzlich thematisierte, mehr an sich arbeiten zu wollen. Ich wusste nur, dass sie gerade eine Affäre mit einem fünfundvierzigjährigen Mann hatte, der sich in einer Beziehung befand, und sie versuchte, sich damit zu arrangieren, indem sie das als alternatives Beziehungsmodell bezeichnete. Weil ich die Leichtigkeit zwischen uns nicht zerstören wollte, machte ich sie nicht darauf aufmerksam, dass es noch nicht mal eine offene Beziehung war, seine Partnerin wusste nichts von ihr. Wir gingen den Meditationspfad entlang, in Richtung des Museumsparkplatzes. Ida meinte, dass sie das Gefühl hatte, endlich runterzukommen. »Fühlt sich gut an, sich mit der Natur zu verbinden«, sagte sie, »als wäre man so richtig da.« Ich fühlte mich selbst hier entfremdet, auf einem Waldpfad am Fuße einer Klosterruine, umgeben von Vogelgesang und Salbei – die Welt wurde immer unwirklicher.

*

Die Kopfschmerzen fingen an, als ich Ende Juli zurück nach Berlin kam. Ich stieg in Spandau aus und fuhr mit der S-Bahn zum Zoo, um dort die U-Bahn zu nehmen. Auf dem Weg zur U9 ließ ich meine Maske an. Die Leute waren gereizt und quälten sich verschwitzt durch Reihen stehender Autos, hupende Taxis und vorbei an Doppeldeckerbussen, die die Pop-up-

Radwege blockierten. In der Luft lag der Geruch urbaner Ballungsräume nach mehreren Wochen Hitzewelle. Ich bewegte mich durch verschiedene Gruppen von Leuten, die Videos drehten, Fotos schossen, ihre Lebensmittel dokumentierten. Ein junges Mädchen posierte vor einer Anzeigetafel von O2, auf dem für eine lückenlose 5G-Verbindung geworben wurde. Als ich in meiner Wohnung ankam, zog ich mich aus, stellte mich unter die Dusche und bestellte telefonisch Samosas bei dem nepalesischen Imbiss zwei Straßen weiter. Ich aß sie mit nassen Haaren auf meiner Yogamatte. Es war halb fünf. Was machte ich eigentlich sonst um diese Zeit? Sich wieder in einen Alltag einzugliedern, löschte auf seltsame Weise die zeitliche Kohärenz der Dinge, die in den letzten Wochen passiert waren, und hob einzelne Ereignisse grell hervor. In meinem Kopf sah dieser Prozess so aus wie ein Back-up mit Timemachine. In einem Ordner: die Klosterruine, Ida, Gregor, das AMP, Max, Anna, Phong, Lilly, die ihre Telefone aufeinander richteten und grinsten, *Crucification Stretching,* die Website eines christlichen Sportvereins, gelbe Markisen, die Geschichte von *Eis Christina,* Sentas nachgemachte Dior-Sonnenbrille auf dem Tisch bei *Mare Azzurro,* der kalte Hibiskustee in Idas Küche. In einem weiteren Ordner, der bereits längst archiviert zu sein schien: das Selfie von mir und Oma A., die blauen Augen der Frau, die neben ihrem Hut im See schwamm, der Geruch des Duftbaums im Taxi, mein Bruder auf der Sonnenliege, Oma A.s eingefallenes Gesicht im Krankenhausbett.

Die Website des Deutschen Wetterdienstes prognostizierte, dass die Luftqualität in Berlin die nächsten Tage schlecht sein würde. Ich vertrieb mir die Zeit damit, die Möbel in meinem Wohnzimmer neu zu arrangieren. Ich hatte nicht viele, es gab nur mein durchgesessenes Sofa, das ich auf zwei Handtüchern von links nach rechts schob, einen Hocker, einen Couchtisch, mein Bücherregal und das Jugendstil-Tischchen aus der Wohnung von Großtante Helga. Mir war nach meiner Rückkehr aufgefallen, dass alle Sitzgelegenheiten auf meinen Plasmabildschirm ausgerichtet waren, auch meine Yogamatte. Bis auf das schwarze, quadratische Loch gab es in meinem Wohnzimmer nichts, an dem sich mein Blick festhalten konnte. Wenn ich aus dem Fenster schaute, konnte ich in die Wohnungen meiner Nachbarn sehen, die mit Headsets an ihren Computern saßen, die Dielen mit Staubsaugern abgrasten, Yoga machten. Ich stellte den Fernseher an den schmalen Streifen Wand neben der Tür. Wenn ich jetzt einen Film schauen wollte, müsste ich einen Stuhl aus der Küche holen oder meine Yogamatte davor ausrollen. Mein Sofa zog ich weiter in die Mitte des Raumes. Auf den weißen Fleck, den mein Fernseher hinterlassen hatte, hängte ich ein Stück Fototapete. Es war ein Bild vom Mount Fuji und sah so ähnlich aus wie mein Bildschirmhintergrund, den ich seit fünfzehn Jahren benutzte. Unter dem Sofa kam meine Fritzbox zum Vorschein, sie war verstaubt und blinkte. Ich hob sie hoch und wischte die Oberfläche mit einem feuchten Lappen ab.

Nachdem ich sechs Wochen lang keine E-Mails gecheckt hatte, löste das Log-in auf Posteo Stress aus. Es lag nicht nur daran, dass ich mein zersplittertes iPhone aktivieren musste, um die Zwei-Faktor-Authentifizierung durchzuführen, ich wurde auf einmal von dem Gefühl befallen, gleich in eine Schlangengrube blicken zu müssen, deren Existenz ich in den letzten Wochen vergessen hatte. Fünf der vierzehn Mails drehten sich um neue Sicherheitsbestimmungen und Authentifizierungsoptionen. Sie waren alle von Posteo. Am meisten alarmierten mich die beiden E-Mails von *anna_florczak@gmx.de.*

Ich hatte Oma A. vor Urzeiten einmal eine GMX-Adresse eingerichtet, aber bisher hatte sie den Service nie benutzt. Eine Mail beinhaltete nur einen Halbsatz – *Damit du auch* –, die andere hatte das Selfie, das ich von uns gemacht hatte, angehängt, aber keinen Text.

Ich rief sie an, um zu fragen, seit wann sie ihre E-Mail-Adresse benutzte und an wen sie das Foto noch geschickt hatte, vor allem wollte ich sie bitten, das in Zukunft nicht mehr zu tun, aber sie war schlecht drauf und blaffte, dass sie noch nie in ihrem Leben eine E-Mail geschrieben hatte. Ich fragte sie, ob sich jemand aus ihrer Rommé-Gruppe ihr iPad ausgeliehen hatte, und appellierte an ihre Angst, Opfer eines Rentner-Tricks zu werden – einmal war sie von einer Frau angerufen worden, die behauptete, meine Mutter zu sein, und sie aufforderte, 1000 Euro an einen vermeintlichen Unfallort zu bringen. »Ich weiß, dass ihr mich immer für dumm haltet«, sagte sie. »Das stimmt überhaupt nicht«, sagte ich. Sie meinte, dass es hier gerade coronabedingt Ausfälle gab und die Reha-Kurse nicht stattfinden konnten. Kurz danach würgte sie mich ab.

Durch die Mails vom Jobcenter klickte ich mich nur stichprobenartig. Dass meine Beraterin, Frau Kierspel, einen anderen Ton angeschlagen hatte, erschien mir in Relation dazu, dass Oma A. mit einer GMX-Adresse Fotos verschickte, absolut banal. Kierspel schien im Sommer eine Wesensveränderung durchgemacht zu haben. Vielleicht lag es daran, dass die vereinfachten Maßnahmen, die pandemiebedingt eingerichtet worden waren, nun nicht mehr griffen. Die Zeit, in der sich Kulturschaffende arbeitslos melden konnten, ohne invasive Fragen zu ihren grundsätzlichen Lebensentscheidungen beantworten zu müssen, war vorbei. Ich hätte vor zwei Wochen, als mein offiziell bewilligter Urlaub endete, eine Bewerbung einreichen müssen. Ich schrieb, dass ich Corona hatte, immer noch fiebernd im Bett lag und mich nächste Woche melden würde. Ich nahm mir vor, mich auf zwei Ausschreibungen für Germanistik-Professuren zu bewerben, weil die Chancen, genommen zu werden, gegen null gingen. Mein ALG1 lief noch ungefähr ein halbes Jahr. Bis dahin würde ich schon wissen, was ich dann wirklich machen wollte.

Bevor ich Sentas E-Mails las, ging ich ins Bad und rieb Tigerbalsam auf meine Schläfen. Meine Kopfschmerzen waren schlimmer als gestern. Ich schaute aus dem Fenster. Am Himmel standen tiefliegende, hellgraue Wolken. Bei jedem Wetterumschwung lag ich momentan flach. Bei der Frequenz an Gewittern und Stürmen war das zwei Mal die Woche. Sentas Mails waren lang und wirkten stark überarbeitet. Sie beschrieb ihren Alltag in Norwegen in Form von Pointen. Nachdem ihre Tanten abgereist waren, war sie jetzt noch eine Woche allein im Haus. Sie schrieb, dass sie um halb zehn aufstand, sich einen Espresso machte und dann in Bademantel mit dem Rad zum Meer fuhr, um einmal ins Wasser zu springen. *Ist hier tradition,* schrieb sie, und ich hatte das Bild einer Skyr-Werbung im Kopf. Sie schrieb von Spaziergängen durch Felder und Äcker und Schafsweiden, die in Strandabschnitte mündeten. Sonntag hatte sie ein Date mit einem 25-Jährigen, der auf seinem Profilfoto ein weißes T-Shirt und eine verspiegelte Sonnenbrille trug. Sie würden in ein Fischrestaurant am Hafen gehen. In einer Mail war ein Selfie angehängt. Senta grinste in die Linse ihres Telefons, sie hatte Sommersprossen, hinter ihr Felsen und türkisfarbenes Meer, so klar, dass man Algen und Quallen erkennen konnte.

Die E-Mail von meinem Bruder las ich als letztes. Er hatte sie mir an dem Tag geschickt, als wir im Garten über das Marderabwehrsystem, Strahlung und mein Beafon geredet hatten, also vor drei Wochen. Die E-Mail bestand nur aus Links und ein paar Hauptsätzen. *Richtig krank hier zum Beispiel. Der ist deswegen an Krebs krepiert. Das glaubt einem ja sonst auch keiner.*

Ich betrat das Rabbithole um 14:24 über Wikipedia.

Router treffen ihre Weiterleitungsentscheidung anhand von Informationen aus der Netzwerk-Schicht 3 (für das IP-Protokoll ist das der Netzwerkanteil in der IP-Adresse). Von der Geschichte des Routers kam ich zum Artikel *pfSense als VDSL-Router PC zum High-Speed-Router aufrüsten,* von dort zur DuckDuckGo-Schlagwortsuche *router strahlung gefährlich:* Die drahtlose Datenübertragung über das WLAN verläuft über hochfrequente elektromagnetische Felder. Das Bundesamt für Strahlenschutz stuft die ausgehende Strahlung von WLAN-Routern als ungefährlich ein. Ich fand einen Artikel, in dem offen darauf hingewiesen wurde, dass die iPhone-Generation 9 den Richtwert des Bundesamtes für Strahlenschutz überschritt. Ich recherchierte zur Strahlenbelastung von Bluetooth. Infrarot. Dem Beafon. Röntgen. Meinem Plasma-TV. Dem iPhone 7. Ein gesundheitsrelevanter Effekt, der empirisch nachgewiesen war, war die Erwärmung des Körpers: Wenn wir elektromagnetische Strahlung aufnahmen, erwärmten wir uns. Genauso funktionierten Mikrowellen. Ich aß seit Jahren kein Essen, das aus Mikrowellen kam, und mied die Geräte, weil sie mir suspekt waren und ich befürchtete, dass sie Krebs erzeugten. Ich versuchte so wenig Zusatzstoffe wie möglich zu essen, weil sie nachweislich immunsystemrelevante Darmbakterien zerstörten, benutzte aluminiumfreie Deos, Shampoo ohne Silikone und Sonnencreme ohne Nanopartikel. Zwar hatte ich mich nie so richtig ausführlich damit auseinandergesetzt, was das alles im Detail für Auswirkungen hatte, aber war bislang immer davon ausgegangen, eine gesunde Herangehensweise an Ernährung und Hygiene kultiviert zu haben. Warum hatte ich nie über die elektromagnetische Strahlung von Routern nachgedacht? Wahrscheinlich lag es daran, dass ich Leute, die diese Art von Gedanken äußerten, einfach nicht ernst nehmen wollte. Vor einem Jahr hätte ich den Raum verlassen, wenn jemand so was gesagt hätte – *binäre Diskussionen, fehlende Grauzonen, kein Platz für Zweifel und Ambivalenzen.* So sprach nicht ich, sondern mein Bruder.

Abends zog ich den Stecker meiner Bluetooth-Boxen, meines TVs und meiner Fritzbox. Die Routerbox war wieder so staubig wie vor zwei Tagen, also wischte ich sie noch mal ab. Sie lag in meiner Hand wie ein Organismus, ein pulsierender Leib, der Strahlen aufnahm, Signale verarbeitete und in den Raum sendete – wie ein Radio, Gehörsystem oder Röntgengerät. Ich musste an Cronenbergs *eXistenZ* denken, eine der DVDs, die ich in meiner Flohmarktphase an jedem einzelnen Stand für 50 Cent gesehen hatte. Nachdem ich sie vom Strom genommen hatte, blinkte die Fritzbox noch kurz weiter.

*

Bis ich das Geräusch als Handyvibration verortete, dauerte es einen Moment. Das Telefon lag auf dem Dielenboden, neben meinem Bett. Es war eine SMS von Senta. Sie schrieb aus Norwegen, dass ich meine Fenster schließen sollte, weil der Grunewald brannte. Ich las die SMS im Bett. Ich hatte gestern gekifft und vergessen, mein Handy über Nacht auszuschalten. Jetzt war ich froh darum. Ich hätte den Geruch nach verbranntem Holz, der in der Luft hing, nicht mit einem Waldbrand in Verbindung gebracht, sondern wäre wahrscheinlich davon ausgegangen, dass im Viertel ein Straßenfest stattfand. Mit Sicherheit hätte ich auch nicht an schädliche Mikropartikel gedacht, die durch explodierte Feuerwerkskörper in die Südberliner Atmosphäre geschleudert worden waren.

Ich zog die Vorhänge zur Seite.

Der Himmel sah völlig normal aus, kaum Wolken, ein helles Stahlblau.

Ich schloss alle Fenster und fuhr in Schlafanzug meinen Rechner hoch. Ich stöpselte das LAN-Kabel ein. Auf einer lokalen Nachrichtenseite war ein Livestream eingerichtet worden. Hier erfuhr ich, dass der Brand durch Explosionen auf einem polizeilichen Sprengplatz ausgelöst worden war. Warum die Feuerwerkskörper und die dort gelagerte Munition explodiert waren und einen Brand entfachten, der gerade die Größe von zwei Fußballfeldern erreicht hatte, war nicht abschließend geklärt. In den Kommentaren mutmaßten einige Leute, dass es mit den extremen Temperaturen zu tun hatte: fünfunddreißig Grad, seit einer Woche. Andere meinten, dass es sich um fahrlässige Brandstiftung der Polizei selbst handelte. Heute Morgen war die Bundeswehr zur Unterstützung bei den Löscharbeiten angerückt. Sie hatten einen Roboter mitgebracht, der zur Identifikation und Beseitigung von Sprengkörpern eingesetzt wurde. tEODor wirkte wie ein plumper Automaton aus einem Eighties-Sci-Fi-Film. Ein kastenförmiges Objekt, an dem ein teleskopartiger Fortsatz mit integriertem Bolzenschussgerät angebracht war. Er war so groß wie eine Schubkarre und fuhr auf Ketten.

Über eine Website fand ich heraus, in welchen Luftströmungen die freigesetzten Mikropartikel in Berlin gerade herumwehten. Die Partikel, die letzte Nacht durch die Explosion entstanden, waren die gefährlichsten. Letzte Nacht hatte ich alle Fenster in der Wohnung offen gelassen. Vielleicht fühlte sich mein Hals deswegen so an, als hätte ich den Abend in einer Raucherkneipe verbracht – nicht wegen des halben Joints, sondern wegen der mikroskopischen Schadstoffteilchen, die ich die Nacht über inhaliert hatte. Ich räusperte mich.

Zu meinen Ängsten vor Strahlenbelastungen und den unmittelbaren Folgen von Mikropartikeln kamen während der Recherche noch Ängste vor realen Auswirkungen des Ukraine-Krieges hinzu. Während ich weg war, hatte ich kaum Nachrichten gelesen und war die geballte Informationsintensität überhaupt nicht mehr gewohnt. Die Einschätzungen der Bundesnetzagentur, dass es im Winter zu einer Gasknappheit kommen könnte, beunruhigten mich. In der Online-Presse waren polemische Schlagzeilen aufgetaucht: *Nur noch einmal in der Woche duschen, heißes Wasser nur noch am Nachmittag?* Ich hatte ein ungutes Gefühl, weil sich wegen der Gasknappheit der Abschlag im Winter verdreifachen würde. Der Geldbetrag, den ich monatlich bekam, wurde schon wegen der Inflation knapp, Ausgleiche wurden zwar angekündigt, würden aber – hier war ich mir sicher – nur marginale Veränderungen für Geringverdiener bringen. Ich erinnerte mich daran, dass ich als Kind nur einmal in der Woche gebadet hatte, am Samstag. Gerade duschte ich im Schnitt alle zwei Tage, war das zu viel? Oder noch im Rahmen? Ich konnte nicht einschätzen, ob ich länger als fünf Minuten duschte. Ich schaltete in jedem Fall das Wasser nicht aus, wenn ich meine Haare wusch oder mich einseifte, weil ich das zu kalt fand.

Im Laufe des Tages erhitzte sich meine Wohnung so stark, dass ich weitgehend unbekleidet herumlief. Im Wohnzimmer roch es außerdem latent nach dem, was ich mir unter Elektrosmog vorstellte. Wahrscheinlich wäre mir der Geruch nie so stark aufgefallen, wenn mir mein Bruder nicht per E-Mail einen Link zu einem Artikel geschickt hätte, in dem es um Elektrosmog ging, der sich durch ausbleibendes Lüften in Zimmern mit technischen Geräten sammelte. Auch wenn ich meinen Fernseher nie mit dem WLAN verband, stellte der TV durch die integrierte Funktion einen erhöhten Strahlenherd dar. Ich schloss die Vorhänge, damit die Sonne nicht auf die Stereoanlage schien und sie weiter aufheizte.

Den Router hatte ich bereits in einer Kiste im Flur ausgelagert.

Schlafen gestaltete sich bei sechsunddreißig Grad Raumtemperatur als schwierig. Ich blieb bis halb zwei wach, in der Hoffnung, dass es trotz geschlossener Fenster doch noch runterkühlen würde, aber die Wände des Altbauhauses waren viel zu dick und aufgeheizt. Die dünne Baumwolldecke warf ich sofort ab. Ich legte mich so auf den Rücken, dass meine Arme meinen Körper nicht berührten. Mein Hals fühlte sich immer noch rau an. Ich kreiste um die Sorge, mich durch die Nacht bei offenem Fenster einem Lungenkrebsrisiko ausgesetzt zu haben. Die Artikel, die ich online gelesen hatte, waren alarmierend. Es ging nicht nur um den Waldbrand, sondern auch um die Feinstaubbelastung durch die explodierte Munition. Ich erinnerte mich an Oma A.s Erzählung zu den Hustgeräuschen, die ich als Baby gemacht hatte, weil nahe und entfernte Familienmitglieder um mich herumstanden und rauchten. Jedes Mal, wenn ich an einem Joint zog, brannte meine Lunge.

Ich schlief mit dem tröstlichen Gedanken ein, dass mein Verdunklungsvorhang aufgrund seiner textilen Beschaffenheit die Mikropartikel aus der Luft filtern konnte.

»Heavy«, sagte Senta, als wir am nächsten Vormittag telefonierten und ich ihr erzählte, dass sich seit zwei Tagen mein Hals rau anfühlte. »Als hätte ich die letzte Nacht in einer unbelüfteten Raucherkneipe abgehangen.« Ich räusperte mich wieder, aber die Schleimschicht war immer noch da. »Das soll voll gefährlich sein, also lass die Fenster lieber erst mal zu.« Sie verfolgte den Waldbrand über Instagram und Twitter. Viele Aufnahmen waren mit Drohnen gefilmt worden und zeigten dunkelgraue Rauchschwaden, die vom Wald aufstiegen und die Sicht bis zur Avus verdunkelten.

Senta meinte, dass sie wahrscheinlich früher aus Norwegen zurückkommen würde. Ob ich Lust hatte, mit ihr zum Freibad am Insulaner zu kommen, falls der Grunewaldbrand bis dahin gelöscht war. Ich sagte nein – *zu viele Kids mit iPhones.* Ob ich mit zu einem Yogakurs in einem Studio am Kotti kommen wollte. Auch nicht – ich meinte: *man kann sich nur über eine App anmelden.* Ob ich dann vielleicht mit zu einer Veranstaltung von den Städelleuten kommen wollte. Auf gar keinen Fall – *1000 iPhones und Storys* – mit Sicherheit wäre auch Lisa da. Ich schlug vor, was für uns zu kochen. Oder einen Spaziergang zur Sternwarte, *nachts zum Beispiel.*

»Was machst du eigentlich die ganze Zeit?«, fragte Senta dann.

Ich erzählte, dass ich seit einer halben Stunde auf dem Badewannenrand saß, weil es in meiner Wohnung achtunddreißig Grad waren. Meine Zehen waren vom mittlerweile lauwarmen Wasser schrumpelig geworden. »Bei dem Wetter nicht zu lüften ist schon krass«, sagte ich. In meinem Schlafzimmer roch es langsam wie im ehemaligen Kinderzimmer meines kleinen Bruders. Es war eine Mischung aus verbrauchter Luft, Körperausdünstungen und elektronischen Geräten.

»Ich versteh dich irgendwie ganz schlecht«, meinte Senta irgendwann. Ich sagte, dass ich mich in letzter Zeit etwas mehr mit Strahlenbelastungen auseinandergesetzt hatte und jetzt nur noch über Lautsprecher telefonierte. Mein Telefon lag neben mir auf der Badablage. Ich schob es etwas mehr zu mir ran. »Besser so?«, fragte ich. »Warum machst du keine Kopfhörer rein?« »Es gibt keinen Audioanschluss.« »Vielleicht kannst du's ein *bisschen* näher an deinen Kopf legen?« Ich stellte mir vor, dass sie mit ihren Airpods im Ohr auf einem grau melierten Sofa saß, vor ihr, ausgebreitet auf dem Wohnzimmertisch, ein Stapel poststrukturalistischer Theorie. Seit Anita die gutartige Hautwucherung am Ohr wegoperiert worden war, telefonierte Senta ausschließlich über ihre Airpods.

Sendeten Airpods nicht auch Strahlung aus, weil sie sich via Bluetooth mit den Endgeräten verbanden? Und war diese Form der Strahlung nicht vielleicht sogar viel schädlicher, weil die Kopfhörer direkt ins Ohr eingeführt wurden?

Ich fragte Senta, ob sie wusste, wie hoch die Strahlungswerte von Airpods waren.

Senta fragte, ob ich ein bisschen zu viel mit meinem Bruder abgehangen hatte. Die Frage lachte ich weg.

Das raue Gefühl in meinem Hals verschwand am nächsten Tag. Dafür konnte ich nicht mehr ignorieren, dass es in meinem Wohnzimmer zunehmend nach Elektrizität roch. Ich öffnete einmal das Fenster, um es direkt wieder zu schließen. Ich verarbeitete die Gemüse- und Fruchtreste aus meinem Kühlschrank zu einem Smoothie. Auch die Küchenmaschine roch bei den Temperaturen sofort, als wäre sie zu heiß gelaufen. Ich hörte die Postbotin, die einen Umschlag durch den Briefschlitz in meine Wohnungstür schob. Ich schaltete die Küchenmaschine ab und öffnete das Schreiben im Flur. Die Miete erhöhte sich wegen der gestiegenen Nebenkosten um sechzig Euro pro Monat. *Sechzig Euro. Sechzig zusätzliche Euro.* Strom, den ich über einen Ökostromanbieter aus der Schweiz erhielt, nicht mit einberechnet. Letztes Jahr hatte ich schon vierhundert Euro nachzahlen müssen, und da war Nordstream1 noch uneingeschränkt offen gewesen. Ich sah mich im Februar einen Brief von Schweizstrom öffnen, der einen akuten Weinkrampf auslösen würde, weil ich gezwungen wäre, mein ALG1, das dann sowieso bald auslief, aufstocken zu lassen. Ich dachte darüber nach, mein Schlafzimmer und mein Wohnzimmer zu tauschen. Das Schlafzimmer war leichter zu heizen, weil das Fenster kleiner war. Ich könnte das Zimmer, das zum Hof zeigte, den Winter über als unbeheizte Abstellkammer für meine Kleider nutzen. Nebenkosten würde ich reduzieren, indem ich weniger Geschirr verwendete, eine Tasse für einen Tag anstatt einer Tasse für jedes Getränk. Weniger waschen. Am besten nur noch einmal in der Woche. Nur noch nachts im Fitnessstudio duschen, wo ich vertraglich sowieso noch dazu verpflichtet war, eineinhalb Jahre zwanzig Euro pro Monat zu zahlen. Weniger am Gasherd kochen, dafür öfter den Reiskocher benutzen und als Ausgleich für den erhöhten Stromverbrauch die Benutzung der Küchenmaschine reduzieren – vielleicht wäre es gut, sie einfach wegzugeben, zusammen mit dem Paninigrill. Dann würde sich auch weniger Elektrosmog in der Wohnung bilden. Ich räumte die Küchenmaschine, die elektrische Zahnbürste, alte Bluetooth-Boxen und den Router in eine Kiste.

*

Vier Tage später war ich zum ersten Mal wieder draußen. Der Brand war seit gestern gelöscht. Die S-Bahn-Sperrung wurde aufgehoben, die Avus war wieder befahrbar. Ich fand aber, dass die Luft hier in Südberlin immer noch nach Rauch und Feuerwerkskörpern roch. Ich wartete mit FFP2-Maske und Fischerhut vor der Haustür, neben mir vier Umzugskartons, in denen sich Elektroschrott befand.

Senta kam ein bisschen zu spät.

Sie war weniger gebräunt als auf den Fotos, die sie mir per E-Mail geschickt hatte. Die Sommersprossen waren auch weg. Sie meinte, dass sie in den letzten Tagen nicht mehr so viel draußen gewesen war, weil sie einen Text fertig schreiben musste. »Die Sonne hat mich irgendwie auch genervt.«

»Wie war's mit deinen Tanten?« Eigentlich interessierte ich mich viel mehr dafür, wie sie die zehn Tage empfunden hatte, die sie allein gewesen war, vor allem die zwei Tage, an denen der Router ausfiel. »Intense«, sagte Senta. »Ziemlich dreamy.«

Bevor wir losfuhren, ging ich einmal ihre Altkleider durch. Ich fragte, ob ich das schwarze Shirt haben konnte. »Das könnte auch cute an dir aussehen«, sagte sie und hielt ein gelbes Top hoch. Ich lehnte ab, weil ich darauf hinarbeitete, abwechselnd einmal wöchentlich entweder nur noch dunkle oder helle Kleidungsstücke zu waschen. Senta meinte, dass ich irgendwie anders aussehen würde. Ich hatte, ohne darüber nachzudenken, meinen Fischerhut abgezogen, um das schwarze Shirt anzuprobieren. »Wird vielleicht mal wieder Zeit?«, fragte sie, als ich meinte, dass ich vor sechs Tagen das letzte Mal geduscht hatte. Senta hielt sich kurz die Hand vor den Mund, um einen Emoji zu imitieren, den sie früher öfter geschickt hatte.

Ich fuhr das Lastenrad, Senta mein Rad mit den Satteltaschen. Der Gürtel ihres Mantels flatterte hinter ihr her, ich befürchtete, dass er in die Speichen geraten würde, darum rief ich ihr zu, dass wir kurz anhalten sollten. Irgendwann, hinter der Kreuzung, die zur Autobahnauffahrt führte, bogen wir links ab. Vor der Mülldeponie warteten Autos, die von einem Mitarbeiter in neonfarbener Weste tröpfchenweise auf die Deponie gelassen wurden. Wir stiegen ab und schoben unsere Räder an der Schranke vorbei. Elektromüll wurde hinten rechts gelagert. Der Container war voller defekter Lampen, Küchenmaschinen, Toaster, Tastaturen, Schaltapparate, überall ragten Kabel aus dem Elektroschrotthaufen, sie hatten sich verheddert, bildeten Knoten, wuchsen unter das metallische Dach des Containers, in dem es weder Fenster noch eine Luke gab. Mit Sicherheit würde der Container irgendwann nach Indien verschifft werden. Ich hatte gelesen, dass Westeuropas Elektroschrott hauptsächlich nach Indien und China geliefert wurde und der Elektromüll aus den USA in Afrika landete. Ich räumte ein altes MacBook, einen defekten E-Book-Reader, einen kaputten Mixer, zwei Lampen mit Wackelkontakt und eine alte, externe Festplatte in den Container.

»Reicht es nicht, wenn du die Funktion ausstellst?«, fragte Senta. Sie hockte sich in den Schatten des Containers und rieb ihre Augen. Ihr Zustand war weniger auf Heuschnupfen zurückzuführen als darauf, gestern in einer Bar vier Negronis getrunken zu haben. Ich merkte, dass sie ein wenig defensiv wurde, als ich über Strahlung durch WLAN- und Bluetooth-Geräte, Router und iPhones sprach, die omnipräsent war, selbst wenn man die Geräte ausstellte. Dass man nachts den Router ausschalten, seinen Laptop nicht unbedingt auf den Bauch stellen sollte, *okay,* aber dass ich deswegen alle technischen Geräte mit WLAN oder Bluetooth-Funktion aus meiner Wohnung entfernte, fand sie dann doch etwas übertrieben.

Sie warf die Altkleider rechts in den Container, kaputtes Geschirr, zerfledderte Bücher in den Container links.

Auch auf die Gefahr hin, zu klingen wie Zerzan oder Kaczynski, lag es auf der Hand, warum kaum über gesundheitsschädliche Effekte von WLAN-Geräten gesprochen wurde. Seit Jahrzehnten wurden sie von global-agierenden, marktdominierenden Tech-Firmen vertrieben. Auch wenn immer deutlicher wurde, was diese Technologien wirklich anrichteten, wurden die schädlichen Effekte wie üblich als irrelevant abgetan. Dass Zigaretten das Lungenkrebsrisiko erhöhten, war bereits in den Zwanzigern beobachtet worden, aber es hatte gut sechzig Jahre gedauert, bis sich erste strukturelle Veränderungen einstellten. Ich versuchte das zu formulieren, ohne so zu klingen wie Gregor. Das war noch so ein Punkt: die Geräte trug man meist in Hosentaschen, auf Höhe von Reproduktionsorganen, oder Brusttaschen, auf Höhe des Herzens. Senta trank jeden Tag Kokoswasser, um Entschlackungsprozesse anzuregen – wie oft berührte sie den Bildschirm ihres iPhones? »Das ist doch auch der Grund gewesen, warum du dir die Strahlenschutz-Hülle gekauft hast.« In Sentas iPhone-Tasche gab es ein Fach, das mit Metallen ausgekleidet war und das Smartphone hermetisch abriegelte. Vor zwei Jahren hatten sich alle in ihrem Freundeskreis diese Hülle gekauft. Ich erst vor zwei Monaten.

Es war das erste Mal, dass mich Senta ansah, als würde ich langsam in die Unzurechnungsfähigkeit abgleiten.

»Ich weiß, dass bei dir gerade ganz schön viel los ist, mit deiner Oma, deinem Bruder und allem.« Ich kippte die Tüte mit Chipkarten, Kartenlesegeräten, Kabeln und Steckdosenaufsätzen in einen Korb, der vor dem Elektroschrottcontainer aufgestellt war. »Aber wird das nicht langsam obsessiv … also, wo willst du damit hin?« Die Frage fühlte sich patronisierend an. Wieso war es so schwer zu verstehen, dass ich nichts anderes machte, als die iPhone-Hülle auszuweiten? Oder drastischer formuliert: Warum war Senta nicht in der Lage zu begreifen, dass die Hülle nichts brachte, wenn sie weiterhin mit dem MacBook auf dem Schoß Serien streamte?

Ich wollte mich nicht mit ihr streiten.

Ich fragte, ob unser Kino-Date noch stand. Wir wollten nächste Woche *Jurassic World Dominion* im verwaisten Cineplex in Steglitz schauen.

»Klar«, sagte Senta. Sie setzte ihre Sonnenbrille auf.

Als ich von der Toilette zurückkam, sah ich, dass Senta den Elektroschrottcontainer filmte.

Der Trailer von *Jurassic World Dominion* war Ende März einer der letzten Clips, die ich über den YT2MP4-Converter runtergeladen hatte. Ich fieberte dem finalen Teil der Hexalogie seit einem Jahr entgegen. Wahrscheinlich hätte ich mich für keinen anderen Film in ein Cineplex bewegt. Den Film auf Deutsch zu sehen, konnte ich verkraften, solange ich mich dafür in einem Kino aufhielt, das weitgehend leer war. Horrorvorstellung, in einem Kino zu landen, wo »Gentleminions« saßen, die TikTok-Clips aufnahmen – Senta hatte erzählt, dass das nach dem Kino-Release von *Minions: The Rise of Gru* ein Ding gewesen war, Kids, die in Anzügen ins Kino strömten und sich während der Vorstellungen gegenseitig filmten.

Mein Bruder meinte, er würde warten, bis *Jurassic World Dominion* auf Popcorntime wäre. Wir telefonierten an seinem Geburtstag etwa fünfzehn Minuten. Es war das erste Mal, dass er weder Corona noch Impfpolitiken thematisierte. Während wir redeten, merkte ich, dass ich mich selbst riechen konnte. Trotz täglicher Katzenwäsche rochen meine Achseln schlecht. Außerdem sonderte meine Kopfhaut einen unangenehmen Geruch ab. Ich wollte wissen, was er heute noch vorhatte. »Nichts Besonderes.« Kuchenessen. Mit dem Hund raus. Er hatte ein neues Ballwurfgerät gekauft, mit dem man den Ball mühelos fünfzig Meter weit schleudern konnte. Dann mit Oma A. zum Friedhof. Mein Bruder war jetzt, seit sie die Reha vorzeitig beendet hatte, öfter unten, um sie daran zu erinnern, mit dem Fingerhantelgerät zu arbeiten oder ihre Hüfte durch gezielte Übungen zu mobilisieren. Einmal am Tag ging er mit ihr zur Urnenwand am Friedhof, wo sie ein kurzes Gespräch mit Opa J. führte oder Margeriten auf die Steinwand legte. Die Verantwortung schien ihm gutzutun, er ging früher schlafen und machte direkt morgens eine Trainingseinheit auf den Fitnessgeräten im Gartenhäuschen. Vielleicht bildete ich es mir auch nur ein, aber ich fand, er hatte eine andere Stimme bekommen, er klang irgendwie zuversichtlicher.

Nach unserem Telefonat ging ich ins Bad und sprühte mir Trockenshampoo in die Haare. Danach roch ich immer noch schlecht, wurde jetzt aber zusätzlich von einer künstlichen Pfirsich-Wolke umgeben.

Senta hatte recht, ich musste mal wieder duschen.

Ich hielt mich mit Datteln und grünem Tee bis halb drei wach und fuhr dann nach Steglitz ins Fitnessstudio. Auf dem Weg durch das Rheingauviertel sah ich am Himmel Sterne, der Mond hing als aufgeblähte Kugel über den Dächern. Der Platz vor dem Einkaufszentrum war wie ausgestorben. Ich nahm den Fahrstuhl ins oberste Stockwerk und checkte mit meiner Mitgliedskarte ein. Bis auf einen jungen, schlaksigen Mann war niemand hier. Im Fitnessraum hingen überall TV-Bildschirme und Boxen, die nicht mit Kabeln verbunden waren, sondern offensichtlich über Bluetooth funktionierten.

Ich ging direkt zu den Umkleidekabinen und zog meine FFP2-Maske aus.

Ich hatte den gesamten Duschraum für mich allein.

Ich stellte das Wasser an und ließ es über meine Haare laufen. Es fühlte sich gut an. Ich wusch meine Haare zwei Mal und achtete darauf, meine Kopfhaut dabei gründlich sauber zu massieren. Meine Achseln rochen immer noch nach Schweiß, obwohl ich sie mehrfach intensiv abgeschrubbt hatte. Ich ging zu meinem Spind, holte den Einwegrasierer aus dem Nebenfach und rasierte mich unter den Armen. Eigentlich war es nicht erlaubt, sich im Duschbereich zu enthaaren, aber um halb drei Uhr nachts war sowieso niemand hier – wen juckte es also, dass ich den Abfluss verstopfen könnte.

Als ich mich mit Kokosöl eincremte und vor dem großen Spiegel föhnte, fiel mein Blick auf die Digitalwaage. Es gab die Möglichkeit, sich via Bluetooth mit der Anzeigetafel zu verbinden, um per App oder Apple-Watch Angaben zu Gewicht, Wasserhaushalt und Fettanteil zu speichern.

*

Irgendwie war ich enttäuscht, als ich am Cineplex ankam und Senta meinte, dass ihre Cousine gleich noch dazukommen würde. Ich schloss mein Rad an einer Laterne an. Weil ich nur noch spätabends rausging, um in 24/7-Supermärkten einzukaufen, empfand ich die Stadt um diese Uhrzeit als extrem überfüllt. Überall waren Menschen, die draußen saßen, um Eis zu essen oder Bier zu trinken. »Ich hab vergessen, dass sie wieder bei mir schläft, weil sie sich eine Wohnung anschaut, sorry, eh.« »Wie viele Wohnungen will sie eigentlich kaufen?«, fragte ich. Ich ließ meine Maske auf. Ich befürchtete, dass Sentas Cousine unnötig viel mit ihrem iPhone herumspielen und im Foyer des abgewrackten Kinos auf dem antiquierten roten Teppich, der sich an den Seiten bräunlich hochrollte, Storys generieren würde. Den Film würde sie mit Sicherheit auch nicht ernst nehmen. Senta meinte, dass Nike eben immer noch keine Eigentumswohnung gefunden hatte. »Diesmal scheint aber mehr dabei zu sein. Wahrscheinlich nimmt sie die in Moabit.« »Hast du eigentlich das Buch gelesen?«, fragte ich Senta. »Welches Buch?« »*Jurassic Park.*« Dann fragte ich sie, ob sie wusste, dass es in der deutschen Übersetzung *Dino Park* hieß. »Irgendwie lächerlich, aber auch neunziger Vibe.« Es fühlte sich gut an, mich besser in der Lore des *Jurassic*-Universums auszukennen als Senta. Ich war ganz in meinem Element, als ich Verbindungen zu gesellschaftlichen Debatten herstellte, die Michael Crichton 1990 in der Buchvorlage aufgegriffen hatte. Dass es um Klonen ging, war offensichtlich. »Dolly wurde 1996 geboren. Das heißt, vorher hat es längst eine Debatte um Gentechnikversuche gegeben. Damals ging es darum, ob Klone die Kleinfamilie abschaffen würden.« Crichton machte daraus nicht weniger als die Frage nach »Gott«. Letztlich war die Botschaft eine düstere: In der ersten *Jurassic Park*-Trilogie waren Dinosaurier Monster, außer Kontrolle geratene Produkte, die letztlich das Ende der menschlichen Rasse herbeiführen würden. Es war eine kulturpessimistische Parabel darauf, wie sich eine Gesellschaft durch morbiden Größenwahnsinn abschaffte, der unter der Schirmherrschaft biotechnologischer Entwicklung lief, so wie in *Terminator*. Senta fragte, wie sich das bei den neuen Filmen entwickelt habe. Ich meinte, dass nicht mehr Dinosaurier als Produkt des Menschen stilisiert oder stigmatisiert wurden, sondern sich die Grenze zwischen »natürlich«, ergo »schützenswert« und »unnatürlich«, ergo »nicht-schützenswert« verschoben hatte. »Schau dir den ersten Teil der neuen Trilogie an, *Jurassic World I* kam 2015 raus. Hier ist nicht mehr der T-Rex der Antagonist, sondern der Indominus Rex, in dessen DNA verschiedene Attribute von Oktopussen, Fröschen usw. eingebaut worden sind, um das Tier für die Kriegsführung zu designen. Eigentlich geht es um außer Kontrolle geratene Biowaffen«, führte ich aus.

Ich glaube, Senta war zum ersten Mal ernsthaft froh, ihre Cousine zu sehen. Sie kam mit Prada-Schlappen und einem Bandeau-Top aus der U-Bahn-Station. Irgendwie kam sie mir kleiner vor als letztes Jahr, vielleicht lag es daran, dass sie ihre Haare offen trug. Sie wehten in mein Gesicht, als wir uns umarmten. Nike fragte mich, ob ich auf einem Festival oder so was gewesen war. »Warum?«, fragte ich. Meine Haare konnten unmöglich noch stinken, meine Achseln rochen auch nicht, nachdem ich sie glattrasiert und dann mehrfach mit Deo eingerieben hatte. Vielleicht lag es an meinem T-Shirt? Ich hatte blindlings nach einem schwarzen T-Shirt gegriffen, das über meiner Stuhllehne hing. Ich drehte meinen Kopf leicht nach rechts, um an dem Kragenbündchen zu riechen. Erst jetzt fiel mir der leichte Geruch nach in der Waschmaschine vergessener Kleidung auf. Ich meinte, dass ich wegen der Gasknappheit weniger duschte. Nike lachte, weil sie dachte, ich hätte einen Witz gemacht. »Ich find ja, dass wir alle ein bisschen weniger lange duschen können, aber *gar nicht* mehr duschen führt irgendwie auch am Ziel vorbei.« »Was ist denn das Ziel?«, wollte ich wissen. Nike roch für mich wie ein Seifenspender, in den man Patschuli-Öl geträufelt hatte. Senta sagte, dass sie es unmöglich fand, wie Politiker sämtlicher Parteien gerade großkotzig dazu anhielten, sich beim Duschen ein bisschen zusammenzureißen, während es viele Menschen gab, die durch die Inflation unter die Armutsgrenze gerieten und deswegen gezwungen waren, ihr Geschirr kalt zu spülen. »Vielleicht sollten sie einfach ein bisschen mehr arbeiten«, schlug Nike ernst gemeint vor. Ich prüfte noch mal mein Shirt. Auf der linken Seite roch es weniger schlimm als auf der rechten. »Wie viel verdienen Politiker?«, fragte ich, um das Thema Körperpflege wieder zu verlassen. Daraufhin regte sich Senta über Lindner auf und verglich ihn mit Marie Antoinette. Das Gespräch über Lindners steuerfinanzierte BahnCard100 ebbte erst ab, als wir an der Kinokasse anstanden. Nike legte das Geld für die Tickets vor, sie meinte, dass wir es ihr paypalen sollten. Dass sie Bock auf Nachos hatte, fiel ihr erst ein, als wir den Kassenbereich schon wieder verlassen hatten, also stellten wir uns ein weiteres Mal an. »Was ist mit euch, will jemand teilen?«, fragte sie. Ich hatte mich im Supermarkt mit Bananenchips eingedeckt und eine Flasche Wasser in meinem Rucksack. Senta meinte, dass sie keinen Bock auf Nachos hatte, aber bei salzigem Popcorn dabei wäre. Ich zählte das Geld für das Kinoticket ab, weil ich es später bestimmt vergessen würde. Nike hatte kein Portemonnaie, nur ein kleines Lederetui, in dem sie ihre Kreditkarten lagerte. Deswegen wollte sie kein Bargeld annehmen. Ich meinte, dass ich kein PayPal mehr hatte. »Sofortüberweisung?« »Geht auch nicht.« Sie fragte, ob ich immer noch so fanatisch war, was das Internet anging, und ob sich irgendwas mit dem Groschenroman ergeben habe. »Darum hast du dich doch gelöscht, oder?« Ich meinte, dass es mittlerweile um grundsätzliche Lebensfragen ging. »Aha«, sagte Nike, »und wie sieht es beruflich aus?« Ich wusste selbst nicht, warum ich meinen Zustand als *inbetween jobs* bezeichnete, wahrscheinlich waren Nikes Prada-Schlappen dafür verantwortlich. »Ich hab mich gerade für ein Research-Department bei einer NGO beworben«, sagte ich dann noch. Das war drei Monate her. Ich war nicht mal zum Vorstellungsgespräch eingeladen worden. »Ernsthaft? Wann das denn? Und was für eine NGO?«, fragte Senta. »Das heißt, du bist arbeitslos«, sagte Nike. Sie fragte, ob es nicht seltsam war, so picky zu sein, wenn es um Daten im Internet ging, aber dann beim Arbeitsamt sämtliche Infos zu Vermögen, Ein- und Ausgaben, Aufenthaltsorten und »jeden einzelnen Schritt, den man macht«, offenlegen zu müssen. Für mich war das Internet mittlerweile so ein amorphes und unkontrollierbares *big other*, dass ich staatlichen und zentralisierten Institutionen beinahe blind vertraute. Ich antwortete irgendetwas mit Kontrollgremien, Prüfinstanzen und Datenschutzauflagen.

Ich wollte unbedingt den Werbeblock sehen, darum drängte ich Nike und Senta dazu, schon in den Kinosaal zu gehen. Wir saßen in einem gedrungenen Saal, mittig, der Bildschirm kam mir kaum größer vor als mein Plasma-TV. Bisher waren wir die einzigen Leute hier. Nike und Senta unterhielten sich über einen Rohrbruch im Haus in Norwegen, es ging um neue Fliesen, eine neue Dusche. Ich zog die Schuhe aus und legte meine Füße auf der Lehne des vorderen Sitzes ab.

Es lief eine Werbung für Magnum. Für Berlin. Für die BVG. Für Sony-Kopfhörer. Dann kam die 5G-Werbung von O2. Das 5G-Netz wurde als unsichtbare Struktur etabliert, der wir in einer Kamerafahrt folgten. Zuerst die gläserne Fassade eines Hochhauses runter, dann in Highspeed über einen abgelegenen Waldweg und durch den abgeschotteten Keller eines Gebäudekomplexes oder einer Firma, die verschiedene unterirdische Stockwerke haben musste, die Gott weiß wie tief in der Erde vergraben lagen. Weiter über einen See, dessen Wasseroberfläche sich unter dem Druck des unsichtbaren Dings kräuselte, dann über ein Weizenfeld. Dass es sich um einen viel größeren Körper handelte als bisher angenommen, wurde deutlich, als der Weizen so auseinanderwogte, als wäre ein Flugobjekt in einer immensen Geschwindigkeit darüber hinweggeflogen. O2 spielte hier mit Tropen aus älteren Sci-Fi-Filmen, die keine Angst mehr machten, aber trotzdem Gänsehaut erzeugen konnten. Es hatte einen ähnlichen Effekt auf mich wie das Motiv des bebenden Wasserglases in den *Jurassic Park*-Filmen. Auf affektiver Ebene funktionierte selbst das überzeichnete Voiceover. Es war die Stimme einer Frau, die beschwörende Hauptsätze aneinanderreihte: *Es ist da. In jedem Moment. Zu jeder Zeit. Du kannst es spüren. Du kannst es testen. Nutzen. Aber sehen kannst du es nicht.* Schließlich: *Manche Dinge glaubt man erst, wenn man sie sehen kann.* Die Aliens lebten längst unter uns. Das Netz war überall. Es war kein singuläres Wesen, sondern ein Schwarm, der am Ende des Werbespots als dominoartig aneinandergereihte Lichtstäbe sichtbar gemacht wurde. Es waren zusammengeführte Fotos des Messgeräts, anhand derer O2 den 5G-Empfang visualisiert hatte. Dafür erhob sich eine Drohne, an der ein stabförmiges Messgerät befestigt war, und flog bei Nacht durch eine Stadt – der Stab leuchtete bei erfolgreich hergestellter Verbindung. Ich erkannte Frankfurt an dem Licht der Pyramide, die sich auf dem Messeturm befand. Die modifizierte Drohne bewegte sich vom Gallusviertel aus über den Main, überquerte den Eisernen Steg, und flog weiter in Richtung Skyline. Der

Leuchtrhythmus bewies, dass die Verbindung lückenlos funktionierte. Ich fragte mich, ob Senta und Nike den Inhalt der Werbung genauso verstörend fanden wie ich. Beide überprüften noch einmal ihre iPhones, bevor sie den Flugmodus anstellten.

TEIL 3

»Vor ihm, zu Füßen des Berges, stand ein Wesen, das über und über mit Augen bedeckt war – so sehr, dass man vor lauter Augen nicht einmal seine menschliche Form erkennen konnte.«

Hildegard von Bingen, *Scivias – Die Miniaturen vom Rupertsberg*

Auf dem Boden der Tiefkühltruhe lagen Zipperbeutel verschiedener Größen, in denen sich Fleisch befand. Alle Backwaren, Tiefkühlpizzen, Tiefkühllasagnen und den gefrorenen Rosenkohl hatte ich mittlerweile aufgebraucht. Ich holte die Beutel nacheinander raus und versuchte die Beschriftungen zu entziffern. Keule. Filet. Rippchen. Vom Wildschwein. Vom Reh. Ich nahm eins von den Teilen, die am wenigsten nach Lebewesen aussahen, ging hoch in die Küche und suchte eine Plastikschüssel. Ich legte die Tüte mit dem Wildschweinfiletstück dort hinein und stellte sie auf den Boden im Flur, genau in das durch das Milchglas scheinende Sonnenlicht.

Danach füllte ich schwarze Bohnen in eins der übergroßen Gläser und ließ Wasser aus dem Wasserhahn hineinlaufen. Die Bohnen zwei Stunden einweichen zu lassen würde reichen. Pasta gab es nicht mehr. Tofu auch nicht. Dafür Graupen, Backerbsen und einen 1,5-kg-Beutel Buchweizen. Senta hatte mich dazu ermutigt, so viele Vorräte wie möglich zu verbrauchen, außerdem war ihre Tante reich, darum arbeitete ich mich seit meiner Ankunft ungeniert durch die Küchenschränke des Ferienhauses. Alles, was Senta bei mir aus dem Kühlschrank holen konnte, waren zwei Zucchini, die ich kurz vor unserem Wohnungstausch gekauft hatte.

Ich prüfte, ob ich im Küchenschrank nicht doch eine Packung Linsen oder Nudeln übersehen hatte, aber hinter der üblichen Auswahl an Magen-Darm- und Glückstees fand ich nur den Olivenölkanister und die beiden fast aufgebrauchten

Raps- und Walnussölflaschen. Ich würde wohl oder übel bald einkaufen müssen.

Ich machte eine halbe Stunde Yoga. In der Zeit bildete sich unter dem Fleischklumpen eine wässrig-blutige Pfütze. Es erinnerte mich an offene Fleischwunden von Leuten, die Verbrennungen erlitten hatten. Ich dachte an den Atombomben-YouTube-Clip. Revesand war 2592 Kilometer vom AKW in Saporischschja entfernt.

Berlin 2117 Kilometer.

Machte das überhaupt einen Unterschied?

Ich zog den Küchenvorhang ein wenig zur Seite. Alles wirkte normal. Die Nachbarin schlief noch, der Verdunklungsvorhang ihres Schlafzimmers war geschlossen. Ich hörte Kinderstimmen, das Geräusch von zwei Leuten, die nacheinander in den Pool sprangen. Vor der Hofeinfahrt packte ein Vater Schwimmflügel, Luftmatratzen, Eimer und Schippen in den SUV. Vier kreischende Kinder wurden in das Auto manövriert und angeschnallt. Ein SUV mit verdunkelten Scheiben. Der Motor heulte auf und das Auto rollte Richtung Ausfahrt. Entweder sie fuhren an den öffentlichen Strand in Arendal, um dort frittierten Fisch an der Promenade zu essen, oder in den Nationalpark auf Tromlingene. Das Naturreservat war zehn Kilometer entfernt. Ich war nie dort gewesen, hatte mich aber mit der Landschaft über das Fotobuch vertraut gemacht, das hier im Bücherregal stand. Ich kannte den Sandstrand in winterlichem Dämmerlicht, in dem die Nordsee wirkte wie ein flacher Teich. Die Heidefläche im Frühjahr. Der Blick über die felsige Bucht in gleißender Juni-Sonne. Die Landschaft an der Nordseite erinnerte mich an das Setting in Ingmar Bergmans *Das siebente Siegel*, die Felsen sahen nur weniger dramatisch aus.

Das siebente Siegel war einer der wenigen Filme, die Sentas Tante auf DVD hatte. Es gab noch eine Sammelbox Tarkowski-Filme, *Runaway Bride* mit Julia Roberts, *Notting Hill*, auch mit Julia Roberts. Die ersten drei Staffeln von *Mad Men*. Und Ari Asters *Midsommar*. In den letzten dreieinhalb Wochen hatte ich mir den Film vier Mal auf dem kleinen Flachbildfernseher oben angesehen. Filme schaute ich nur nachts, wenn ich wirklich gar nicht schlafen konnte.

Nachdem der SUV verschwunden war, verließ ich das Haus durch den Hintereingang, um den Biomüll rauszubringen. Die Luft, die vom Meer aus ins Land wehte, roch entfernt nach Schwefel. Es lag an den Algen, die um diese Jahreszeit aufgrund des niedrigen Meeresspiegels auf dem freigelegten Sand oxidierten. Ich räusperte mich zwei Mal leicht. Irgendwie kämpfte ich seit dem Grunewaldbrand immer noch mit erhöhter Schleimproduktion, die sich jedes Mal verschlimmerte, wenn ich draußen war.

Ich öffnete die Papiermülltonne, tat so, als würde ich etwas wegwerfen, und suchte nach allem, was irgendwie beschriftet war – Zeitungen, Zeitschriften, Flyer, Werbebroschüren, Packungsbeilagen. Mittlerweile fühlte es sich an wie eine Meditationsübung, mit so wenig Input auszukommen. Filme mehrfach zu schauen machte mir weniger aus, als Bücher noch mal zu lesen. Ich stellte mir dann vor, dass ich den Film mit jemand anderem schaute. Das veränderte die Perspektive, so wie wenn man jemandem zeigte, wo man wohnt, und Straßen, durch die man jeden Tag blind hindurchging, auf einmal ganz anders wirkten. Beim fantasierten *Midsommar*-Screening mit meinem Bruder fand ich plötzlich, dass das Unheimliche eher von den individualistischen Studierenden als von der kollektiv organisierten Kommune ausging, die eigentlich nichts Verwerfliches machte, außer ihre heidnischen Regeln gegenüber kulturimperialistischen US-Amerikanern durchzusetzen.

Ich raffte meine Funde in einem Stapel zusammen, ohne so richtig darauf zu achten, was ich eingesammelt hatte. Als die Nachbarin mit Bademantel und ihrem Selfiestick auf dem gegenüberliegenden Balkon erschien, war ich schon wieder drinnen. Dass sie einen Clip zu Oil Cleansing aufnahm, reimte ich mir anhand der opaken Fläschchen zusammen, die sie präsentierte, um sich dann zehn Minuten lang mit einem der Produkte das Gesicht zu massieren. Nach drei Monaten Oil Cleansing hatte ich damals die schlimmste Akne meines Lebens bekommen.

Ich stellte sicher, dass der Vorhang wieder ganz zugezogen war.

Den Altpapierstapel sichtete ich am Küchentisch. Jackpot. Jemand hatte die aktuelle Ausgabe der amerikanischen *Vogue* weggeworfen – das erste Fenster in die gegenwärtige Popkultur seit dreieinhalb Wochen. Ich erkannte zuerst nicht, dass die Frau auf dem Cover Kim Kardashian sein sollte, weil sie so dünn geworden war. Hugh Jackman war zurück am Broadway. Ein Artikel über die Diversifizierung der Fashionindustrie durch die Integration von *Curvy Models.* Die Ausgabe hätte mit genau diesen Themen auch vor vier Jahren erscheinen können. Das einzige, was sich verändert hatte, war Kims Körperform. Es fiel mir schwer, die Zeitschrift nicht in einem Zug durchzulesen. Ich schob sie ans Kopfende des Tisches und machte mir noch einen Tee. Ich würde über vierunddreißig Nachmittage kommen, wenn ich mir nur einen Artikel pro Tag erlaubte. Die Nachmittage waren immer am zähsten. Heute beließ ich es bei dem Cover und dem Inhaltsverzeichnis.

Ansonsten war wenig Neues dabei. Die Tageszeitung von vorgestern kannte ich bereits. Um die Inhalte grob zu verstehen, hatte ich auf das Wörterbuch zurückgegriffen, das hier auf dem Regal stand.

Als meine Teekanne leer war, faltete ich die Tageszeitung, die ich gestern schon gelesen hatte, wieder zusammen und legte sie in den Altpapierkorb. Die *Vogue* ließ ich in einer Küchenschublade verschwinden.

Mehr gab es nicht zu tun.

Die Sichtung der Altpapierausbeute war das Highlight der gleichförmig ablaufenden Tage, die ich in diesem Luxusbunker in Südnorwegen verbrachte.

Hier zu sein war das komplette Gegenteil von dem, was ich mir vorgestellt hatte. Anstatt durch einsame Wälder zu stromern, saß ich den ganzen Tag in einer dämmrigen Küche und versuchte meine Lesegeschwindigkeit zu drosseln, weil ich Angst hatte, dass ich sonst schon nach drei Wochen alle Bücher ausgelesen hätte, die noch in meinem Koffer lagen. Ich schlief so oft und so viel es ging. An manchen Tagen kam ich auf sechzehn Stunden. An anderen schlief ich wiederum kaum. Ich versuchte, Senta nicht für meine falschen Erwartungen verantwortlich zu machen. Wenn sich das schwierig gestaltete, vergegenwärtigte ich mir, dass ich einfach nicht richtig nachgefragt hatte. Aus den fotografischen Bruchstücken, die Senta mir im Sommer in E-Mails geschickt hatte, war in meiner Fantasie ein Bild entstanden, das ich nicht hinterfragt hatte. Glasklares Meerwasser, dichte Wälder, leere Küsten. Unser Tausch hatte sich spontan ergeben. Senta war nach einem Zwischenmietfiasko vor die Tür gesetzt worden und hätte wieder ins Ferienhaus ihrer Tante ausweichen müssen. Weil sie lieber in

Berlin bleiben wollte, hatte ich die Gelegenheit ergriffen und ihr meine Wohnung zur Zwischenmiete angeboten. Ich hatte Berlin mit seiner giftigen Luft, der Dichte an WLAN-fähigen Endgeräten und den toxischen Abgasen nicht mehr ausgehalten. Ich musste weg. Irgendwohin, wo es so viel Raum und so wenig Internet gab, dass ich wieder ich selbst werden konnte.

Unser Deal lief bis Weihnachten.

Ich war mit dem Zug über Schweden nach Oslo hochgefahren, dann in einem Reisebus die norwegische Küste runter. Nach insgesamt achtunddreißig Stunden Fahrzeit landete ich schließlich in einem Strandort, der meinen schlimmsten Vorstellungen von Sylt entsprach. Revesand war kein abgelegener Fleck inmitten von Wäldern, sondern eine High-End-Touristensiedlung an einer aufgeräumten Strandpromenade, in dem Superreiche in weißen Bademänteln und Applewatches ihre Villen verließen und über Holzstege in die Nordsee stiegen, um ihr Immunsystem zu trainieren. Das Ferienhaus selbst befand sich in einer Wohnsiedlung, eine Viertelstunde vom Meer entfernt. Es war kein karges Holzhaus in einem dünn besiedelten Landstrich, in dem es keine Netzabdeckung gab, sondern Teil eines Ressorts mit Gemeinschaftspool. Fünf Straßen weiter hatte Jude Law sein Sommerhaus. Ich hatte Norwegen grundlos als strahlungssauberes Land romantisiert. Dabei gab es hier selbst in abgelegenen Waldregionen lückenlosen 5G-Empfang und EC-Karten waren weitgehend von Apple-Pay ersetzt worden.

Da ich weder die Energie hatte, zurückzufahren, noch wusste, wo ich sonst hinsollte, hatte ich beschlossen, mich die nächsten Monate im Haus einzuschließen.

Den Router hatte ich direkt nach meiner Ankunft deaktiviert, zusammen mit dem Telefonkabel und sämtlichen anderen Steckern, mit denen Geräte, die Strahlung empfangen konnten – Radiowecker, Radios, Küchenuhr –, verbunden waren. Es gab keine Bluetooth-Boxen, keine smarten Zahnbürsten, lediglich den alten Flachbildfernseher, der an eine Stromsparsteckdose angeschlossen war. Ich verband die Geräte nur mit dem Stromnetz, wenn ich sie wirklich brauchte. Ich hielt mich ausschließlich im Erdgeschoss auf. Wegen der dicken Betonwände, die von außen mit rot gestrichenem Holz verkleidet waren, hatte man hier unten keinen Handyempfang. Dadurch fühlte sich das Haus relativ sicher an. Aufgrund eines integrierten Belüftungssystems war es nicht notwendig, die Fenster zu öffnen.

Mein Beafon hatte ich für Notfälle mitgenommen. Für den absoluten Katastrophenfall sogar mein altes iPhone. Es lag zusammen mit den Radioweckern und Duschradios in einer Kiste neben der Tiefkühltruhe. Es war möglich, dass es nach dem NATO-Beitritt von Finnland und Schweden zu einer globalen Katastrophe kommen konnte, weil Russland die Pluralisierung der NATO-Länder an der europäischen Grenze als globale Kriegserklärung lesen könnte. Für den Fall wäre es gut, ein internetfähiges Endgerät parat zu haben, dann wäre es auch egal, ob ich mich durch 5G verstrahlen würde, weil ich wahrscheinlich sowieso nicht mehr lange lebte.

*

Nachts wachte ich desorientiert auf. Aus irgendeinem Grund waren die Rollläden halb hochgefahren, das Mondlicht schien silbrig in den Raum. Ich hörte Stimmen im Flur, dann bellte ein Hund. Vielleicht waren Verwandte von Sentas Tante überraschenderweise vorbeigekommen. Ich wollte aufstehen, um nachzusehen, was los war, konnte mich aber weder umdrehen noch meine Arme oder Beine bewegen. Ich lag wie festgetackert auf dem Rücken und starrte auf die sich langsam öffnende Schlafzimmertür. Eine Gestalt erschien. Es war Oma A. Sie trug einen rosafarbenen Pyjama und war barfuß. »Keine Angst«, sagte sie und kam näher. »Ich wollte dir nur was vorbeibringen.« Sie hatte einen Diakasten dabei, er war sepiafarben. Ich spürte, wie die Matratze nachgab, als sie sich in Höhe meiner Hüfte hinsetzte. Ich sah sie jetzt im Profil.

Sie stellte den Kasten auf meine Brust und presste ihn mit ihrem massigen Körpergewicht nach unten. – Bei meiner ersten Schlafparalyse war es Nicki gewesen, der mich umbringen wollte. Bis ich ergoogelt hatte, dass es sich um eine REM-Schlafstörung handelte, die zu Halluzinationen führen konnte, ging ich davon aus, dass Nicki von einem Dämon besessen war.

Das Gefühl zu ersticken verschwand.

Stattdessen wurde es stockdunkel.

Ich tastete nach dem Licht. Es war sechs Uhr morgens.

Das Wasser wurde hier über Erdwärme erhitzt, darum fühlte ich mich nicht schlecht, eine Viertelstunde lang so heiß zu duschen, dass es dampfte und ich einen knallroten Rücken bekam. Oma A. hatte täuschend echt gewirkt. Sogar die langgezogene Narbe am Handrücken, die sie sich beim Bügeln geholt hatte, war da gewesen. Es war der erste Traum, an den ich mich hier in Norwegen erinnern konnte. Dass ich darin von Oma A. erstickt worden war, erschreckte mich mehr, als ich zugeben wollte.

Ich zog mich an und ging raus auf den Hof, um den Müll wegzubringen. Es war still draußen. Weil drüben jemand das Fenster öffnete, hatte ich keine Zeit, den Papiermüll zu sichten. Ich war gerade rechtzeitig wieder drinnen, bevor ein Auto auf den Hof fuhr, das ich vorher noch nie gesehen hatte. Es waren neue Feriengäste. Jetzt gab es weder etwas Neues zu lesen, noch konnte ich Zeit überbrücken, indem ich wie sonst den Papierstapel sondierte. Ich trank meinen Kamillentee und las ein paar der Touristen-Broschüren über Algenbehandlungen, aber ich hatte sie jetzt schon so oft gelesen, dass sie mich frustrierten. Noch mehr frustrierte mich, dass ich daraufhin in einem Rutsch fast alle Artikel aus der *Vogue* las, obwohl sie zumindest für den Rest der Woche hätten reichen sollen. Durch Taschenkollektionen fürs Büro zu blättern, lenkte mich kaum ab, die Anzeigen kamen mir so absurd vor, dass es auch Werbung für Destillanzüge auf Dune hätte sein können. Irgendwann griff ich mir Dostojewskis *Verbrechen und Strafe*. Es war einer der russischen Wälzer, die ich in die norwegische Isolation mitgenommen hatte. Eigentlich hatte ich keine Probleme, den Handlungssträngen zu folgen, aber heute verwechselte ich Semjon mit Sofija, Dunja mit Sonja. Ich musste Absätze immer wieder lesen, einmal sogar zurückblättern, weil ich darüber nachdachte, welche symbolische Funktion der Tod einer Enkelin durch die Hand ihrer Großmutter in der Traumdeutung einnahm. Das beklemmende Gefühl aus meinem Traum ließ mich nur schwer los. Und war der Diakasten wirklich so eindimensional gemeint, wie es auf den ersten Blick wirkte? Mir fiel wieder die Frage aus dem Google-Chat ein, die mittlerweile Lichtjahre in der Vergangenheit zu liegen schien: *Warum möchtest du dich auslöschen?* Oder war es einfach mein schlechtes Gewissen, weil ich Oma A. weder einen Brief noch eine Postkarte geschickt hatte? Auf einmal übermannte mich ein betäubendes Gefühl der Einsamkeit. Das soziale Gefüge, in dem ich mich seit fast einem Monat aufhielt, beschränkte sich auf den Cast von *Midsommar, Mad Men* und die komplexen Figurenkonstellationen bei Dostojewski und Tolstoi. Ich hatte seit einer Ewigkeit mit niemandem mehr gesprochen. Wahrscheinlich war das der eigentliche Grund, warum ich weder Tagebuch schrieb noch in der Lage war, Briefe zu verfassen – ich wollte mir nicht eingestehen, wie einsam ich war.

Ich sehnte mich danach, in meiner eigenen Wohnung zu sein. Ich vermisste Senta. Ida. Oma A. Die weirden Chats mit meinem Bruder. Selbst den zu laut gedrehten Fernseher meines Nachbarn, der mich früher dauernd um den Schlaf gebracht hatte. Bis Weihnachten waren es noch drei Monate, dann musste ich das Ferienhaus räumen, weil Sentas Tante hier mit Nike aufschlagen würde. Was würde ich machen, wenn die Atomkatastrophe bis dahin ausgeblieben wäre? Vielleicht würde sie niemals kommen? Es war das erste Mal, dass ich in Erwägung zog, möglicherweise zu impulsiv aufgebrochen zu sein. Ich hatte keine Ahnung, was ich nach Norwegen tun sollte. Ich konnte zurück nach Berlin, in meine schlecht isolierte Wohnung, von der aus achtzehn verschiedene Router anwählbar waren. Ich konnte Sentas Zwischenmietvertrag verlängern und weiter im Norden eine Hütte mieten – weit würde ich mit den zweihundert Euro, die ich Senta monatlich zu viel abknöpfte, jedoch nicht kommen.

Als ich ernsthaft darüber nachdachte, bei Oma A. einzuziehen und meinen Bruder davon zu überzeugen, langfristig seinen Router mitsamt allen internetfähigen Endgeräten zu verbannen, merkte ich, dass ich mit jemandem sprechen musste – mit jemandem, der mich nicht als Heuchlerin abstempelte, weil ich nach all den Ankündigungen, die nächsten Monate netzfrei zu leben, jetzt doch mein Handy anschaltete.

Vor meiner Abreise hatte ich in einem Forum gelesen, dass die Strahlenbelastung beim Beafon bei einem zehnminütigen Gespräch mit Freisprechfunktion nicht schlimmer war, als sich an einem Tag mit mittleren Ozonwerten unter freiem Himmel aufzuhalten.

Weil es im Erdgeschoss keinen Handyempfang gab, ging ich nach oben ins zweite Stockwerk. Die Luft war hier wärmer und fühlte sich irgendwie zäh an, dabei wurde durch die Belüftungsschlitze die gleiche gefilterte Luft eingeleitet wie unten. Ich gab den Pin ein, ignorierte alle SMS, die eingegangen waren, und rief direkt Oma A. an.

Sie ging nach dem siebten Klingeln ran.

Es war gut, ihre Stimme zu hören.

»Hallo, guten Morgen«, sagte ich über die Freisprechfunktion. Ich blickte vom Gästezimmerfenster direkt auf das Schlafzimmerfenster der Nachbarin. Ihre Verdunklungsvorhänge waren zugezogen. Oma A. verurteilte mich nicht dafür, dass ich inkonsequent war, aber sie war sauer, weil ich sie um sieben Uhr morgens geweckt hatte. »Ich schlaf eigentlich immer bis halb neun«, sagte sie. Dann war sie plötzlich wach genug, um wütend zu sein, dass mein Handy drei Wochen lang aus gewesen war. Sie meinte, dass mein Bruder nachgeschaut hatte, wo das Naturreservat, von dem ich gesprochen hatte, sein sollte, aber er im Internet nichts finden konnte. »Wir machen uns doch Sorgen.« »Tut mir leid«, brachte ich ungelenk hervor und erkundigte mich nach dem Zustand ihrer Hüfte. Bei Oma A. war alles in Ordnung. Die Hitze machte ihr zu schaffen. Ich fragte, ob sie die Nachrichten verfolgte und wusste, wie die Lage mit dem AKW in der Ukraine war, oder ob es Informationen zu den Waldbränden in Brandenburg gab. Sie meinte, dass es eine Naturkatastrophe an der Oder gegeben hatte. Eine giftige Algenart hatte sich verbreitet, weil illegalerweise Industrieabwässer in den Fluss geleitet worden waren – bewiesen war das noch nicht, aber es seien tonnenweise Fische gestorben. »Im Winter gibt's einen Aufstand, wegen der Gasumlage. Da kommt noch viel auf uns zu.« Oma A. zog einen biblischen Vergleich, um den katastrophalen Zustand der Welt zu illustrieren. Unser Gespräch dauerte nicht lange. Es wurde unterbrochen, als der Hund meines Bruders mit lautem Krach einen Blumentopf von der Blumenbank wedelte.

Ich fühlte mich weder geerdet, noch hatte ich das Gefühl, ein echtes Gespräch geführt zu haben. Es kam mir eher vor, als hätte ich kurz in eine der Sitcoms reingeschaltet, die ich früher beim Mittagessen geschaut hatte, um mich zu beschäftigen. Eigentlich wollte ich mein Handy direkt wieder ausschalten, aber dann scrollte ich doch durch meine ungelesenen SMS. Es war ein schier endloser Thread mit Brief-Icons, an die der Name meines Bruders gepinnt war. Irgendwann dazwischen: *Nicki Wessel.* Er hatte vor acht Tagen geschrieben.

Ich öffnete die SMS.

was machst du, vermiss dich

Es war die einzige Nachricht von Nicki.

Was bedeuteten die beiden Sätze?

Im nächsten Moment kam mir der Gedanke, dass die SMS gar nicht für mich war, sondern Nicki eigentlich jemand anderem schreiben wollte. Einer neuen Freundin oder einem OkCupid-Date. Vielleicht hatte er auch in einem belanglosen Moment von Langeweile geschrieben, weil in Wien gerade alle verreist waren.

Nach der intensiven Isolation war mir die Nachrichtenflut, die von meinem Handy ausging, viel zu viel. Es fühlte sich unheimlich an, Nachrichten zu erhalten, die jemand einmal formuliert hatte, die jetzt aber mit Sicherheit keine Relevanz mehr für diese Person hatten.

Als ich aus dem Fenster schaute, filmte die Nachbarin auf ihrer Terrasse gerade ihr mit Cremetupfern übersätes Gesicht. Das Ringlicht, an dem das iPhone befestigt war, zeigte genau auf den Garten. Nachdem ich zwei Mal hintereinander geniest hatte, schloss ich das Fenster.

Ich nahm ein Antihistaminikum und eine Lavendeltablette, ging ins Schlafzimmer und wechselte mein weißes T-Shirt gegen ein anderes, identisches T-Shirt aus. Ich hörte die Kinder am Pool kreischen. Ich stellte mir vor, dass die kaum spürbare Kuhle, die sich auf der linken Seite der Matratze gebildet hatte, durch Sentas Körper vorgeformt worden war. Ich wusste, dass sie genau wie ich immer auf der linken Seite schlief. Dass sie in meinem Bett auch auf der linken Seite schlafen würde. Wäre es möglich, Zeit außer Kraft zu setzen, würden wir jetzt zusammen hier liegen und im gleichen Moment gemeinsam in meinem Bett, zu Hause in Berlin. Ich würde sie fragen, was ich mit der SMS von Nicki anfangen sollte, sie würde lachen und mir das Gefühl geben, dass die Nachricht belanglos war, sie meine Aufregung aber gut nachvollziehen konnte. Ich stellte mir vor, dass wir hier bis spät in die Nacht auf der Eckbank in der Küche Rum-Cola trinken und all die schlechten Erfahrungen, die wir jemals gemacht hatten, aus uns herausreden würden. Kurz vor der Morgendämmerung würden wir Pasta kochen. Und dann den ganzen Tag verschlafen und fernsehen. Vielleicht hätte sie ein Gesellschaftsspiel mitgebracht, oder wir würden uns gegenseitig norwegische Vokabeln abfragen.

Ich wusste, dass das alles völlig irrationale Tagträume waren – ich hatte mittlerweile jede soziale Leichtigkeit verloren.

Senta hätte niemals länger als zwei Tage auf ihr Handy und einen Router verzichtet und oben im Wohnzimmer an ihren Instagram-Storys und Reviews gebastelt, anstatt mit mir norwegische Wochenblättchen aus dem Mülleimer zu fischen. Ich traute mich nicht, darüber nachzudenken, ob ich damit klargekommen wäre.

Ich setzte meine Ohrstöpsel ein und ließ die Rollläden vom Bett aus mit der Fernbedienung runterfahren. Es dauerte eine halbe Minute, bis sie das Fensterbrett erreichten und sich auch die letzten Schlitze, durch die Sonnenlicht ins Zimmer fiel, schlossen und das Tageslicht aus dem Raum verbannt wurde. Es war so dunkel, dass ich meine eigene Hand nicht mehr sehen konnte.

*

Aus strategischen Gründen ging ich am Freitag einkaufen. Weil ich sonst immer bis mittags, manchmal sogar bis in den frühen Nachmittag hinein schlief, fiel es mir schwer aufzustehen. Es war der Morgen nach *fårikål-dag*. Fårikål-Tag fiel immer auf den vorletzten Donnerstag im September, es war ein Nationaltag, an dem man in Norwegen gemeinsam mit Familie und Freunden das Landesgericht Hammel in Kohl aß. Dass es sich um ein wichtiges Fest handeln musste, hatte ich daraus abgeleitet, dass Fårikål-Tag in sämtlichen regionalen Historienbüchern erwähnt wurde, die auf dem runden Kaffeetisch und einem freischwebenden Regal hier im Haus von Sentas Tante auslagen. Senta hatte außerdem im Sommer erzählt, dass sie sich letztes Jahr nach dem Nationaltag zum ersten Mal seit Jahren von Alkohol übergeben musste. Wahrscheinlich ging es jetzt den meisten so, entweder sie schliefen noch ihren Rausch aus oder würden ermattet auf ihren Terrassen oder an ihren Pools liegen, anstatt einkaufen zu gehen.

Ich fühlte mich benommen, als ich das verrostete Gästefahrrad aus dem Schuppen holte. Ich schob es hinter den Mülleimern hoch und verließ die Hofeinfahrt über einen schmalen Waldweg, der schließlich in die Bundesstraße mündete. Den Weg hatte ich mir vorher eingeprägt. Nachdem ich drei Wochen lang das zugewachsene Grundstück nicht verlassen hatte, erschien mir das Licht auf dem Asphalt gleißend. Die Luft flimmerte, fühlte sich viel zu heiß und staubig an, so als wäre nicht genug Sauerstoff darin. Es roch nach Motoren, Algen, Teer. Als ich ins Industriegebiet abbog, nach Feinstaubpartikeln, die durch die Schornsteine der Firmen ausgestoßen wurden. Ich versuchte, nur durch die Nase zu atmen, weil ich einmal gelesen hatte, dass sie ein natürliches Filtersystem des Körpers war. Ich hätte gerne meine FFP2-Maske aufgesetzt, aber in Norwegen trug niemand Maske. Ich wollte mich so unauffällig wie möglich verhalten.

Der Supermarkt lag neben einer Tankstelle. Der Parkplatz war nahezu leer. Vor dem Markt standen nur zwei Fahrräder.

Drinnen hellte sich meine Laune etwas auf. Vor dem Gemüseregal wurde ich sogar fast euphorisch, ich sehnte mich nach einfachen Kohlenhydraten, nach Gemüse und vor allem frischem Obst. Ich packte ein 2-kg-Netz Kartoffeln, vier Süßkartoffeln, Äpfel, Zwiebeln, zwei Salatköpfe, Gurken, Paprika, Knoblauch, Brokkoli, Weißkohl, vier Packungen Mehl, Mountain Dew, drei Packungen Pasta, Dosentomaten, Tomatenmark, Tofu-Geschnetzeltes, Hafersahne, einen braunen Käse, weil es keinen Gouda gab, Kapern, zwei Dosen alkoholfreies Bier und ein Ben & Jerry's ein. Außerdem zwei norwegische

Illustrierte, englische gab es hier in dem kleinen Supermarkt nicht.

Ich ging noch mal zurück in die Kühlabteilung, weil ich kurz vor der Kasse überbordende Lust auf Joghurt bekam.

Ich fand, dass der Körper einem eigentlich signalisierte, was man gerade brauchte, insofern man seine Intuition noch nicht total unterjocht hatte, so wie Ida mit ihren vierundzwanzig Health-Apps, die ihre Lebensmittelzufuhr und Bewegungsradien steuerten. Dass sie gerade vor einem Computer saß und an Layouts arbeitete, kam mir völlig abstrakt vor. Wieder das Gefühl, als würde es sich um eine Szene in einem Film oder aus einem Buch handeln, das ich vor Ewigkeiten einmal gelesen hatte, nicht um einen echten Menschen, mit dem ich einmal in einem Wohnzimmer, das nach Räucherstäbchen roch, M&Ms gegessen hatte. In meinem Kopf führte ich mit Ida ein kurzes Gespräch über Proteinquellen.

Übermäßig viele Proteine kaufte ich nicht. In der Tiefkühltruhe von Sentas Tante gab es immer noch reichlich Zipperbeutel mit Fleisch. Es hatte nur drei Tage gebraucht, bis ich alle moralischen Bedenken bezüglich Fleischkonsum verloren hatte. Ich fand nicht mal mehr die rosafarbenen Fleischsaftreste, die sich auf dem Teller sammelten, eklig. Den eisenhaltigen Geschmack nahm ich auch nicht mehr wahr. Richtig zubereitet schmeckte Fleisch eigentlich nicht anders als stark texturierter Tofu, der durch verschiedene Entwässerungsverfahren eine sehnige Konsistenz erhalten hatte, nur irgendwie saftiger. Dass der Mann von Sentas Tante die Tiere eigenständig geschossen hatte, machte es in meinem Kopf vertretbarer, sie zu essen.

Hinter der Kasse saß ein Teenager mit Sommersprossen. Seine Mimik erinnerte mich an die von Nicki, wahrscheinlich lag es an den übergroßen hellblauen Augen. Ich hatte immer noch keine Haltung zu seiner SMS entwickelt.

Barzahlung war erwartungsgemäß nicht möglich. Neben dem EC-Tracing hinterließ ich noch Spuren auf dem Videomaterial der Überwachungskamera. Ich sah mich über den Screen an der Kasse stehen, eine unscheinbare Person mit Fischerhut in schlabbriger Sportkleidung. Das Gesicht war unter der Hutkrempe nicht zu erkennen. Mit der weiten Fitnesswear konnte man mich auch für eine der reichen Muttis oder eine C-Prominente aus Oslo halten, die nach dem morgendlichen Training zum Supermarkt geradelt war.

Vom Parkplatz aus sah man aufs Meer. Es glitzerte.

Die schattenhaften Umrisse, die man von hier aus am Horizont ausmachen konnte, gehörten zur Insel Merdø. Eine fast unbewohnte, autofreie Insel mit Geröllstränden und glattgeschliffenen Klippen. Das Merdøgaard Museum war bloß von Juni bis August offen. Fähren fuhren nur vereinzelt während der Sommermonate. Ich kannte die Zeiten auswendig. Sie standen auf einer der Broschüren, die an der Magnetwand neben dem Kühlschrank befestigt waren. Daneben war die Visitenkarte einer Naturkosmetikerin angebracht, die Ultraschallbehandlungen anbot.

Auf dem Weg zurück zum Ferienhaus zählte ich acht Mähroboter. In einem besonders großen Garten ästen sie zu dritt. Als sie sich zu nah kamen, stoppten sie und schlugen andere Richtungen ein. Ein Roboter bewegte sich auf das Gemüsebeet zu. Der andere fuhr durch die Mitte des Gartens und hinterließ einen geraden Streifen gemähten Rasens hinter sich. Der dritte verfing sich in einer Ausbuchtung, die mit Wegsteinen abgegrenzt war. Anstatt einfach nach hinten zu fahren, drehte er sich im Kreis.

Ich war erleichtert, als ich wieder im Ferienhaus ankam. Ich schloss die Haustür zwei Mal ab, zog mich aus und stellte mich unter die Dusche. Danach verstaute ich alle Einkäufe. Ich öffnete fast alles, was ich gekauft hatte, und aß beinahe ein Drittel des Gemüses roh. Obwohl das meiste aus einem Gewächshaus stammte, schmeckte es unglaublich aromatisch, besonders die beiden Paprikas. Das Eis löffelte ich auf der Eckbank. Wahrscheinlich hätte ich es komplett gegessen, wenn ich nicht durch ein Geräusch aufgeschreckt worden wäre. Es war nicht laut, aber doch wahrnehmbar. Ich konnte nicht zuordnen, ob es aus dem Haus oder von draußen kam. Ein dumpfes Sirren. Ich schaute zuerst im Keller nach, aber mit der Tiefkühltruhe war alles in Ordnung. Mit dem Kühlschrank auch. Zurück in der Küche war es nicht mehr zu hören, setzte dann aber kurz darauf erneut ein. Ich schaute durch den Vorhang nach draußen. Vielleicht kam es auch von der Tankstelle, dann müsste aber etwas Größeres passiert sein. Vielleicht war es auch eine besonders laute Drohne, mit der jemand einen Birdseyeshot für einen Urlaubsvlog einzufangen suchte – eine Aufnahme vom Wohngebiet, über das Industrieareal hin zum Strand, der gerade wegen der Ebbe brachlag. Dass ich das Beafon nicht ausgeschaltet und auf dem Boden im Wohnzimmer liegengelassen hatte, fiel mir erst dann ein. Es vibrierte plötzlich, als ich es aufhob. Ich war so überrascht, dass ich vergaß, über Lautsprecher ranzugehen.

»Hallo?«, sagte ich.

»Endlich gehst du mal ran, wie geht's dir?«

Es war Ida.

»Äh … ganz gut«, sagte ich und schaute nach draußen, wo die Sonne schien und Leute am Pool lagen. Ida meinte, dass sie mehrfach versucht hatte, mich anzurufen. »Dein Handy war aber immer aus.« »Sorry, ich bin schon eine Weile in Norwegen.« »Ach stimmt, mit Senta in diesem Ferienhaus?« Ich sagte ja, dann nein. »Also, ich bin in dem Haus, aber allein. Senta wohnt dafür in meiner Wohnung.« Ich redete von *housesitting.* »Und du kümmerst dich um den Garten, oder wie ist das geregelt?«, fragte Ida. »Genau«, sagte ich. Ich ging kaum in den Garten, die Rhododendren waren mittlerweile vertrocknet, die meisten Blätter waren braun geworden oder bereits abgefallen. Ida meinte, dass ich unbedingt nach Oslo fahren sollte. »Dort gibt es richtig schöne Gärten.« Ich meinte, dass ich darüber nachdenken würde. Ich hatte das Bedürfnis, Wasser zu trinken, irgendwie fühlte sich mein Hals wieder komisch an. »Sag mal, wie viel Uhr ist es eigentlich?«, fragte ich Ida. »Halb elf, warum? Du wirkst irgendwie ein bisschen weggetreten, alles okay?« Ich fühlte mich einfach nur überrumpelt. Ich sagte, dass Nicki mir eine SMS geschickt hatte. »Ich wusste nicht, dass ihr überhaupt noch Kontakt habt«, sagte Ida. »Haben wir auch nicht.« Ich meinte, dass ich die SMS nur zufällig gelesen hatte und sie kaum Gefühle in mir auslöste. Trotzdem wusste ich nicht, wie ich mich zu der Nachricht, die offensichtlich aus einer spätsommerlichen Tristesse heraus entstanden war, verhalten sollte. Oder ob ich mich überhaupt verhalten sollte.

»Was denkst du darüber?«, fragte ich Ida.

Ida machte eine kurze Pause, bevor sie antwortete. »Ich hab ein paar Coaching-Sessions gemacht, nachdem sich mein Ex letztes Jahr verlobt hat. Vielleicht würde dir das auch guttun? Vielleicht wären auch ein paar Therapiesitzungen schlau? Ich kenn eine Gestaltpsychologin in Hofheim. Du musst das nicht mit dir allein ausmachen.« Ich wiederholte, dass es mir eher erschreckend egal war. Das Telefon fing an, warm zu werden. Ich legte es auf den Tisch, weiter in Richtung des gekippten Fensters. Die Nachbarin kam in Flipflops und einem Strandtuch aus dem Haus. Als sie das Ringlicht wieder aufstellte, fragte mich Ida, ob ich den Artikel von Senta für die *Vice* gelesen hatte – »der über *tradwifes*«. Ich hatte den Router ausgeschaltet und benutzte keine internetfähigen Endgeräte – wie sollte ich Sentas Online-Artikel verfolgen? »Ich dachte, ich erwähn das mal. Ich glaube, in dem Artikel geht es um dich?«

*

Ich holte mein altes iPhone aus der Kiste im Keller. Der Bildschirm war mittlerweile gesplittert. Ich musste nicht über den Code nachdenken. Ich fand den WLAN-Schlüssel weder auf der Rückseite des Routers noch auf dem Kühlschrank oder der Pinnwand. Ich zog meinen Hut und meine Sonnenbrille auf, öffnete das Fahrradschloss und fuhr in Richtung der Strandpromenade, wo ich mich mit dem Rücken zur Straße vor das *Skipsverft Daily* setzte und mich ins kostenlose Wifi einloggte.

Der Artikel hatte eine Lesezeit von acht Minuten. Das entsprach in digitaler Zeitrechnung einem der Tolstoi-Romane, die ich hier gelesen hatte. Der Untertitel lautete: *Wie ich meine beste Freundin an ein Leben als Tradwife verlor.* Senta hatte keine persönlichen Details genannt, trotzdem war es eindeutig, dass sie mich meinte. Vieles an dem Artikel verursachte mir Magenkrämpfe. Ich las ihn schließlich zum dritten Mal, als ich auf der Toilette vom *Skipsverft* saß. Ich verstand nicht genau, warum mich Senta als *tradwife* einordnete, ich war weder eine *wife*, noch verfolgte ich traditionelle Werte – oder tat ich das doch? Ich gärtnerte und backte nicht – alle Rhododendren waren vertrocknet –, ich lebte nicht biodynamisch. Dass ich keine eindeutige politische Agenda verfolgte und auch keine aktive gesellschaftspolitische Arbeit leistete, stimmte so auch nicht. Ich fand, dass ich durch meinen Lifestyle sowohl neoliberale als auch patriarchale Gesellschaftsstrukturen kritisierte. Unter einer bestimmten Perspektive ließ sich die Entscheidung für ALG als Entscheidung für ein »unproduktives Grundeinkommen« einordnen. Anonymität und Arbeitsverweigerung konnten in dem Zusammenhang als Rebellion gegen Personenkulte in unserer Leistungsgesellschaft gelesen werden. Vielleicht aber auch nicht. Absurd fand ich, dass mir angekreidet wurde, meinen Lebensentwurf nicht online darzustellen, um andere davon zu überzeugen, es mir gleichzutun. Noch absurder war, dass Senta meinen Rückzug nach Revesand, einem Ort in einem der reichsten Länder der Welt, subtil kritisierte. Mir gehörte hiervon nichts, ich war hier nur reingerutscht. Wahrscheinlich war das der Punkt, der mir tatsächlich vorgehalten werden konnte, meine opportunistische Passivität. In einem klug konstruierten Satz räumte Senta demütig ein, dass sie als Nutznießerin des Eigentums von Familienmitgliedern selbst in die Kaste der besonders Privilegierten fiel.

Die Kommentare bewegten sich alle in die gleiche Richtung – eine Kritik an der Naivität und Handlungsunfähigkeit von Millennials:

Schon wieder eine Millennial mit dummer Wanderlust, die überhaupt nichts checkt. Wann fangen die Idioten endlich an, sich ernsthaft für Probleme einzusetzen? Ihr seid mittlerweile Mitte dreißig, wann werdet ihr erwachsen

Technoaversion bringt uns nirgendwo hin. Für eine radikale Internationale braucht es dezentralisierte Vernetzung

Shoot her like a deer

Traurig, dass du deine beste Freundin verloren hast, manchmal muss man einfach toxische Beziehungen beenden, um sich weiterzuentwickeln

Jemand hatte einen Troll-Emoji mit Wanderstab gepostet.

Ich erinnerte mich daran, dass in der dritten Staffel von *Mad Men,* die ich gerade beendet hatte, öfter Balzac zitiert wurde. Wenn es um Sorgen oder tiefliegende Ängste ging, die die Charaktere daran hinderten, sich weiterzuentwickeln, oder sie zu selbstzerstörerischen Entscheidungen trieben, wiederholte Donald Draper gerne das Mantra: »Our worst misfortunes never happen, and most miseries lie in anticipation.«

Ich fand, dass das eigentliche Elend, wenn die Katastrophe wirklich eintrat, viel schlimmer war als die abstrakte Angst vor der Möglichkeit. Ich war irgendwie von der Toilette des *Skipsverft* zurück ins Hafenviertel gelangt, ohne auf den Weg zu achten. Immerhin hatte ich das Rad nicht aus Versehen stehenlassen. Meine Arme sahen rot aus. Die Leute saßen hinter Plexiglasscheiben, die die Restaurantterrassen vor dem Wind schützten, und aßen Krebse und Muscheln. Irgendwann kam ich an einer Kirche raus.

Ich rief Senta an, aber sie ging nicht ran.

Ich versuchte zu verstehen, ob sie mich schon immer schlimm gefunden hatte. Wenn sie mich und alles, was ich machte, so bescheuert fand, warum hatte sie das nie gesagt? Gab es einen bestimmten Moment, an dem ich für sie zu radikal geworden war? Ich hatte ihre Sticheleien immer freundschaftlich wahrgenommen, vielleicht hätte ich sie ernster nehmen müssen. Oder ging es um etwas ganz anderes? Auf einmal zweifelte ich an, ob es unsere Gespräche über digitalen

Detox und die Schädlichkeit von Social Media wirklich gegeben hatte. Wenn mein Bruder eine Disposition für Psychosen hatte, dann konnte ich die gleiche haben – mein Vater war aus diesem Grund suizidal geworden, wieso sollte ich nicht von einem Moment auf den nächsten an einen Ort abdriften, zu dem niemand Zugang hatte außer mir?

Auf der Hauptstraße, die von der Kirche zum Wohngebiet führte, stieg ich wieder aufs Fahrrad. Neben der Bushaltestelle bog ich links ab. Ich fuhr halb blind, ohne auf den Weg zu achten.

Direkt hinter den Hausmülltonnen, an der Straße, die zur Hofeinfahrt der Häuserkomplexe führte, in denen auch das Haus von Sentas Tante lag, stand ein Schild, das einen Campingplatz anzeigte, der sich drei Kilometer weiter westwärts befand. Auf dem Pfosten des Holzschildes waren sechs Steine gestapelt. Oben lag ein flacher Stein, der ein wenig so aussah wie weißer Marmor. Senta hatte den Stein als Detail in ihrem Artikel erwähnt. Auf welcher Selbstmordmission war sie eigentlich? Hätte sie nicht wenigstens schreiben können, dass das Haus in Schweden war? Dänemark? Utah? Wie lange würde es dauern, bis jemand den Standort des Ferienhauses ihrer Tante ermittelt haben würde?

Ich zwängte mich zwischen Hecke und Hauswand durch, um das Haus über den Garten zu betreten. Zuerst fand ich den richtigen Schlüssel nicht, dabei hatte ich ihn schon tausend Mal benutzt. Ich schloss die Terrassentür von innen ab, zog den Vorhang zu und ging ohne Umwege ins verdunkelte Schlafzimmer, um wahllos Sachen in meinen Rucksack zu stopfen. Vielleicht stand bereits jetzt, genau in diesem Moment, jemand vor der Hofeinfahrt und filmte den Rückzugsort der verblendeten Freundin live auf TikTok – und das wäre nur der Anfang. Aus einem Clip würden hunderttausende werden. Threads würden entstehen. Menschen würden andere Menschen mobilisieren. Die Gewissheit, hier nicht mehr sicher zu sein, überschattete plötzlich alle anderen Gefühle. Es fiel mir schwer, zu atmen. Ich musste die Falle so schnell wie möglich verlassen.

*

Weil Nebensaison war, fuhr nur zwei Mal täglich eine Fähre nach Merdø. Außer mir wollte lediglich eine weitere Person auf die Insel, eine ältere Dame aus Colorado. Sie hatte einen Rollkoffer dabei und trug eine Sporthose. Sie meinte, sie heiße Gladdis. »Irgendwann hieß ich mal Lotus, aber jetzt wieder Gladdis.« Ich sagte, dass ich Agnes hieß und aus Dänemark kam. Wir saßen beide auf der Frontseite der Fähre und schauten auf die Klippen, die immer näher kamen. Es war windstill. Gladdis erzählte mir, dass sie drei Tage auf der Insel bleiben würde, um Vögel zu beobachten und an einer Robbensafari teilzunehmen. Ich sagte, dass ich einen Tagesausflug machte. Vielleicht sagte ich auch gar nichts. Ich war sediert von Lavendeltropfen und einer Reisetablette. Ich hatte aufgehört zu denken und schaute auf die Wasseroberfläche des Meeres, es wirkte wie Zuckerglasur. Darunter schimmerten geisterhaft weiße Algen. Alles wirkte überzeichnet, die Quallen unter den Wellen erschienen mir viel zu schmal. In meinem Rucksack waren Sonnencreme und ein Zelt. In der Abstellkammer von Sentas Tante hatte ich außerdem einen kleinen Gaskocher gefunden, einen Daunenschlafsack, einen Wasserfilter und Streichhölzer.

Ich hatte Essen für fünf Tage dabei. Weiter reichte meine Planung nicht.

Ich schaute zu dem Fährmann rüber, der nicht älter als zweiunddreißig sein konnte. Er trug Chinos, ein schwarzes T-Shirt und hatte die gleichen krakeligen Tattoos auf den Armen wie die Kunsthochschul-Jungs damals in Frankfurt. Wahrscheinlich war er letztes Jahr aus Oslo weggezogen. Vielleicht war das die einfachste Lösung. Einen attraktiven Einsiedler finden, heiraten, seinen Nachnamen annehmen und ein Bed&Breakfast ohne Internetauftritt auf einer einsamen Insel leiten. Ich fragte Gladdis, wo sie übernachtete. »Im Leuchtturm gibt es ein zauberhaftes Zimmer, das finden Sie über AirBnB.« »Süd- oder Nordseite der Insel?« »Lassen Sie mich kurz überlegen … Südseite müsste das sein.« Den Süden würde ich also meiden. Ich fragte sie, ob sie in ihrer Unterkunft WLAN hatte. Es gab nicht einmal eine Toilette. Dafür funktionierte das 4G-Netz. Weit und breit keine richtige Toilette, dafür 4G. »Daran sieht man, wie entwickelt das Land ist«, meinte Gladdis. »Eine abgelegene Insel irgendwo in der Nordsee mit 4G zu bestrahlen, ist auf jeden Fall ein außerordentlicher Entwicklungsparameter«, nuschelte ich.

Ich wurde an der Nordseite auf einem schmalen Steg abgesetzt. Es gab weder ein Informationshäuschen noch einen Fährschalter. Ich nahm noch ein paar Lavendeltropfen. Dann noch ein Antihistaminikum. Ich ging an der Wegtafel vorbei und bog auf den Pfad geradewegs in den lichten Wald ein. In meinem Kopf konfrontierte ich Senta. Wir hätten ihren Artikel gemeinsam fiktionalisieren können. Zumindest hätte ich ihn gegenlesen müssen. Man hätte gemeinsam eine dritte Perspektive entwickeln können. Einen Artikel schreiben, in dem es nicht um mich ging, sondern um digitale Großkonzerne und die Unmöglichkeit, sich gegen sie zu wehren. Dann wieder die Frage: Warum hatte sie nicht angerufen? Ehrlich mit mir gesprochen? Hatte sie diese Geschichte von Anfang an geplant?

Ich lief dreißig Minuten oder eine Ewigkeit, bis ich zu einer Lichtung kam, wo ich mich auf einen bemoosten Baum legte. Es fühlte sich an, als läge ich auf einer Wolke, die langsam vom Wind getragen wurde. Ich räumte alles aus und verteilte meine Habseligkeiten neben dem moosigen Baumstamm. Das zerschlissene Zelt, den Schlafsack, den Gaskocher, meine Schlafbrille, meine Ohrstöpsel, die ich mitgenommen hatte, weil ich Angst hatte, dass Insekten in meine Ohren krabbeln könnten.

Ich wollte einfach nur noch schlafen.

Die Kommentare wucherten über Nacht stark. Irgendwann schloss sich der Kreis zur Alt-Right. Die Leute, deren politische Ideologie ich am stärksten ablehnte, waren die User, die mich am inbrünstigsten verteidigten. *MaggieMaggot* bezeichnete mich als Jeanne d'Arc der Neuen Ökologischen Trad-Bewegung, ein Vorbild für alle, die sich der digitalen Technokratie entzogen und Lebensmodelle entwarfen, die wieder zurück zu den Wurzeln führten. Übersetzt bedeutete das, in ein Nazi-Dorf in Brandenburg zu ziehen. Von Ökofaschisten heroisiert zu werden war noch schlimmer, als von den Menschen aus dem gleichen politischen Lager gecancelt zu werden.

Es fühlte sich so an, als hätte ich eine Doppelgängeridentität – eine, die ich nicht selbst geschaffen, sondern die Senta aus mir gemacht hatte und die jetzt von einem Mob mit bestimmten Eigenschaften ausgestattet wurde.

Ich öffnete den Chat mit meinem kleinen Bruder. Er schickte Links zu Proteinshakes, Fitnessgeräten, Edelsteinmassage-Rollern, mit denen man sein Doppelkinn wegmassieren konnte. Er schrieb, dass er von den Medikamenten müde war, nicht gut schlief und die ganze Zeit das Gefühl hatte, seine Haut wäre von elektromagnetischer Strahlung umhüllt. Von der Impfung hatte er Fieber bekommen. Darunter ein Foto von einem Strommast, der vor seiner Fenstertür stand. Er schrieb, dass er vor zwei Wochen in einem Off-Space in Basel ausgestellt hatte. – Ich merkte, dass ich nicht im Chat-Verlauf mit meinem Bruder gelandet war, sondern mit Nicki.

Er hatte mir ein Selfie geschickt, auf dem er oberkörperfrei mit einem Meerjungfrauenkostüm auf einem roten Chesterfield-Sofa lag. Auf einmal hatte ich Panik, dass er tot sein könnte.

Ich lud Instagram runter.

Mein gelöschter Account funktionierte wieder. Nicki hatte mir siebenundachtzig PMs geschickt, darunter siebzehn Videos, auf denen er seine Armmuskeln aufzeichnete, die sich unter Hanteltraining anspannten und wieder lockerten.

Ich konnte mich nicht daran erinnern, jemals ein Profilfoto hochgeladen zu haben, auf dem ich im TRX-Band hing und High-Top-Sneaker trug. Meine pinned Storys bestanden aus Fitnessvideos, in denen ich immer das gleiche *Jesus-Loves-You*-T-Shirt trug. Ted Kaczynski hatte aus dem Gefängnis einen Kommentar hinterlassen. Es war ein Daumen-hoch-Emoji.

Ich wachte auf, als es anfing zu dämmern.

Ich hatte mein Zelt nicht aufgebaut, sondern lag auf dem nackten Boden, eingewickelt in einen Schlafsack, der so viel Feuchtigkeit aufgenommen hatte, als wäre die Insel nachts überschwemmt worden. Ich suchte im Rucksack nach dem Handy, bis mir einfiel, dass ich sowohl Dumb- als auch Smartphone im Ferienhaus liegengelassen hatte. Ich holte die Wärmedecke aus dem Erste-Hilfe-Kasten und setzte mich auf den Baumstamm. Mir war so kalt, dass ich mit den Zähnen klapperte. Bei jedem Geräusch zuckte ich zusammen.

Es war das erste Mal, dass ich wegen all dem hier weinte. Nicht nur wegen Senta und des Artikels, sondern weil ich überhaupt keine Ahnung hatte, wie es weitergehen sollte. Wenn ich wollte, könnte ich es so machen wie mein Vater. Ich könnte alle Kleidungsstücke anziehen, die ich mitgenommen hatte, mir den Schlafsack umbinden und so weit rausschwimmen, dass ich es nicht mehr zurückschaffte.

Vielleicht war der Artikel der gerechte Preis, den ich dafür zu zahlen hatte, früher über andere geschrieben zu haben. Senta hatte selbst einmal gesagt, dass es keine gute Idee war, sich mit Autorinnen anzufreunden, weil man nie wusste, welche Geschichten sie aus einem extrahierten – ich hatte zu der Zeit gedacht, dass sie damit mich meinte. Vielleicht war der Artikel auch der gerechte Preis dafür, dass ich beschlossen hatte, aus dem Internet auszusteigen, anstatt irgendwas Sinnvolles zu tun. Ich suchte das vergangene Jahr nach Momenten ab, in denen ich mich sicher gefühlt hatte und genau zu wissen glaubte, was als Nächstes zu tun war. Dabei fiel mir auf, dass ich mich nicht mal mehr an mein letztes Profilfoto auf Instagram erinnern konnte. Mittlerweile fühlte sich der Blick auf meine digitale Identität verschoben an, fast so wie die Erinnerung an eine zweite Kindheit.

Ich sah mich und meinen Bruder am Strand, wir sind Kinder und tragen Badehosen und graben ein Loch. Wir haben beide braune Locken, man kann uns nur unterscheiden, weil ich größer bin. Zwischen uns steht ein roter Plastikeimer. Ich sah meinen Vater in einem aufblasbaren Schwimmbecken in unserem Garten. Es waren alles Erinnerungen an Fotos, die die echten Momente restlos überschrieben hatten.

Ich schaute durch die lichten Bäume hinweg auf die flachen Wellen, die weiter draußen auf einer Sandbank brachen. Wenn ich Glück hatte, würde ich ins offene Meer gespült werden, und niemand würde jemals meine sterblichen Überreste finden. Wenn ich Pech hatte, wäre das letzte Foto, das von mir zurückbleiben würde, eins von meinem aufgequollenen Körper auf einem norwegischen Strand, wahrscheinlich wäre ich nackt und durch die spitzen Felsen vor der Küste übel zugerichtet.

*

Ich nahm die erste Fähre zurück aufs Festland.

Ich muss schlimm ausgesehen haben. Der Fährmann wickelte mich in eine Wolldecke und gab mir schwarzen Kaffee aus seiner Thermoskanne.

Als sich die Fähre von der Insel wegbewegte, sah ich Gladdis. Sie trug eine Regenjacke in Blockfarben und denselben Fischerhut wie auf der Fähre. Sie kraxelte über die Felsen und wirkte mit ihren Crocs etwas unbeholfen. Vor ihr tauchte eine Robbe auf. Die Gestalt und das Tier wurden kleiner. Irgendwann verschwanden die Umrisse der Insel in dem Dunst, der so früh am Morgen auf dem Meer lag. Eine Möwe setzte sich auf den Bug der Fähre. In ihrem Schnabel hing etwas, das aussah wie eine Blindschleiche. Ich schaute auf meine Turnschuhe. Die vordere Naht meines rechten Schuhs hatte sich aufgeraut. Ich döste weg. Als ich wieder wach wurde, legte die

Fähre gerade an dem Hafensteg neben der Strandpromenade an. Eigentlich hatte ich in Arendal aussteigen wollen. Der Regen hatte mittlerweile beinahe aufgehört, die grauen Wolken zogen weiter, dahinter war der Himmel stahlblau.

Ich suchte eine öffentliche Toilette und wusch mein Gesicht mit kaltem Wasser. Mittlerweile war ich mir sicher, dass ich eine Mandelentzündung hatte. Diese Art von Schluckbeschwerden kannte ich aus meiner Kindheit. Ich ging so lange den Strand entlang, bis ich zuerst am Hundestrand und dann an den Klippen ankam. Ich setzte mich auf einen Felsen in die Sonne. Auf einer bemoosten Fläche, die weiter zum Wasser hin mit vertrockneten Algen übersät war, weideten Schafe. Sie blökten vor einem Holzgatter. Ich erinnerte mich an eine Mail, die Senta mir im August von hier aus geschrieben hatte. Sie hatte die immergleichen Bewegungs- und Tonabläufe, die die Schafe produzierten, mit Algorithmen und Loops in Programmiersprachen verglichen und mich gefragt, ob ich wieder von normalen Schafen träumte, jetzt wo ich kein Android mehr war. Ich erinnerte mich daran, dass die Schafe in der E-Mail dunkelbraun gewesen waren. Die Schafe hier am Strandabschnitt waren weiß. Vielleicht hatte uns mein Aufbruch aus Berlin beide erleichtert, weil er einen bequemen Weg aus unserer Freundschaft ermöglichte. Eigentlich hatten wir in den letzten Wochen stillschweigend aufgegeben, an unserer Beziehung zu arbeiten. Es war schon in Frankfurt weird gewesen.

Ich lockerte meine Beine und streckte sie aus.

Das erste Mal seit Wochen saß ich einfach so in der Sonne.

Alles fühlte sich ruhig an.

Die schattenhaften Umrisse, die man von hier aus am Horizont ausmachen konnte, gehörten zur Insel Merdø. Es kam mir jetzt schon so vor, als wäre ich niemals dort gewesen.

Ich dachte an die Chick-Lit-Heldinnen meiner Dissertation, die es alle schafften, ihre stilisierten Existenzkrisen zu überwinden. Vor der metaphorischen Wiedergeburt tat sich im dritten Akt der Heldinnenreise ein letztes katastrophales Ereignis auf. Die Heldinnen bewiesen an dieser Stelle, dass sie sich weiterentwickelt hatten. Erfolgreiche Überwindung hieß in den Geschichten: *Eine innere Konfrontation individueller Ängste, um Selbstliebe und Selbstakzeptanz zu erlangen.*

Wie oft hatte ich mit Senta über diese Self-Help-Märchen gesprochen?

Wenn das letzte Jahr meine Verpuppungsphase gewesen sein sollte, wäre ich nun geschlüpft, eine nackte Kreatur, an deren Haut Schalenreste klebten – Nanofragmente gelöschter Daten. Ich wusste, dass es kaum möglich war, in einer strahlenfreien Zone zu leben, außerhalb der Reichweite von Handynetzen, Atombomben und Glasfaserkabeln, ohne Digitalität – zusammen mit ausgewählten Leuten, die mich nicht nervten und mir wichtig waren. Genauso unmöglich war es aber auch, in *dieser* Welt zu leben, inmitten des 5G, der EFTs und Gedärmen voller Mikroplastik.

Jetzt wäre der Moment gewesen, an dem ich gerne gegoogelt hätte, was ich tun sollte.

Irgendwann stand ich auf und nahm die Treppe hoch zum Wohngebiet. Ich lief durch verwaiste Straßen, in den Vorgärten bewegten sich wie immer Mähroboter. Ich ging an Jude Laws Sommerhaus vorbei. Ich hatte es im August auf DuckDuckGo gesucht, nachdem mir Senta eine Fotoreihe per E-Mail geschickt hatte, die mit *mypersonalRomCom* untertitelt war. Auf DuckDuckGo wurden Bilder des Hauses aus verschiedenen Winkeln und in verschiedenen Zuständen angezeigt. Einige Fotos zeigten es unrenoviert. Es gab auch eins aus der Vogelperspektive. Als ich am Ende der Steinmauer angekommen war, hörte ich ein seltsames Geräusch, das sich von Süden her näherte. Es klang wie ein Elektroauto oder eine sehr ruhig laufende Spülmaschine. Ich schirmte meine Augen ab und sah in den Himmel. Zuerst dachte ich, es sei ein Vogel, erkannte dann aber, dass es eine Drohne war. Sie flog über Jude Laws Sommerhaus, kam wieder zurück und senkte sich dann genau über mir ab. Die Drohne machte Geräusche, als würde sie atmen, sie surrte, knackte zwei Mal, dann gewann sie wieder leicht an Höhe. Ich hatte den Eindruck, dass ihr Körper mit feinen Härchen überwachsen war, die Textur bewegte sich wie animiertes Fell in alten Pixar-Filmen. Auf der Unterseite befand sich eine kreisförmige Applikation. Sie schimmerte silbrig.

Ich dachte plötzlich an das Wesen, das Hildegard von Bingen in einer ihrer Visionen halluziniert hatte. Es war mit so vielen Augen bedeckt, dass man seine menschliche Form nicht mehr erkennen konnte. Ich hatte es mir immer groß und unförmig vorgestellt, ein Geschöpf mit mutierten Augen, die überall aus seinem Körper herauswuchsen. Für sie war es ein Engel.

Die Drohne sirrte, flog ein wenig höher und neigte sich durch eine Windböe leicht nach hinten.

NACHWEISE

S. 5: The Hellp, *Air BnB Sonnet* auf der EP *Enemy*, Terrible Records, 2021.

S. 95: Luciano Floridi, *Metaverse: A Matter of eXperience*, in: Philosophy & Technology September 2022, http://dx.doi.org/10 2139/ssrn.4 121 411, S. 6.

S. 205: Hildegard von Bingen, *Scivias – Die Miniaturen vom Rupertsberg*, hrsg. von Hildegard Schönfeld, A. J. Pennrich: Bingen/Rhein, Köln 1979, S. 18.